Morgen ben ik de bruid

Kirsten Sawyer

MORGEN BEN IK DE BRUID

the house of books

Dit is een speciale uitgave voor Hermans Instore Marketing BV

Oorspronkelijke titel
Not quite a bride
Uitgave
Kensington Books, New York
Copyright © 2007 by Kirsten Sawyer Abdo
Copyright voor het Nederlandse taalgebied © 2008 by The House of Books,
Vianen/Antwerpen

Vertaling
Michelle Posthumus
Omslagontwerp
Cunera Joosten
Opmaak binnenwerk
ZetSpiegel, Best

ISBN 978 90 443 2877 6
D/2008/8899/150
NUR 302

Voor David,
zonder jou had dit boek
een autobiografie kunnen zijn.

En

voor Jenny,
zonder jou zou dit boek
er nooit gekomen zijn.

Dankwoord

Heel veel dank aan:

Hilary Rubin, omdat je het aandurfde en omdat je zo hard hebt gewerkt om dit boek tot stand te laten komen... Ik vergeef je dat je me in de steek liet en ben Kimberly Whalen intens dankbaar dat ze het heeft overgenomen.

Audrey LaFehr, omdat je een geweldige redacteur bent, en Amanda Rouse, omdat je mijn talloze vragen altijd zo geduldig hebt beantwoord.

En natuurlijk bedank ik mijn geweldige vrienden en familie, die me voortdurend hebben aangemoedigd.

Proloog

Altijd een bruidsmeisje, nooit de bruid. Wrede woorden die door oudere familieleden en getrouwde vrienden graag worden uitgesproken op gelegenheden waar jij rondloopt in een of ander pastelkleurig gedrocht dat een bruidsmeisjesjurk heet en waar je vriendin, zus, nicht, etc. rondloopt in een schitterende witte creatie. Volgens mij waren het deze pijnlijke, edoch ware woorden die me over de rand duwden.

Dertig is nog niet zo oud... Het is een zeer acceptabele leeftijd om nog steeds vrijgezel te zijn. Het is een goed moment voor een vrouw om zichzelf te vinden en een carrière op te bouwen. Maar helaas, hoe vaak ik dat mezelf ook probeer wijs te maken, ik trap er nog steeds niet in.

Toen ik op de middelbare school zat, was ik er heilig van overtuigd dat ik op mijn dertigste getrouwd zou zijn. Ik zou mijn eigen huis bezitten en was moeder van een paar kinderen. Maar nadat ik dat leven drie decennia had nagejaagd, was ik nog steeds een eenzame en kinderloze huurder, terwijl iedereen om me heen mijn droom beleefde. Daarom besloot ik de zaak in eigen hand te nemen en dat leverde me dus het volgende op.

Vandaag is het mijn trouwdag... Het zou de gelukkigste dag van mijn leven moeten zijn. Het zou de dag moeten zijn waarop al mijn dromen eindelijk gerealiseerd zijn en ik aan boord stap van de liefdesboot naar het eiland van geluk en vreugde, het eiland waar al die anderen al wonen. De waarheid steekt echter heel anders in elkaar. In plaats daarvan is deze dag veel erger dan ik me ooit had kunnen voorstellen. Ik sta in een suite in het Plaza Hotel. Kosten noch moeite zijn gespaard op jacht naar huwelijkse perfectie. Ik draag mijn droom – een witte (eindelijk!) strapless bruidsjapon van Vera Wang. Mijn droomhuwelijk vindt over enkele minuten plaats en eindelijk dringt het tot me door wat ik heb gedaan.

Oké, ik zei dus dat ik over de rand werd geduwd. Ik neem je mee terug in de tijd en dan leg ik je alles uit.

1

Een jaar geleden

Ik zit in mijn eentje in de metro. Het is zondag, dus er zijn maar weinig andere mensen. Het handjevol dat in mijn wagon zit – een vrouw die eruitziet alsof ze er woont, een atletisch stel in sportkleding en een man met een chagrijnig klein meisje – zit naar me te staren. Ik doe mijn ogen dicht en leun met mijn hoofd tegen de steun. Waarom zouden ze niet naar me staren? Ik zie er ongetwijfeld uit alsof ik net terugkom van het feest van *The Night of the Living Dead*.

Ik draag werkelijk de lelijkste bruidsmeisjesjurk die ik ooit heb aangetrokken, en dat zegt heel veel, want ik heb er een heleboel gedragen. Hij is gemaakt van lavendelkleurig chiffon en is enorm. Ik denk dat mijn vriendin, Maggie, iets wilde met een *Gone With the Wind*-thema. Voor haar bruidsmeisjes wel te verstaan. Haar eigen japon is natuurlijk heel gestroomlijnd, geraffineerd en verbluffend mooi.

Ik draag dat ding al sinds gistermiddag twee uur, toen we aan de marathonfotosessie begonnen. Mijn make-up bevindt zich niet meer op de oorspronkelijke plek en loopt in strepen over mijn wangen. Mijn mooie kapsel, waar volgens mij genoeg haarlak op is gespoten om bestand te zijn tegen een windtunnel, ziet er nu uit alsof eekhoorns er hun intrek hebben genomen en meteen een fikse huiselijke ruzie hebben gehad. En een van mijn prachtige lavendelkleurige Hype-sandalen, het enige in mijn ensemble waar ik niet misselijk van werd, mist een hak. Volgens mij ben ik niet om aan te zien.

Je zult je ongetwijfeld afvragen waarom iemand die er zo beroerd uitziet als ik voor de publieke vernedering van een ritje in de metro heeft gekozen, en niet voor een onbespied en minder beschamende rit met een taxi. Nou, er waren wat problemen. Laat ik het even uitleggen. Ik denk dat alle problemen herleid kunnen worden naar een groot probleem – namelijk alcohol. Ik had te veel gedronken. Toen de bar om elf uur 's avonds veranderde in een bar zonder gastheer – wat erop neerkomt dat je nu zelf je drankje maar moet betalen – had ik al te veel alcohol gedronken om goed te kunnen bepalen dat a) ik geen drank meer nodig had, of b) het ontzettend dom zou zijn om het geld voor de taxi aan rum en cola te besteden. Het tweede probleem, en de reden waarom ik in het daglicht met andere mensen in de metro zit en niet in het holst van de nacht, was Kevin (ik denk dat het Kevin was), de uitermate aantrekkelijke (zelfs uitzonderlijk aantrekkelijke) bruidsjonker.

Door te veel rum en niet genoeg cola dacht ik even heel wazig dat Kevin misschien 'die ene' zou kunnen zijn (een bekend probleem voor alleenstaande meisjes. Elk mens met een Y-chromosoom zou 'die ene' kunnen zijn) en daarom ging ik mee naar zijn hotelkamer voor een vrijpartij van middelbare-schoolniveau, die behoorlijk uit de hand had kunnen lopen als een andere bruidsjonker niet zo vriendelijk was geweest om in dezelfde kamer het bewustzijn te verliezen (sinds de universiteit geloof ik er heilig in dat het fout is om seks te hebben als er in dezelfde kamer nog andere mensen liggen te slapen – of wakker zijn, nu we het er toch over hebben). Uiteindelijk verloor ik zelf ook het bewustzijn, en ik werd pas weer wakker toen het gebonk in mijn hoofd te luid werd. Daarna ben ik bij het aanbreken van de dageraad naar buiten geslopen (zonder Kevin te storen, de andere bruidsjonker of de derde man, die ik niet eens heb zien binnenkomen) om mezelf ten aanzien van alles en iedereen compleet voor paal te zetten.

Gelukkig zijn we net bij mijn halte wanneer stukjes van de 'bruidskip' van de avond ervoor in mijn keel omhoogkomen. Je weet wel waar ik het over heb, hè? De standaard hotelkip in een ziekmakende saus met kleinere stukjes groente dan normaal om het er wat chiquer uit te laten zien, met veel te romige aardappels die geheid problemen opleveren voor de maag, vooral voor iemand in een hoepelrok. Ik loop zo snel als een meisje met een ontbrekende hak dat kan het station uit en adem een flinke stoot frisse lucht in. Nou ja, zo fris als de lucht in juli in Manhattan kan zijn.

Als ik bij mijn appartement kom – waar ik al woon sinds ik ben afgestudeerd aan de universiteit – voel ik een enorme opluchting. Het is pas kwart voor negen en volgens mij heb ik er tijdens die wandeling langs drie huizenblokken al een of twee liter uitgezweet. Ik klim de drie trappen op en zie mezelf als het levende bewijs van Dorothy's wijze woorden: 'oost, west, thuis best!'

Ik ben helemaal weg van mijn appartement, en hoewel het misschien niet zo chic is als andere appartementen met liften en portiers, is het een echt Manhattans juweeltje. Zolang ik me kan herinneren, is het van mijn grootmoeder geweest. Ze overleed kort voordat ik afstudeerde en liet de woning na aan mijn vader. Hij en mijn moeder waren het erover eens dat een tweekamerflat op een geweldige Upper East Side-locatie de perfecte plek was voor mijn zus Jamie en voor mij, om daar na ons afstuderen te gaan wonen. Het was de bedoeling dat ik daar alleen zou wonen tot Jamie drie jaar later zou afstuderen. Dan zou ze bij me intrekken. Maar toen Jamie afstudeerde was ze vreselijk verliefd en verloofde ze zich en ging toen trouwen. Dus trok ze nooit bij me in. Gelukkig had ik de flat toen helemaal voor mezelf.

Toen mijn lieve grootmoeder stierf, was het appartement niet het enige wat ze achterliet. Ze liet me tevens een zeer royaal 'huwelijksfonds' na, dat op een wrede manier een uitermate groot gat in mijn zak brandde. Nana en ik hadden een enorm hechte band en we deelden een passie voor bruiloften. Eigenlijk is Nana ermee begonnen. Ze was hopeloos romantisch. De dag na hun afstuderen trouwde ze met haar liefde van de middelbare school en ze bleven samen tot hij stierf. Tot aan het eind van haar leven trok ze elk jaar op haar trouwdag haar bruidsjapon aan. Naar eigen zeggen deed ze dit om de gelukkigste dag van haar leven opnieuw te beleven. Toen mijn vader haar vroeg waarom zijn geboortedag niet de gelukkigste dag van haar leven was, haalde ze alleen maar haar schouders op. Ze was dol op bruiloften. Nana kon alle acht bruiloften van Elizabeth Taylor (en de bruidsjurken) tot in detail beschrijven. Ze stond bij het krieken van de dag op om de reportage te zien van het huwelijk van prinses Diana met prins Charles, en ze hield me tot heel laat wakker om Joanie Cunningham met Chachi Arcola te zien trouwen, en ze wist mijn moeder over te halen om me een dag te laten spijbelen toen Luke en Laura in het huwelijk traden.

Vanaf de dag dat ze me mijn eerste Barbie bruidspop gaf, gekleed in een kleine, van wit kant gemaakte bruidsjapon, waren zij en ik mijn speciale dag aan het plannen. Wat Nana betrof, ging geen wens te ver. We waren het erover eens dat de sleep minstens een meter vijftig lang moest zijn en de bruidstaart een meter tachtig hoog. Tijdens mijn gehele jeugd was ik ervan overtuigd dat deze plannen gerealiseerd konden worden en dat dat ook echt zou gebeuren. Ik wist zeker dat ik net als Nana met mijn liefje van de middelbare school zou trouwen. Maar het mocht niet zo zijn. In plaats daarvan betrapte ik hem op seks met mijn beste vriendin in het damestoilet tijdens ons eindbal. Toen ik de twintig passeerde, nog steeds alleen, begon ik twijfels te krijgen, maar Nana niet. *Hij is ergens, Molly, dus denk nu maar aan al je plannen, zodat je er klaar voor bent als je hem vindt,* zei ze dan.

Ik geloofde haar en ging door met plannen maken. Toen al mijn vrienden gingen trouwen, gaf me dat in eerste instantie hoop. Ik zag wat de mensen in mijn omgeving overkwam – dromen die uitkwamen – dus volgens mij bevond mijn dag met een gouden randje zich vlak om de hoek. Maar er kwam geen eind aan het huizenblok en de hoek was nog steeds niet in zicht. Toen mijn grootmoeder overleed, bestond een heel groot deel van mijn verdriet uit het feit dat zij er niet zou zijn om de dag die zij en ik gedurende al die jaren hadden gepland, met me te delen. Toen vertelde mijn vader me dat Nana me een som geld had nagelaten, speciaal te besteden aan mijn droombruiloft. Hoewel ik wist dat die dag zonder haar aanwezigheid niet hetzelfde zou zijn, kreeg ik door haar geschenk het gevoel dat als de juiste man langskwam, mijn geweldige grootmoeder nog steeds een belangrijke rol zou spelen in wat volgens haar de gelukkigste dag van mijn leven zou zijn. Mijn lieve vader hielp me dit huwelijksfonds te investeren tot de dag zou komen dat ik het nodig had. Wat aanvankelijk een zeer royale gift was geweest, was nu, dankzij mijn vader, een bedrag geworden waarmee ik me mijn droombruiloft met gemak kon veroorloven. Het enige wat natuurlijk nog ontbrak, was die droomvent…

2

Een kater

Ik wurm me naar binnen, jonglerend met de post, mijn hoepelrok en mijn kat Tiffany, die me begroet met het enthousiasme dat alleen een kat kan opbrengen voor een enorme berg lavendelkleurig chiffon. Ik laat de spullen op de tafel vallen, doe wat extra brokjes in Tiffany's etensbak voordat ik mezelf naar de slaapkamer sleep en dat pastelkleurige monster uittrek dat me nu al zesentwintig uur aan het wurgen is (maar wie telt de uren?). Ik schop het achter in mijn kast, waar al een berg pastelkleurig textiel ligt in allerlei walgelijke kleuren en materialen. Mijn kat is gek op de begraafplaats van bruidsmeisjesjurken en daarom kan ik het niet over mijn hart verkrijgen om ze in de stortkoker te stoppen of er een vreugdevuur van te stoken – nog niet althans. Maar ik heb er al wel over lopen fantaseren.

Afgezien van de 'begraafplaats' is mijn appartement het einde. Ik ben er echt weg van. Het lijkt een beetje op het appartement van Monica in *Friends*, maar beduidend minder buitenissig en heel wat vrouwelijker. Ik ben er heel blij mee. Het enige probleem is dat als ik ooit een man zo ver zou krijgen om naar boven te komen, hij maar een blik hoeft te werpen op mijn roze en groene Pierre Deux-bank om dan meteen weer hard hollend naar zijn mannelijkheid op zoek te gaan.

Oké, nu ken je mijn geheim. Ik ben een van die vrouwen. Ik leef alleen in een overdreven vrouwelijk ingericht appartement met een kat.

Ik doe een mouwloos T-shirt aan en een boxershort (zoveel beter!) en stort neer op mijn bed. Ik neem niet eens de moeite om mijn Ralph Lauren-sprei opzij te trekken of de vijfenzeventig haarspelden die in mijn schedel prikken uit mijn haar te halen. Ik blijf daar urenlang roerloos liggen en tegen de tijd dat het me eindelijk lukt mijn lichaam van dat bed te hijsen, begint het al donker te worden. Ik loop terug naar de zitkamer, waar ik oog in oog kom te staan met een boze witte kat (katten vinden het niet leuk om twee dagen achter elkaar genegeerd te worden) en een stapel post, die ik snel even door kijk, mijn aandacht er maar voor de helft bij.

'Uitnodiging voor een bruiloft, een bedankje voor een huwelijkscadeau, uitnodiging voor een feestje voor de bruid, een verloving... Wat?! Wanneer heeft *zij* zich verloofd?' Omdat dat het verhaal van mijn leven is, trekt dat mijn aandacht.

O, laat ik je dat maar even vertellen. Ik praat in mezelf, soms onder het mom van met mijn kat praten, maar ze is helaas niet altijd in de kamer. Terwijl ik de post doorneem en zout in mijn wonden wrijf, zie ik het lichtje van het antwoordapparaat flikkeren en ik druk op het knopje.

'Tijd van bericht: 06.57 uur,' vertelt de vriendelijke computerstem me.

'Jeetje, wie belt er *zo* vroeg?'

Oké... Ik praat ook tegen de man van het antwoordapparaat. En soms – goed dan, vaak – met mijn digitale videorecorder.

'Good Golly Miss Molly, niet te geloven, hè...'

Mijn moeder.

'...dat dertig jaar geleden op dit moment mijn eerste baby werd geboren. Papa en ik houden van je. Zien we je volgend weekend voor een verjaardagsetentje? Ik hoop dat je een leuke tijd hebt gehad op Maggies bruiloft. Heb je een man ontmoet?'

Ik hoor mijn vader iets mompelen op de achtergrond en dan mijn moeder die iets naar hem sist met haar hand op de hoorn. 'Het maakt niet uit, hoor, want we houden heel veel van je, Molly.' KLIK.

Oef, dat was ik eigenlijk vergeten. En ik probeerde het ook voor je verborgen te houden. Vandaag is mijn dertigste verjaardag. Dus nu weet je de rest van het geheim. En ik weet zeker dat je in je hoofd al een aardig beeld van me hebt kunnen vormen. O, wacht: heb ik al gezegd dat ik lerares ben? Ja, dat ben ik, een alleenstaande dertig jaar oude schoolfrik die samenwoont met een kat. Maar het is niet wat je denkt. Ik ben geen oude vrijster, hoor. Echt niet.

'Tijd van bericht: 12.04 uur.'

'Happy birthday to you! Happy birthday...' zingt een stem. KLIK.

Mijn zus Jamie. Ze zingt elk jaar. Ik hoef het niet te horen en *jij* hoeft het zeker niet te horen. Jamie is geweldig, maar ze is altijd vrolijk en optimistisch en dat kan dodelijk vermoeiend zijn. Ze is ook lerares (misschien verklaart dat waarom ze er niet op tegen is om muzikale berichtjes voor iemand achter te laten) en dat geldt ook voor onze moeder, dus je snapt hoe de stamboom in elkaar zit. Wat sommige dingen betreft zijn Jamie en ik precies hetzelfde, maar wat andere dingen betreft zijn we totaal verschillend. De overeenkomsten betekenen dat we een hechte band hebben, wat soms kan resulteren in een partijtje kibbelen alsof we nog steeds kleine kinderen zijn. En ze heeft wat problemen omdat ze het middelste kind is. Jamie is drie jaar jonger dan ik, ze is veel modebewuster en heel 'avant-garde'. Ik ben zo ouderwets dat ik dingen zeg als 'avant-garde'. Mensen schrikken altijd als ze hun vertelt dat ze les geeft aan de derde klas, terwijl ze altijd vanzelfsprekend knikken als ze naar mij kijken. Maar het grootste verschil, natuurlijk, is dat ze getrouwd is met haar liefje van de universiteit. Ze waren al vijfeneenhalf jaar samen voordat ze in het huwelijksbootje stapten, en als ik niet zo ont-

18

zettend veel hield van Jamie en haar echtgenoot, Bryan, zou ik een ongelofelijke hekel aan ze hebben.

'Tijd van bericht: 14.42 uur.'

'Molls, met mij...'

'Mij' is mijn beste vriend, Brad.

'Ik hoop dat je je vandaag beter voelt dan je er gisteravond uitzag. Hahaha... Geintje! Zorg dat je om zeven uur klaarstaat. Ik haal je wel op.' KLIK.

Brad Lawson is al mijn beste vriend sinds het eerste weekend van snelle feestjes tijdens ons eerste jaar op de universiteit. We hadden allebei een slechte ervaring met iets dat 'jungle juice' heet – een vrij stevig studentenbrouwsel dat verdacht veel lijkt op Kool-Aid. Hoe dan ook, Brad en ik stonden op een gegeven moment bij dezelfde struik onze ingewanden eruit te kotsen, vlak buiten het Phi Kappa Psi-huis. Uiteindelijk deed hij daar zijn plechtige belofte en veel van onze leukste universiteitsavonden eindigden daar bij diezelfde struik. Toen we elkaar ontmoetten, waren we allebei nerveuze eerstejaarsstudenten, maar in het laatste jaar waren mijn vrouwelijke medestudenten niet alleen verrukt over onze strikt platonische vriendschap, maar ook verward. Je hebt geen idee hoeveel meisjes een afspraakje met hem wilden omdat ze allemaal dachten dat hij een of andere Californische surfhengst was. Hij is inderdaad opgegroeid in het zuiden van Californië, maar eigenlijk komt hij uit een dorp dat Tarzana heet in de San Fernando Valley, en hij heeft nog nooit van zijn leven op een surfplank gestaan. Maar ik heb moeten zweren dat ik dat geheim zou houden.

Maar echt, leer dat razend knappe westkust-uiterlijk te negeren en je komt erachter dat hij over een fantastische ziel beschikt. Brad is het soort vriend dat je altijd midden in de nacht komt halen als je net door je vriendje bent gedumpt en je naar huis rijdt en het regent en je een lekke band krijgt. Hij staat zomaar op de stoep met een Egg McMuffin als hij weet dat je last hebt van een kater. Hij stuurt je zelfs een dozijn rozen met lange ste-

19

len op Valentijnsdag als je vrijgezel en verdrietig bent. Je zou geen betere vriend kunnen vinden. Eerlijk waar, hij heeft al die dingen (en meer nog) voor mij gedaan.

Ik kijk vluchtig naar de klok op de magnetron en kan niet geloven dat het al bijna halfvijf is! Ik heb maar tweeëneenhalf uur de tijd om te herstellen van gisteravond en me op te tutten tot ik er weer uitzie als vijfentwintig om mijn dertigste verjaardag te gaan vieren! Misschien had ik mijn berichtjes eerder af moeten luisteren.

Allereerst: een bubbelbad.

3

De naarste verjaardag ooit

Op de een of andere manier, en vraag me niet hoe ik het heb gedaan, sta ik tweeëneenhalf uur later klaar en ik zie er schattig uit
– echt waar – met uitzondering misschien van de nogal aparte
bruine teint in het uur dat we buiten foto's hebben genomen
toen ik die lavendelkleurige vervloeking aan had. Zelfs met die
vreemde zonnebrandstrepen op mijn schouders zien mijn armen
er dankzij de vele uren oefenen met gewichten nou niet bepaald
als dertig uit. Laat me je dit vertellen, ze gaan vanavond om mijn
legitimatiebewijs vragen, want ik zie er veel te jong uit. Ik werk
ook heel hard aan een positieve instelling. Ik wil niet verbitterd
raken nu ik dertig ben geworden.

Om klokslag zeven uur hoor ik de voordeurbel. Ik ben in het
laatste stadium van het zorg-dat-je-op-tijd-klaar-staat-proces. Nog
wat parfum, het aangespen van mijn sandalen, lipgloss, et cetera.

'Verdorie, wie is dat?' vraag ik aan Tiffany – alsof een kat weet
wie er voor de deur staat. 'Hallo?' roep ik in de intercom.

'Molls, ik ben het, doe open.'

'Brad?' vraag ik aan Tiffany, die me verward aankijkt. 'Waarom is hij zo vroeg?'

Brad loopt mijn appartement in met een chocoladecakeje
(mijn favoriet) met daarop een brandende kaars in de vorm van
een drie.

'Je hebt een nieuwe kaars voor me gekocht!'

Het verjaardagscakeje is niet echt een verrassing. Het is eigenlijk meer een traditie. Sinds mijn eenentwintigste verjaardag heeft Brad me altijd 'verrast' met een cakeje. Wat echter *wel* een verrassing is, is dat het wassen kaarsje in de vorm van een twee, dat gebruikt werd om de afgelopen negen verjaardagen te vieren (hij nam nooit de moeite om precies aan te geven welke verjaardag het was, wat ik altijd zeer op prijs heb gesteld) vervangen is.

'Voor jou alleen het allerbeste. Van harte gefeliciteerd, Molly. Doe een wens.'

Ik blaas de kaars uit. We weten allemaal wat ik heb gewenst.

'Deze keer komt je wens echt uit, dat beloof ik je,' zegt hij, terwijl hij me op mijn hoofd kust.

Ik glimlach naar hem terwijl ik het cakeje aanpak en het papier eraf pel. Wie was het ook alweer die zei: Het leven is onzeker, eet altijd eerst je dessert? Hij wist echt waar hij het over had.

'Wat ben je vroeg – goddank dat ik ben aangekleed!'

Brad kijkt op zijn horloge. 'Ik ben niet te vroeg – het is precies zeven uur.'

'Precies – wie komt er nu op tijd? Op tijd komen heet tegenwoordig vroeg.'

Hij begint te lachen en ik kan er niets aan doen dat ik teder naar hem kijk, want als hij lacht, twinkelt zijn hele gezicht. De bel gaat weer.

'Hè? Is dit een verjaardagsverrassing? (In de intercom) Hallo?' zeg ik en kijk vol achterdocht naar Brad.

'Molly, met Claire. Vraag eens of Brad op wil schieten? Ik sta hier bij de taxi te wachten, weet je.'

Het geluk, de vreugde, en de hoop op een leuk verjaardagspartijtje komen allemaal met gierende remmen tot een halt. Brad heeft het menselijke equivalent meegebracht van nagels op een schoolbord: Claire Reilly. Ik weet dat ik heb gezegd dat ik Brad persoonlijk niet aantrekkelijk vind, maar gezien de reacties die hij krijgt in elke bar, club en tandartspraktijk, vinden andere vrouwen van wel. Oké, ik lieg. Ik bedoel, ik ben niet blind, zelfs ik kan zien hoe aantrekkelijk hij is. Ik heb mezelf er alleen van overtuigd dat hij dat niet is omdat ik onze vriendschap niet op het spel wil zetten. Maar waarom hij het afgelopen jaar voor Claire Reilly heeft gekozen, is me een raadsel. Het is een vreselijk slecht mens. Ze werkt niet omdat haar grootvader investeerde in dat onderdeel van een pacemaker dat hem zijn werk laat doen en toen stierf hij zelf kort daarna aan een hartaanval (hoe ironisch) en liet haar een enorm trustfund na. Wat werkelijk heel irritant is aan haar, is dat ze echt niet begrijpt waarom niet iedereen van een fonds leeft, en daarom doet ze vaak alsof Brads baan, hij schrijft voor een tijdschrift over extreme sporten, een hobby is. Ze is altijd krankzinnig gespannen en zij is dus de reden waarom Brad precies om één minuut voor zeven aanbelde.

'Molly, ben je klaar? Kom, we moeten gaan.'

O, en had ik je al verteld dat Brad volledig naar haar pijpen danst?

Ik pak mijn tas en maak de gesp vast van mijn sandaal terwijl ik naar de deur huppel. Ik strijk met mijn vingers door mijn haar terwijl we letterlijk de trap af rennen en in stilte vervloek ik Claire omdat ze me niet nog een laatste keer in de spiegel heeft laten kijken.

Buiten op straat houdt ze het portier van de taxi open terwijl ze met haar kleine Jimmy Choo's op de stoep tikt en de tijd bijhoudt op haar Cartier-horloge.

'Sorry, schat. Molly was nog niet helemaal klaar.'

Ik doe mijn mond open om te protesteren, maar wat kan mij het schelen? Laat ze me maar haten. Het gevoel is volkomen wederzijds.

'Weet je, Molly, als mensen zeven zeggen, bedoelen ze ook zeven.'

Ze duwt me de taxi in en ik voel me een achtjarige die te laat is voor de schoolbus. Erger nog, ik geef les aan achtjarigen en ik spreek ze nooit zo aan! Claire is een van die mensen die je bijna verplicht gaat haten, al was ze een engel, omdat ze geen fysieke onvolkomenheden heeft. Haar huid ziet eruit als porselein, haar ogen hebben de kleur van lavendel en haar lichtblonde haar kent geen enkele donkere wortel of kroes. Ze heeft een geweldig figuur en een garderobe die daarbij past. Alles is perfect. Het feit dat ze slecht is maakt het gewoon veel eenvoudiger om haar dood te wensen.

We arriveren bij mijn favoriete restaurant in Little Italy waar ik al jaren kom en waar iedereen me kent. Ik weet nooit of ik dit geweldig of gênant vind. Er staat een lange, gedekte tafel op me te wachten. En raad eens? We zijn de eersten van een gezelschap van negen.

We gaan zitten en gaan aan de slag met een fles chianti. Nou, Brad en ik doen dat... en ongeveer vijftien minuten later zie ik daar mijn zeer stipte zus en haar echtgenoot met armen vol geschenken. (O, hoera, ik was vergeten dat er cadeaus zouden zijn!)

'Molly! Gefeliciteerd! Niet te geloven dat je al dertig bent!'

Au! Heeft iemand net een aambeeld op mijn hart laten vallen?

'Jamie, kunnen we het alsjeblieft vieren zonder het woord dertig te gebruiken of iets wat daaraan refereert?'

Jamie lacht, beseft ze eigenlijk wel dat ik het meen? Ze kijken naar de nagenoeg lege tafel.

'Wat zijn jullie vroeg. We dachten dat we de eersten zouden zijn en dat we deze spullen dan leuk konden neerzetten (doelend op de enorme stapel cadeaus waar Bryan achter verborgen gaat). Zei je niet kwart over zeven?'

Dat kan Claire niet over haar kant laten gaan. 'Eigenlijk,' zegt ze en wijst naar haar stomme horloge, 'is het al halfacht.'

Jamie kijkt verward, maar het is niets voor haar om dwars te liggen en daarom haalt ze haar schouders op.

Gedurende het volgende halfuur druppelen mijn vrienden een voor een binnen. Het is maar goed dat blikken niet kunnen doden, want anders zou Claire mijn twee beste vriendinnen van de universiteit hebben vermoord, Alex en Lauren, en hun echtgenoot en verloofde, Steve en Rob.

Lauren en ik waren onafscheidelijk tot ze anderhalf jaar geleden Rob ontmoette. Wij waren de enige twee alleenstaanden van ons kleine groepje hartsvriendinnen op de universiteit en konden altijd op elkaar rekenen. Toen ze ging solliciteren, ontmoette ze Rob. Hij was degene bij wie ze solliciteerde. Hij belde haar op om haar te vertellen dat ze de baan niet kon krijgen omdat ze gewoonweg te leuk was, en in plaats van overstuur te zijn (wat elk normaal mens zou zijn als hij al zeven maanden werkloos was) vond Lauren dit het liefste wat ze ooit had gehoord en ze stemde in met een afspraakje. En na het een volgde het andere. In alle eerlijkheid, als ik hen dit verhaal hoor vertellen, moet ik bijna overgeven. Toen Rob eenmaal in het plaatje kwam, vergat Lauren alles over ons zusterschap en alle vernederende momenten van het boeket opvangen en de eenzame Valentijnsdagen die we samen hebben gedeeld. Rob is geweldig, maar ik moet mezelf er constant aan herinneren niet verbitterd of jaloers te zijn. Ik weet dat ze het niet met opzet hebben gedaan.

Alex is totaal het tegenovergestelde van Lauren en mij. Sinds ik haar ontmoette in mijn eerste jaar, is ze volgens mij nog nooit vijf minuten zonder vriendje geweest. Toch was iedereen geschokt toen ze haar plannen aankondigde om met Steve te trouwen, het vriendje dat haar had opgevangen na een verbroken relatie die drie jaar had geduurd en waar ze helemaal kapot van was. Maar hij werd zo halsoverkop verliefd op haar dat er voor haar geen twijfel meer mogelijk was, en ze kenden elkaar pas zeven maanden toen ze elkaar beloofden zich alleen door de dood van elkaar te laten scheiden. Omdat Alex het altijd wel druk had met een jongen (soms wel twee), was onze band niet zo hecht als die met Lauren, maar ik beschouw haar nog steeds als een hartsvriendin.

Als iedereen eindelijk zit en blij is (behalve Claire, natuurlijk) en iets drinkt, kijk ik even de tafel rond. Getrouwd, getrouwd, verloofd, relatie, en ik. Ik weet niet zeker wat meer pijn doet... dát of dertig jaar oud zijn. Maar ik zet de gedachte van me af, want ik wil plezier hebben, en dat lukt ook. Een heleboel eten, een heleboel wijn, en daarna het grootste stuk tiramisu van de wereld en ik heb een heerlijke tijd. Ik heb absoluut een het-glas-is-halfvol-avond. Ik heb geweldige vrienden, ik heb een favoriet restaurant waar ik altijd op kan rekenen, en ik heb armen die de armen van mijn rivale Jennifer Anniston naar de kroon steken (als ik mijn spieren span in de spiegel van de toiletten na zes glazen wijn). Het leven is zó goed.

Denk nou niet dat dit een sprookje is. De spreekwoordelijke pleuris staat op het punt om uit te breken.

'Oké, allemaal, cadeautjes! Cadeautjes!' Jamie is een echte schooljuf. Ze staat daar met een hand in de lucht en wijst met de andere naar de stapel geschenken aan het eind van de tafel.

'O, jippie!' roep ik als Alex me het eerste pakje aangeeft. Normaal gesproken willen mensen me vermoorden als ik cadeautjes uitpak. Ik wil het lint altijd sparen, en als het papier heel mooi is, spaar ik dat ook. De enige die hier niet krankzinnig van wordt, is mijn zus, want die doet precies hetzelfde.

Het eerste cadeau is van Alex en Steve. Het is een geurkaars. Heel algemeen, maar toch heel aardig. Heel belangrijk voor een alleenstaand meisje, en ik zal er goed gebruik van maken.

'Jongens, hij is perfect. Ik heb een plekje naast de badkuip waar hij perfect zal staan,' roep ik uitbundig en ze kijken erg blij.

'Ik weet dat je altijd erg dol was op die geur, en ik hoop dat je dat nog steeds bent,' zegt Alex.

'Absoluut,' lieg ik. Ik heb al een paar jaar geen komkommer/meloen gebruikt, maar het ruikt erg lekker, dus ik zal er best van genieten.

Ik ben bezig met het papier van het cadeau van Brad en Claire, in stilte een beetje geïrriteerd omdat mijn beste vriend niet alleen iets kon kopen maar dat per se wilde doen met dat nare mens, als mijn zus het uit mijn handen rukt en een ander pakje naar me toe gooit.

'Ik kan niet meer wachten. Maak het onze maar open!'

'Oké, sorry dat ik zo langzaam ben. Je weet hoe ik ben.'

'Ik weet het en het maakt niet uit. Maak mijn pakje nou maar open.'

Het cadeau van Jamie en Bryan laat zich heel snel uitpakken. Ze hebben voor een geschenkentas gekozen (natuurlijk bewaar ik die tas… Tenzij Jamie hem snel weer terugpakt, zoals ze dat met mijn kerstgeschenkentas heeft gedaan). Er zit een T-shirt in met daarop de volgende tekst, 's WERELDS BESTE TANTE. Wat ontgaat me hier?

'Hè? Ik snap het niet.'

''s Werelds beste tante,' herhaalt Jamie nadrukkelijk.

'Ik kan het lezen, maar ik snap het niet. Is dit een nieuwe rage, of zo?'

Zoals ik al zei, Jamie is veel modebewuster dan ik. Als iets op het punt staat om in de mode te komen, is zij de eerste die het weet. Zoals het feit dat zij het monogram van Laverne weer terugbracht voordat iemand anders dat deed. Ze naaide een knalroze 'J' op een oude, zwartkasjmieren trui, en voordat ik het in de gaten had, hadden de mensen daar honderden dollars voor over! Maar ik begin me eerlijk af te vragen of ze haar talent aan het verliezen is, want iedereen aan de tafel kijkt net zo verward als ik me voel.

'Ik zei toch al dat ze het niet zou snappen,' zegt Bryan, Jamies praktische echtgenoot. Bryan heeft veel waardering voor Jamie en hij aanbidt haar, maar in hun geval is het beslist een kwestie van tegenpolen die elkaar aantrekken.

'Hou je mond, Bryan. Het is een geweldige verrassing… Het kwartje valt straks heus wel. Molly, snap je het dan niet? (Een beetje luider en langzamer dan daarvoor) 's Werelds beste tante. (Pauze) Jeetje, jij gaat 's Werelds beste tante worden omdat ik 's Werelds beste moeder ga worden,' zegt ze en ze slaakt een kreetje van verrukking.

Iedereen aan tafel begint te praten, maar ik heb er een minuut voor nodig voordat het doordringt... En dan snap ik het. Dit is een geintje. Een scherts. Een grote, gemene grap omdat ik alleen ben en dertig en samenwoon met een kat waar ik mee praat. Misschien heb ik te veel wijn gedronken, maar ik denk echt dat het de wreedheid van het moment is waardoor mijn ogen zich met tranen vullen. Jamie glimt en zegt tegen iedereen: 'Ze snapt het! Ze snapt het!'

'Ja, ik snap het, Jamie, en het is het gemeenste wat ik ooit heb meegemaakt,' zeg ik, terwijl ik mijn best doe om mijn tranen terug te dringen. Zonder succes overigens. 'Vanwege het feit dat het vandaag mijn dertigste verjaardag is, heb ik jullie allemaal gevraagd daar zo goed mogelijk mee om te gaan. Van alle mensen die hier aanwezig zijn – let wel, ik wil niemand beledigen – had ik van jou, mijn zus, de meeste fijngevoeligheid verwacht. Haha... Ik snap je grapje heel goed. Hysterisch gewoon. 's Werelds beste tante omdat ik nooit zal trouwen, nooit kinderen zal krijgen, en dus nooit 's Werelds beste moeder zal worden.'

Jamie ziet er verslagen uit. Kennelijk pakt haar grapje anders uit dan ze had verwacht. Mooi zo!

'Nee, Molly, op een dag word jij 's Werelds beste moeder. Ik probeer je te vertellen dat je over zes maanden 's Werelds beste tante wordt. Ik ben zwanger!'

Opeens begint iedereen aan tafel te schreeuwen en te juichen. Voor mij is het een mistig waas. Lauren springt op en omhelst mijn zus en Rob en Alex feliciteren Bryan. Iedereen is blij – zelfs Claire glimlacht zuinig. Mijn jongere zus zwanger? Het is al erg genoeg dat ze eerder dan ik in het huwelijk trad, maar nu krijgt ze ook al een baby voordat ik überhaupt iemand heb ontmoet? Ik ben wreed. Ik ben egoïstisch. Ik ben jaloers. En ik ben dronken. Volgens mij zit ik ook te hyperventileren. Ik krijg echt geen lucht meer. Ik voel me net als dat meisje van *The Bachelor*, dat een of andere aanval kreeg toen hij haar geen stomme roos gaf. Alleen is dit een legale reden om een aanval te hebben. Terwijl ik daar zit, happend naar lucht, draait de wereld in slow motion om me heen. Iedereen is aan het toosten en feliciteren. Ze zijn mij helemaal vergeten en daarom sta ik op om weg te gaan.

Jamie probeert me tegen te houden, maar haar stem is heel ver weg, het klinkt bijna onder water. Zo zal het vermoedelijk ook klinken voor haar foetus. Ik loop wankelend het restaurant uit en mompel iets over frisse lucht – vermoedelijk roep ik iets dat lijkt op wat Daryl Hannah zei toen ze haar meerminnaam noemde in *Splash*. Ik stap in een taxi en tegen de tijd dat hij voor mijn flat tot stilstand komt, zit ik te snikken. De wandeling naar boven verloopt als in een waas. Ik trek niet eens mijn leuke kleren uit en pak meteen een nieuwe fles Jack Daniel's uit een hoge kast en een beker Ben & Jerry's uit de vriezer. Daar, alleen op mijn vloer (nou ja, mijn kat is er, maar zelfs zij kijkt een beetje bang), probeer ik te eten en mijn verdriet te verdrinken.

Je zult wel denken dat ik de bodem van de diepste put heb bereikt. Nou, het spijt me, maar je vergist je. Het wordt nog erger. Zet je schrap.

4

De instorting

Ik word vroeg wakker – nou ja, het voelt vroeg – van het geluid van de voordeurbel. Ik lig in foetushouding op de grond en omhels de lege Ben & Jerry-beker. De bijna lege fles van Jack ligt niet ver bij me vandaan. Mijn leuke kleren zitten onder de chocola, karamel, en kwijl; eigenlijk lijkt het op 'chocoladekaramelkwijl'. Ik probeer mijn hoofd te bedekken met een kussen van de bank, maar het gezoem houdt niet op. Ik vang een glimp op van mezelf in de spiegel in de gang en hoop dat het gezoem me wil vertellen dat het gebouw in brand staat en dat ik helemaal zwartgeblakerd zal zijn voordat de leuke brandweermannen mijn voordeur bereiken.

'Wie is daar?' kreun ik in de intercom.

'Molls, ik ben het, Brad – doe open.'

'Sorry, verkeerd nummer, ga weg. Kom maar terug op een fatsoenlijk tijdstip.'

'Molly, het is halftwaalf.'

'Nee. Ga weg.'

'O, laat maar, je buurman komt net naar buiten en houdt de deur voor me open.'

'Wat? Nee! Stomme buurman. Denk maar niet dat je ooit nog een kopje suiker van me kunt lenen!' schreeuw ik door de intercom.

Brad mag dan in het gebouw zijn, hij is nog steeds niet in mijn flat, dus maak ik me niet echt zorgen. Want daarvoor zal ik eerst de deur open moeten doen. Ha!

Een paar seconden later wordt er op de deur geklopt en ik negeer het volkomen. De schoft blijft kloppen en mijn hoofd begint te bonken, maar ik ben sterk en geef niet toe. Dan wordt er een sleutel omgedraaid in het slot en loopt Brad mijn flat in.

'Wat doe je? Dit is een inbraak!'

'Nee, dat is het niet – ik heb een sleutel. Je gaf me die sleutel om Tiffany te voeren toen jij naar Suzanne McNally's bruiloft was.'

'Verdomme.'

Ik haatte Suzanne McNally omdat ze me een perzikkleurige tafzijden jurk liet dragen met een strik op mijn kont, en nu haat ik haar nog meer omdat ik Brad vanwege haar een sleutel heb gegeven.

'Doe me een lol, wil je weggaan? Ik denk dat ik een voedselvergiftiging heb.'

'Je hebt geen voedselvergiftiging.'

Hij kijkt vluchtig naar de chocoladekaramelkwijl en naar mij en dan naar mijn nestje op de grond.

'Kom op, Molly, laten we dit even opruimen. We gaan joggen.'

'Nee! De enige plaats waar ik naartoe ren is weg van jou.'

'De enige manier om van deze kater af te komen is hem eruit te zweten.'

Ik protesteer, maar dat levert me weinig op. En dan, net als een vierjarig kind dat geen koekje krijgt, begin ik te krijsen en te huilen en met mijn vuisten te slaan, en ik verzeker je dat ik niet naar buiten ga. Als ik klaar ben, kijk ik zelfvoldaan op, ervan overtuigd dat Brad er meteen vandoor is gegaan, maar de schoft is nog steeds in mijn flat en hij staat me uit te lachen!

'Oké, best, je hoeft niet te joggen, maar je moet wel onder de douche. Er is iets wat ik met je wil bespreken.'

Gelul. Het vervelende van Brad is dat hij me altijd aanspreekt

31

op mijn lullige gedrag. Ik weet dat hij hier is om me te vertellen dat ik gisteravond heel erg naar tegen mijn zus ben geweest. Ik weet dat er een preek komt. Het enige dat ik kan doen is het uitstellen en daarom ga ik akkoord met een douche. Ik trek me terug in mijn badkamer voor werkelijk de langste douche ooit en ik hoop dat ik daar zo lang ben, dat Brad het op zal geven en weggaat, of de hongerdood sterft, voordat ik terugkom.

Tegen de tijd dat ik uit de douchecabine stap, is elke vierkante centimeter van mijn huid roze en weet ik zeker dat ik alleen ben. Maar dat is niet zo. Ik kijk even naar de man die op mijn gebloemde bank zit. Hij is de enige vent die ik ooit heb ontmoet die op die bank kan zitten en die niet de indruk wekt dat hij bang is dat de bloemen over hem heen zullen kruipen om zijn heteroseksualiteit te verslinden. Ik zal het aan moeten horen. Hij had gelijk dat ik me na een douche beter zou voelen en hij heeft natuurlijk ook gelijk als hij me gaat vertellen dat ik mijn geweldige zus afschuwelijk heb behandeld. Ik doe mijn roze peignoir aan en loop de zitkamer in.

'Oké, je had gelijk over de douche. Ik voel me beter. Nou, ga je gang maar.'

Brad zet met een ernstig gezicht de televisie uit en kijkt me aan.

'Molly, kom eens bij me zitten.'

Terwijl ik door de kamer heen loop, klopt hij op mijn semichique leunstoel en ik ga zitten en zet me schrap voor wat er komen gaat.

'Ik ga je niet vertellen dat je erg gemeen was tegen Jamie, want dat weet je wel. Je weet dat ze niet slecht is en dat haar besluit om een kind te nemen niets te maken heeft met waar jij in je leven staat en dat het alles te maken heeft met waar zíj in haar leven staat. Je weet ook dat je haar vandaag moet bellen om je verontschuldigingen aan te bieden.'

Ik knik instemmend, maar ik ben een beetje verward. Dat was zo gemakkelijk. Was dat echt alles?

'Ik wil eigenlijk over iets heel anders met je praten.'

Hè? Wat is hier aan de hand?

'Molly, Claire en ik zijn verloofd.'

Geen stoel op aarde is sterk genoeg om me hiervoor te ondersteunen.

'Wát?'

'We gaan trouwen. Ik heb haar zaterdag ten huwelijk gevraagd en ze heeft ja gezegd.'

Oké, denk terug aan de mist van de avond ervoor. Stel je deze mist veel, veel dikker voor en dan weet je ongeveer waar ik nu ben.

'Maar ze droeg geen verlovingsring. Weet je zeker dat je gaat trouwen? Met Claire?'

'Ja, ik weet het zeker. Ze vond de ring die ik had uitgekozen niet mooi, dus ze gaat hem vandaag ruilen. Maar de volgende keer dat je haar ziet, draagt ze hem.'

Dan gebeurt er iets heel raars. Ik heb wel eens gehoord van mensen die op het nippertje aan de dood zijn ontsnapt, dat alles dan opeens heel helder en kalm wordt. Nou, dat is precies wat er nu met mij gebeurt. Ik kom uit de mist met een totaal nieuwe kijk op de wereld. Het voelt net alsof ik een bril heb opgezet, zodat ik alles voor het eerst in mijn leven heel helder zie.

'Gefeliciteerd,' zeg ik bewust heel langzaam. 'Ik weet zeker dat jullie erg... snel zijn.'

Ik zei toch al dat de bril me hielp het heel helder te zien. Ik zei niet dat de glazen roze waren.

'*Gelukkig*, Molly – je weet zeker dat we erg *gelukkig* zullen zijn. Dank je. We vieren onze verloving op de zesde. Ik wil dat jij erbij bent. Je bent mijn beste vriendin en ik wil dat jij mijn bruidsjonker bent – getuige, wat dan ook – we verzinnen wel een naam voor je.'

Ik zit daar en kijk hem aan alsof ik hem nog nooit van mijn leven heb gezien. Het is een van die momenten waarvan je weet dat je iets moet zeggen, maar de seconden tikken voorbij en er schiet je helemaal niets te binnen. Een... twee... drie...

'Ach, Molly, ik weet wat je denkt.'

Hij weet wat ik denk? Nou, goddank dat iemand dat weet, want ik heb werkelijk geen idee.

'Altijd een bruidsmeisje, nooit de bruid. Ik beloof je dat het jou ook zal overkomen, lieverd.'

O, hemel. Dat was beslist niet wat ik dacht, maar nu hij het heeft gezegd, denk ik dat echt. Het is waar! Nu kan ik mijn huwelijks-cv uitbreiden met bruidsjonker... getuige... wat dan ook, maar nog steeds niet de bruid. Ik knik als een idioot, omhels Brad en wuif hem vrolijk na als hij de gang uit loopt. Ik kan het niet geloven. Het is al erg genoeg dat mijn jongere zus getrouwd is en zwanger voordat ik in een serieuze relatie ben verwikkeld. En nu gaat mijn beste vriend – en nagenoeg mijn enige alleenstaande vriend – niet alleen trouwen, maar ook nog met de duivel... en ik moet daar iets leuks over zeggen op hun huwelijk.

Maar toch, ondanks deze enorme dreun, raak ik niet totaal de kluts kwijt. Ik reik niet naar de fles (of naar het ijs). Ik doe wat elke pathetische oude vrijster zou doen: ik zit in mijn flat te praten met mijn kat.

'Het gaat goed met me, Tiff, echt waar. Ik ben...' Zelfs de kat trapt er niet in. 'Dit is pathetisch,' zeg ik tegen haar. 'Daarmee wil ik je niet beledigen.' Ze miauwt en loopt weg. Ik weet niet zeker of ze zich beledigd voelt of niet. 'Ik moet hier weg.'

Ik pak de *Village Voice* van mijn salontafel en sla de pagina open met de filmvoorstellingen. Ik ben me ervan bewust dat alleen naar de film gaan ook pathetisch is, maar het is altijd beter dan hier blijven. Een goede meidenfilm zal me helpen mijn ellendige leven te vergeten – al is het maar voor een paar uur. Ik bekijk de pagina en zie tot mijn genoegen dat de klassieker uit de jaren tachtig, *Can't Buy Me Love,* in een bioscoop niet ver bij mij vandaan draait. Een nogal sukkelige Patrick Dempsey (voor de hittedagen van *Grey's Anatomy)* zou me een beetje moeten opvrolijken. Terwijl ik naar de aanvangstijden kijk, dwalen mijn ogen naar de volgende pagina, waar de contactadvertenties staan, en daar zie ik het volgende.

Mannelijke escort – GEEN MANNELIJKE HOER
Knappe, goed gemanierde heer
om mannen of vrouwen te begeleiden/te vermaken.
GEEN SEKS. Tarieven per nacht of weekend.
Bel Justin: 212-555-6373

Ik kijk naar de advertentie en dan weer naar de pagina met de aankondiging van *Can't Buy Me Love*. Mijn ogen gaan heen en weer, heen en weer, heen en weer. Ik pak de telefoon op en draai het nummer, hij gaat over, ik wacht. Eindelijk hoor ik een antwoordapparaat.

'Hoi, Justin, mijn naam is Molly Harr... gewoon Molly. Ik zag je advertentie in de *Village Voice* en ik heb een voorstel voor je. Maak je geen zorgen, ik wil geen seks. Nou ja, eigenlijk wel, maar niet met jou. Nou... laat maar... Bel me op 212-555-7543. Dag.'

Zo zie je maar. Helemaal op de bodem van de put. Ik weet zeker dat het niet zo dramatisch is als je verwachtte, maar dit is het. Ik heb een manier gevonden om mijn droom te beleven zonder dat mijn dromen uitkomen. Op dertigjarige leeftijd heb ik besloten de liefde op te geven, romantiek op te geven en genoegen te nemen met een huwelijk. In ieder geval een bruiloft... Mijn dag zal eindelijk komen en dan ben ik degene in de witte jurk – en ik heb er alleen maar een paar leugentjes om bestwil voor nodig om zover te komen.

5

Toen Molly Justin ontmoette

Een week later zit ik bij Starbucks een Caramel Frappuccino te drinken en wacht tot Justin arriveert. Ik ben daar vijftien minuten voor de afgesproken tijd! Om klokslag twee uur (hij is dus ook vroeg – een puntje erbij voor zijn stiptheid) komt Justin binnen. Ik weet dat hij het is omdat hij zichzelf aan de telefoon heel gedetailleerd heeft beschreven. Ik heb dat kennelijk ook gedaan, want zodra hij in mijn richting kijkt, wuift hij en komt meteen naar mijn tafel. Er is nu geen weg meer terug.

'Jij moet Molly zijn!'

Hij steekt enthousiast een hand uit en zijn vriendelijke houding en hartelijkheid brengen mijn zenuwen tot bedaren. En het klopt wat er in zijn advertentie staat, hij is knap en lijkt absoluut over goede manieren te beschikken. Hij is groot en ziet er zeer atletisch uit en heeft donker haar en donkerbruine ogen. Eigenlijk is hij precies mijn type. Hier zit muziek in.

'Ik haal even snel een kop koffie, wil jij nog iets?'

'Nee, dank je,' antwoord ik en tel er nog een paar punten bij in de hoffelijkheidskolom.

Ik kijk naar zijn kont als hij naar de toonbank loopt... Heel aardig. Hij is vriendelijk tegen de medewerkster. Hij stopt geld in de fooienpot en niet alleen het wisselgeld... Heel royaal. Ik raak opgewonden. Stel dat hij de ware is? Zou dat geen hilarisch verhaal zijn om aan onze kleinkinderen te vertellen? Dat oma opa inhuurde als begeleider, maar dat hun liefde niet genegeerd kon worden. En uiteraard bracht hij niets in rekening! Tegen de tijd dat hij terugkomt met zijn 'latte', zijn we negentig en zitten in schommelstoelen naast elkaar.

'Zo,' zegt hij, 'je zei dat je een voorstel voor me had. Je lijkt me allesbehalve oppervlakkig, dus vertel me maar wat je in gedachten hebt.'

Ik ga zo op in mijn fantasie dat ik er nog niet klaar voor ben om zaken te bespreken.

'Waarom vertel je me niet wat over jezelf. Laten we elkaar eerst een beetje leren kennen.'

Hij glimlacht en het is een van die glimlachjes die het totale gezicht verlichten.

'Oké, ik ben drieëndertig. Ik ben acteur... Nou ja, op dit moment ben ik ober, maar ik wil acteur worden. Ik ben opgegroeid in het Midden-Westen, maar kwam naar New York om naar de NYU te gaan en ben nooit meer teruggegaan. Ik heb altijd geweten dat ik naar New York zou gaan. Mensen als ik komen niet zo goed tot hun recht in het Midden-Westen.'

'Mensen als jij?'

'Homo's. Er zijn minder homohaters aan de kust.'

'O, je bent homo?'

'Ja, maar dat is toch geen probleem voor wat jij in gedachten hebt, nietwaar? In mijn advertentie staat geen seks... Je klonk alsof je dat begreep toen je een boodschap achterliet.'

'O, hemel! Nee! Geen seks – dat begrijp ik volkomen.'

En dus ook geen gouden bruiloft waarop onze kleinkinderen liedjes zingen en kleine acts opvoeren om onze romance na te spelen.

'Oké, hèhè! Hoe dan ook, ik had geld nodig en daarom ben ik met deze escorttoestand begonnen en tot dusverre mag ik niet klagen. Sommige mensen zijn een beetje eng en van andere word ik een beetje verdrietig. Niet dat jij eng of zielig bent. Je hebt me eigenlijk een beetje in de war gebracht, dus wil je nu vertellen wat er precies aan de hand is?'

Ik haal diep adem. Hier komt het moment van de waarheid – het moment dat ik mijn grootse plan met een ander mens deel. Het moment dat het vleugels krijgt en wegvliegt, of neerstort en in een vurig graf verbrandt.

'Oké, Justin... Dit is mijn plan. Heb je ooit de film *Can't Buy Me Love* gezien?'

'Met Patrick Dempsey? Absoluut!'

'Oké. Ik wil je inhuren,' zeg ik.

'Serieus? Kijk, het is een geweldige film en zo, maar ik denk niet dat je populairder zult worden van het inhuren van een werkloze homoacteur.'

'Nou, dat is niet precies wat ik in gedachten had. Laat me je eerst iets over mezelf vertellen. Ik ben dertig. Ik ben lerares, ik geef les aan de derde klas. Ik ben de oudste van drie. Ik heb een jongere zus die getrouwd is en zwanger, en een jongere broer die in Europa bezig is "zichzelf te vinden". Ik ben opgegroeid in Connecticut, mijn ouders wonen daar nog steeds en zijn gelukkig getrouwd. Al mijn vrienden zijn of getrouwd of verloofd.'

'Het is leuk om dat te horen, maar ik snap het niet zo goed...'

'Justin, ik wil je huren voor een jaar. Niet voltijds... Maak je geen zorgen. Ik wil een soort van wervelwindromance en dan een verloving en een bruiloft. Ik wil ervaren hoe het is een bruid te zijn en ik wil alle lol en feestjes die bruiden krijgen, maar tot dusverre is dat nog niet gebeurd en daarom herzie ik mijn fantasie en ga ik over op plan B. Op deze manier krijg ik het verlovingsfeestje, het feestje voor de bruid en de bruiloft voordat ik in mijn eentje doodga.'

Justin kijkt me even heel ongelovig aan en barst dan in lachen uit. Daarna kijkt hij me nog een keer aan en ziet dat ik het echt meen.

'Het is net als een rol,' ga ik verder, 'en ik zal je er goed voor betalen.'

'Dus als ik je goed begrijp gaan we een romance veinzen.'

'Een wervelwindromance,' val ik hem in de rede, 'want we hebben maar een jaar de tijd.'

'Oké, een wervelwindromance, een verloving, het plannen van een bruiloft, verlovingsfeestjes, feestjes met cadeautjes voor de bruid et cetera, en dan een bruiloft... En wat gebeurt er dan?'

'Je laat me in mijn eentje voor het altaar staan. Natuurlijk ben ik dan vreselijk van streek, maar ik zal me vermannen en iedereen zal medelijden met me hebben en blijven voor de receptie van mijn dromen om mijn gebroken hart weer een klein beetje te lijmen. En dan mag ik alle cadeaus natuurlijk houden.'

'Slik je bepaalde medicijnen?'

'Medicijnen? Ik? Nee.'

'Molly, ik snap het gewoon niet. Hoewel je niet mijn type bent, kan ik in één oogopslag zien dat je mooi bent, aardig en slim. Je hebt een goede carrière en zo te horen zijn er binnen de familie geen grote problemen. Het klinkt stabiel en beslist niet alsof je ooit bent misbruikt. Weet je zeker dat je dit wilt? Dertig is niet oud... Wacht tot het sprookje uitkomt.'

'Dat heb ik geprobeerd – ik heb mijn hele leven gewacht en dat ben ik beu. Ik wil een verloving, ik wil in ondertrouw gaan en taart proeven en jurken passen. Ik wil allerlei haarstijlen en make-up uitproberen. Stel dat er voor mij helemaal geen ware is? Waarom zou ik dan alles moeten missen?'

'Maar stel dat hij er wel is? Zou het niet leuker zijn om dit allemaal te beleven met iemand van wie je houdt?'

'Ik ben niet bereid dat risico te nemen. Ik ben het wachten beu. Ik wil een Franse garde.'

'Misschien ben je wel een beetje gek. Wat is een Franse garde?'

'Je weet wel, dat is een van die mooie kleine gardes die ze bij Williams-Sonoma verkopen en die niemand voor zichzelf koopt omdat het belachelijk duur is voor een veredelde vork, maar iedereen schrijft zich ervoor in en dan zweren ze erbij. Hoe dan ook, het gaat niet om de garde zelf, hoewel we er natuurlijk wel een willen hebben – het is eigenlijk een metafoor voor het hele plaatje.'

'Hou je van koken?' vraagt hij me en hij heeft dus werkelijk geen idee.

'Nee, ik kook helemaal niet.'

'Waarom heb je die garde dan nodig?'

'Omdat het gewoon een van die dingen is die je koopt... Die je moet kopen en nooit zult gebruiken, net als espressoapparaten en ijsmachines.'

'Koop die garde dan,' suggereert hij dan, alsof dat een logische oplossing is.

'Je snapt het niet. Ik wil de bruid zijn. Ieder ander beleeft de ervaring van een bruiloft. Waarom ik niet, alleen maar omdat ik toevallig geen zielsverwant heb?'

'Ik zal die ervaring ook nooit beleven,' kaatst Justin terug, maar volgens mij hoor ik een breekpunt in zijn stem, dus probeer ik het vanuit deze invalshoek.

'Dan zou het ook de perfecte gelegenheid zijn voor jou!'

'Ik wil je niet beledigen, maar in mijn fantasie staat er iemand anders naast me dan jij.'

'Maar Justin, we zitten in hetzelfde schuitje. De gemeenschap gaat er gewoon van uit dat mensen als wij, homoseksuelen en mensen zonder zielsverwant, nooit van hun leven een bruiloft zullen meemaken.'

Aanvankelijk lacht hij vriendelijk, maar dan zie ik hem nadenken en zijn langzame geknik vertelt me dat hij aan het bijdraaien is. 'Ja, dat is eigenlijk wel zo.'

'Jij kunt je ook voor allerlei dingen inschrijven!' gooi ik er als extra verkooppunt tegenaan. 'Heb je niet altijd handdoeken willen hebben van Egyptisch katoen?'

'Ja, best wel. Welke homo wil dat niet?'

'Dit is onze kans,' zeg ik met de verve van een televisiepredikant.

'Oké, Molly.' Justin neemt een lange pauze en haalt heel diep adem. Ik ben bang dat hij de koffiebar uit rent of gaat gillen om een dwangbuis omdat ik opgenomen moet worden, maar dan zegt hij uiteindelijk: 'Ik moet wel gek zijn, maar ik doe het. Laten we maar eens genieten van de ervaring die de maatschappij ons ontzegt!'

Hij steek zijn hand uit boven het kleine tafeltje en mijn glimlach verbreedt zich als we elkaar de hand schudden. Ik kan niet geloven dat de eerste stap is gezet! Daar gaan we dan.

6

's Werelds slechtste zuster

Voordat ik me op de details van mijn plan kan werpen, moet ik het eerst goedmaken met mijn zus. Ik heb me schandelijk misdragen. Ik weet dat het in en in triest is dat ik er een week voor nodig heb om voldoende moed te verzamelen om me te verontschuldigen voor het feit dat ik haar prachtige verrassing heb verpest, maar ik zei al dat ik op de bodem van de put zat... En het is duidelijk dat mensen die zich daar bevinden in en in triest zijn.

Jamie en ik zijn vreselijk dol op Chocolate Chip Cookies en daarom weet ik dat ik haar over kan halen als ik op de stoep sta met een dozijn koekjes van haar favoriete bakker aan de andere kant van de stad. Ik sta voor haar deur met mijn beste 'mea culpa'-gezicht en de roze doos die ze onmiddellijk herkent.

'Jamie, het spijt me. Ik ben 's Werelds slechtste zuster.'

'Nee, dat ben je niet. Ik had eerst moeten nadenken... Het was vermoedelijk niet het beste moment om je dit nieuws te vertellen. Het spijt me.'

We omhelzen elkaar en we huilen een beetje... Het is erfelijk. Eindelijk maak ik me van haar los, wrijf een laatste traan uit mijn oog en glimlach naar haar. Ik volg haar het prachtige huis van bruinrood zandsteen in waar zij en Bryan een heel gezellige woonkamer hebben, waar ze volgens mij bezig is een dekentje te breien voor haar ongeboren baby.

'O, mijn god, je krijgt een baby!' roep ik uit.

Ik leg mijn hand op de normaal gesproken platte en gespierde buik van mijn zus en realiseer me dat er een kleine bobbel zit. Ze is écht zwanger!

'Mooi bobbeltje, hè? We noemen de baby "Stootkussen", maar ik denk dat we de volgende maand wel zullen weten of het een jongen of een meisje is.'

'Echt waar! Wauw! O, mijn god. Wanneer ben je uitgerekend?'

'Op 25 december – Kerstmis!'

'Een winterbaby! Het zal geweldig zijn. Ik wist niet eens dat jullie al aan kinderen toe waren.'

'Nou, het gebeurde eigenlijk heel snel. We besloten dat ik een paar maanden zou stoppen met de pil en dat we het daarna pas zouden gaan proberen. Maar we zijn er kennelijk erg goed in, want ik werd meteen zwanger!' zegt Jamie, terwijl ze lacht om haar enigszins smakeloze grapje.

Ze heeft altijd een nogal vulgair gevoel voor humor gehad, wat best heel grappig is bij iemand die zo klein en vrouwelijk is. Jamie en ik lijken heel veel op elkaar. We zijn allebei aan de kleine kant, met lichtbruin haar en blauwe ogen, van vaderskant. Ik draag mijn haar in een keurig schouderlang bobkapsel, maar Jamie laat het hare lang groeien en laat er vaak een coupe soleil in aanbrengen. Terwijl ik kijk hoe opgewonden ze is over deze zwangerschap, zie ik dat haar blauwe ogen wat meer fonkelen dan anders.

'Aan welke namen zit je te denken?' Laat ik maar meteen met de moeilijke vragen beginnen.

'Nou, ik vind Jane heel mooi voor een meisje.'

'Ik vind Jane ook héél mooi!'

'En misschien Harry voor een jongen… Net als Harrigan, zodat hij mijn naam draagt.'

'James, dat is wel heel erg gaaf.'

'Ja, ik moet alleen Bryan nog zien te overtuigen. Hij vindt Harrigan Hope net een naam uit een soapserie. En het probleem met Jane is als we haar Janie noemen. Jamies dochter Janie klinkt een beetje verwarrend.'

Jamie en ik zijn allebei gek op namen. Toen we nog klein waren, zaten we vaak bij elkaar om voor onze barbiepoppen een betere naam te bedenken dan 'Barbie', en dan bedachten we altijd iets bizars, zoals Naomi en Yolanda. Ik ben zo blij dat haar smaak erop vooruit is gegaan.

'Maar jij bent de moeder, dus zo verwarrend zal dat niet zijn,' breng ik haar in herinnering.

Jamie slaakt een verrukte kreet. 'Dat is waar! Ik ben de moeder! Daar heb ik niet eens bij stilgestaan… Ze zou me nooit Jamie noemen. Misschien moet ik iets bedenken dat wat vlotter klinkt dan 'mama', of moet ik er mammie van maken?'

O ja, we vonden het heerlijk om normale namen op een abnormale manier te spellen. Ik herinner me bijvoorbeeld een pop waar we vreselijk om gevochten hebben en die Stefany heette. Vraag me niet waarom.

Jamie en ik brengen een groot deel van de middag door met praten over haar zwangerschap. Het is echt iets heel opwindends. Ik ben nog steeds jaloers, maar niet meer zo heel erg… vooral als ze de koekjes weer uitkotst. Tegen de tijd dat ik weg ga, ben ik vreselijk opgewonden over het feit dat ik 's Werelds beste tante ga worden. Maar ik breng mezelf in herinnering dat ik daar niet te lang bij stil mag staan, want ik heb zelf ook nog het nodige te plannen.

7

De wervelwindromance begint

Justin en ik spreken af elkaar over een week weer te ontmoeten om de strategie te bepalen voor onze 'relatie'. Het wordt heel belangrijk om hem mee te nemen naar strategisch geplande gebeurtenissen met de juiste mix van familie en vrienden om een snelle verloving te rechtvaardigen en het niet voor iedereen een complete schok te laten zijn. Gelukkig zitten een paar van die gebeurtenissen in de pen.

Een week later zit ik met Justin bij dezelfde Starbucks om de details door te nemen. Dingen zoals hoe attent hij voor me mag zijn, hoe we elkaar precies hebben ontmoet, wat hij doet, etc. Ook hoe en wanneer hij wordt betaald. We komen overeen dat de kans op leugens kleiner is als we dicht in de buurt blijven van de waarheid. Dus zijn naam is nog steeds Justin Blake. Hij is nog steeds drieëndertig en werkt als ober tot zijn acteercarrière van de grond komt. We hebben heerlijk gelachen over wat er zou kunnen gebeuren als we iedereen zouden vertellen dat hij een neurochirurg is en dat iemand dan zou gaan eten in het restaurant waar hij werkt.

We besluiten natuurlijk ook dat hele escortgedoe over te slaan en niets te zeggen over mijn reactie op zijn contactadvertentie in de *Village Voice*, maar het kan natuurlijk absoluut geen kwaad om te zeggen dat ons 'eerste afspraakje' plaatsvond bij Starbucks.

Eigenlijk is het een kort, romantisch verhaaltje. We vertellen wat er echt is gebeurd, maar hebben het niet over de zakelijke kant ervan. We spreken tevens af dat hij gedurende dat jaar niemand anders gezelschap zal houden, want als iemand hem met een andere vrouw (of man) zou zien zou dat heel slecht zijn. Maar hij kan rustig privéafspraakjes maken, mits hij daar heel discreet in is. Elke keer als hij zich voordoet als mijn afspraakje/vriendje/verloofde, betaal ik hem contant. Ik krijg korting op zijn gebruikelijke avondtarief omdat ik een zeer goede klant van hem ga worden, maar ik moet tevens een aantal forse 'aanbetalingen' doen, om zeker te stellen dat hij dit jaar niet met andere klanten op stap gaat.

Hij vraagt wat er gaat gebeuren als ik dit jaar de ware zou ontmoeten, maar ik stel hem meteen gerust. Dat is in de afgelopen dertig jaar ook niet gebeurd, dus de kans dat dat in de komende driehonderdvijfenzestig dagen wel gebeurt, is nihil. We leggen zelfs onze verlovingsdatum vast (acht weken na ons eerste 'afspraakje') en onze trouwdatum, 30 juni, wat eigenlijk een soort van binnenpretje is, want het hele idee is om mezelf dit allemaal voor mijn dertigste verjaardag cadeau te doen.

Het eerste agendapunt is de wereld kond te doen van onze 'liefde'. En daar is het verlovingsfeest van Brad en Claire de beste gelegenheid voor. Maar voordat ik daar samen met hem naartoe kan, moet ik eerst een aantal zaadjes planten om bekend te maken dat hij nu deel uitmaakt van mijn leven.

De eerste die daarvoor in aanmerking komt, is mijn broer Logan, die bezig is 'zichzelf te vinden' in Italië. Het is veel gemakkelijker om te liegen tijdens een intercontinentaal telefoongesprek, en daarom lijkt het me de ideale start. Logan is de jongste Harrigan – en de zoon naar wie enorm is uitgekeken omdat hij de familienaam in stand zal houden. Nee, mijn vader is niet zo belachelijk ouderwets als het klinkt, maar ik denk dat hij er altijd van droomde om een zoon te krijgen, en toen zijn twee eerste kinderen meisjes waren, was hij bang dat dat nooit zou gebeuren. Maar drie keer is scheepsrecht en hij kreeg uiteindelijk zijn jongen.

Ik denk dat Logan altijd een beetje een mysterie voor papa is geweest. Ik herinner me nog steeds Logans babykamer – allemaal sportthema's van de hoogste klasse. Er lag zelfs een gloednieuwe honkbalhandschoen in zijn wiegje op hem te wachten, maar Logan ontwikkelde nooit enige belangstelling voor sport. Hij is briljant, creatief en gevoelig, maar absoluut niet de atleet waar papa op zat te wachten. Gelukkig was Jamie nogal een robbedoes, dus er was in ieder geval iemand die die handschoen kon gebruiken. Logan studeerde af aan Yale (ik zei toch al dat hij briljant was) met een graad in kunstgeschiedenis, en daarna ging hij naar Italië om daar rond te reizen en van alles te onderzoeken.

Ik slenter een park in en vind een bank in de schaduw om Logan te bellen met mijn mobiele telefoon. Natuurlijk wordt er niet opgenomen. Het is een ramp om hem te pakken te krijgen. Ik kies voor de simpelste oplossing en laat een berichtje achter.

'Logan, met Molly. Hoe gaat het met je? Ik mis je. Ik heb fantastisch nieuws! Ik heb iemand ontmoet. Hij heet Justin – hij is geweldig. Kom naar huis zodat je hem kunt ontmoeten. Ik hou van je.'

Hoera! De eerste leugen is altijd het moeilijkst en die ligt nu achter me. Het probleem is echter dat ik het nu onmiddellijk aan de rest van mijn familie moet gaan vertellen, zodat ze het van mij horen, want Logan is een enorme kletskous. Niemand is perfect, nietwaar?

Ik besluit naar huis te lopen en de rest van de telefoontjes af te handelen vanaf mijn comfortabele bank. Als ik naar binnen loop, staat er een knipperend cijfer '2' op mijn antwoordapparaat. Verdikkeme... ik heb vast te langzaam gelopen.

'Tijd van bericht: 15.06 uur.'

'Jeetje!' Ik belde Logan om een uur of drie. Ik realiseer me dat hij al zijn berichtjes afluistert, dat hij mijn berichtje heeft gehoord en toen meteen de telefoon heeft gepakt.

'Good Golly Miss Molly!' Mijn moeders irritante troetel-naampje voor mij komt krijsend het apparaat uit. 'Waarom ben ik altijd de laatste die iets te horen krijgt? Logan vertelde me dat je iemand hebt ontmoet. Bel me. Deel dit met je moeder.' KLIK. 'Tijd van bericht: 15.10 uur.'

'Molly, met Jamie... Ik heb net met Logan gesproken. Wat is dit voor gedoe? We hebben elkaar pas nog gezien! Bel me.' KLIK.

Oké, daar gaan we, het plan is in werking gesteld. Laten we nu maar met volle kracht vooruitgaan. Ik haal diep adem, pak de telefoon op en toets het nummer van mijn zus in. Ik bewaar mijn moeder voor het laatst omdat het me nog nóóit is gelukt om tegen mijn moeder te liegen. Ze kijkt altijd dwars door me heen en uiteindelijk bezwijk ik dan onder de druk. Ik denk dat als ik mezelf een beetje opwarm met Jamie, ik mijn moeder wat beter aankan. Jamie neemt meteen op.

'Hallo?'

'Met mij.'

'Wat is er aan de hand? Logan belde en vertelde dat je iemand hebt ontmoet! Waarom heb je het eerst aan hem verteld?'

Dit is waarschijnlijk een goed moment om uit te leggen dat Jamie wat familiezaken betreft altijd een soort van middelste-kindcomplex heeft gehad. In het echte leven loopt ze over van zelfvertrouwen en ze is altijd heel evenwichtig, maar waar het de Harrigans betreft, is ze een echte 'Jan Brady' van de Brady Bunch.

'Jamie, het spijt me. Ik heb Logan al een hele tijd niet gespro-ken en toevallig had ik hem net aan de lijn.' God, ik haat dit liegen!

'Nou, als je het wilt goedmaken, vertel mij dan maar meer dan wat je hém hebt verteld. Hij zei dat je hem alleen maar vertelde dat je iemand hebt ontmoet die Justin heet.'

'Oké, hij heeft gelijk. Justin is drieëndertig. Hij is acteur – nou ja, hij is een kelner die acteur wil worden. Hij is geweldig... Hij lijkt in ieder geval geweldig. Het is pas een paar weken aan.'

'Een paar weken? Waarom heb je het me niet eerder verteld?'

'Eerder? Dit duurt pas twee weken! Ik wil wel dat het goed gaat, ja?'

'Best. Vertel me wat meer. Waar heb je hem ontmoet?'

Ik steek van wal. 'We hebben elkaar bij Starbucks ontmoet. Ik was daar al, hij kwam binnen, hij vroeg me of ik het tafeltje wilde delen en we begonnen te praten.' Verdorie, dat klinkt wel erg gehaast. Ik houd mijn adem in.

'Dat klinkt geweldig!' Oef! Zo te horen trapt ze erin. 'Ik ben heel erg blij voor je. Wanneer kan ik hem ontmoeten? Ik ben vanavond vrij.' Langzaam aan! Dat gaat me een beetje te snel.

'Jamie, rustig... Je ziet hem wel op Brad en Claires verlovings-feest.' Ik doe net alsof ik mijn vinger in mijn keel steek.

Justin en ik hebben besloten om op dat evenement onze grootse entree te maken, want dat geeft ons wat meer tijd om 'elkaar te leren kennen', en ook omdat ik Claire op de kast wil jagen. Na een korte beschrijving van haar, was het volgens Justin heel erg leuk om haar op de kast te jagen.

'Oké (piep), ik zal wachten (piep).'

'Iemand probeert me te bellen... ik bel je morgen.'

'Oké. Misschien is hij het!'

Ik druk op de knop. Van dat telefoontje wilde ik heel graag af. De hemel zij dank voor ISDN.

'Hallo?'

'Molly! Ik heb je gebeld. Waarom heb je niet teruggebeld?'

'Hoi, mam, ik kom net thuis.' (Ik maak een mentale notitie om ook even te informeren naar nummerweergave.)

'Logan zei dat je iemand hebt ontmoet. Wie is hij? Heeft hij een goede baan?'

'Ja, mam, hij is acteur... Nou ja, hij is kelner, want de reke-ningen moeten natuurlijk betaald worden. Hij heet Justin Blake en hij is drieëndertig. Je zult hem heel aardig vinden – hij heeft uitstekende manieren.'

'Een acterende kelner? En dat noem jij een goede baan? Ver-geet het, Molly, hij is niet de ware,' zegt mijn moeder, en haar toon verandert meteen van hoopvol en opgewonden in de toon van iemand die net enorm is teleurgesteld.

Mijn moeder koestert een droom waarin we trouwen met artsen, advocaten, directeuren of mensen die gewoon veel geld hebben. Ze is zo voor gelijke kansen dat ik er gek van word. Ze legt deze beperkingen niet alleen aan haar dochters op, ze probeert Logan altijd te koppelen aan vrouwelijke artsen waar ze naartoe gaat of vrouwelijke advocaten die ze in liften ontmoet. Vraag het maar niet... Mijn moeder is een aparte tante. Ze was heel sceptisch over Jamies echtgenoot, Bryan, een computerdeskundige, maar toen ze de ring zag die hij voor Jamie had gekocht, lichtte ze helemaal op. (O, verdorie, nog iets wat ik moet doen; ik heb een ring nodig.)

'Mam, hij is echt een goede acteur. En een heel lieve ziel.' Die twee woorden, *lieve ziel*, halen mijn moeder altijd over. De waarheid is dat ze zelf ook een lieve ziel is en dat ze een zwak heeft voor andere lieve zielen. En hij zou echt een heel goede acteur kunnen zijn... ik heb geen idee.

'O, mijn god, Molly, misschien ben je echt verliefd aan het worden,' roept ze enthousiast, en haar vooringenomenheid over zijn beroep lijkt verdwenen te zijn.

'Ja, misschien is dat inderdaad het geval.' Ik glimlach om het idee. Het zou fantastisch zijn om verliefd te worden en misschien is dat echt een beetje het geval... Natuurlijk niet op de homoseksuele Justin – zo zelfvernietigend ben ik nou ook weer niet – maar op het idee van de romance, de verloving en de planning van een bruiloft en dat ik het komende jaar iemand naast me heb.

'Mam, ik moet hollen, de koekjes in de oven verbranden bijna.' Mijn god, wat ze zeggen is waar – als je eenmaal begint te liegen, zet je de sluizen wagenwijd open.

'Ik dacht dat je zei dat je net thuis kwam?'

Hè, daarom is liegen verkeerd.

'Dat is ook zo, ik ben net thuisgekomen. Ik heb net wat afbakkoekjes in de oven gestopt – ik had opeens zo'n zin in Chocolate

Chip Cookies – en toen belde ik jou.' Ik moet mezelf heel goed in de gaten houden!

'Zin in koekjes? Ben je zwanger? Jamie zei dat je ook al koekjes voor háár had meegebracht!'

'Wat? Mam! Nee! Ik ben nog niet met hem naar bed geweest.' Gadverdamme, dat ik dat net tegen mijn moeder heb gezegd. 'Ik ga nu ophangen. Ik hou van je. Dag.' KLIK.

Ik beuk een paar keer met mijn hoofd tegen de muur en draai het laatste nummer van de dag. Natuurlijk wordt er door die persoon niet opgenomen.

'Logan, je mag blij zijn dat ik van je hou, want je hebt verdomme een te grote bek.' KLIK.

Ik laat me op de bank vallen en Tiffany komt gezellig naast me zitten. Ik moet een beetje in vorm zien te komen voor dit alles. Het is dodelijk vermoeiend.

Vele uren later heb ik mijn comfortabele trainingsbroek aan en plastic eetstokjes in de hand. Ik maak een luchtsprong als de bel gaat.

'Wie is daar?' schreeuw ik in de intercom terwijl de bami goreng uit mijn mond hangt.

'Molly, ik ben het. Doe open.'

Ik snap werkelijk niet waarom Brad me komt opzoeken, maar ik laat hem binnen. Enkele seconden later – hij moet de trap op zijn gerend – staat Brad enigszins buiten adem voor mijn deur.

'Brad! Wat is er aan de hand? Is alles in orde?'

'Jamie belde me…'

'O, mijn god! Is alles oké met iedereen? Met de baby?' val ik hem in de rede.

'Wat? Ja. Ze maakt het prima. Ze zei dat je iemand hebt ontmoet.'

Ho, wacht even. Wat mankeert deze mensen? Hebben ze geen eigen leven?

Brad staat in mijn deuropening en kijkt me vol verwachting aan. Ik heb geen idee wat hij hier doet.

51

'Ja, ik heb iemand ontmoet. Wat is het probleem?'

Er gebeurt iets heel vreemds… Als ik bevestig dat er inderdaad iemand in mijn leven is, kijkt Brad heel even intens gekwetst en brengt daar dan snel een blik met geveinsd enthousiasme voor in de plaats.

'Dat is fantastisch! Dat zei Jamie al en ik wilde van jou de details horen. Ik denk dat ik nu maar ga.'

Hè?

'Brad, zo te zien ben je hier naartoe gerend om "de details" te horen, die je nog niet hebt gehoord, en nu wil je alweer weg? Waarom heb je me niet gewoon gebeld?'

'Dat weet ik niet… Ik denk dat ik je gewoon wilde zien.' Hij wacht even. 'Waarom heb je míj niet gebeld?'

Nu snap ik het. Ik heb hem gekwetst. Hij wordt verondersteld mijn beste vriend te zijn en nu moest hij van iemand anders horen dat waar ik altijd over klaagde dat maar niet gebeurde eindelijk is gebeurd en ik heb hem erbuiten gelaten. God, ik voel me afschuwelijk.

'Het spijt me zo… Ik had je moeten bellen. Ik dacht alleen dat het beter was om het je persoonlijk te vertellen.'

De waarheid is dat ik dacht dat het beter zou zijn om hem helemaal niets te vertellen, want hij is nog erger dan mijn moeder en zus bij elkaar. Hij kijkt dwars door me heen. Zijn 'gelul'-meter is heel goed afgesteld.

'O, oké. Nou, hier ben ik dan. Wat zijn de details?'

We staan nog steeds bij de deur en ik heb nog steeds het bakje met bami goreng in een hand en de eetstokjes in de andere.

'Kom binnen. Ik zal nog een paar eetstokjes pakken.'

Opeens is hij weer heel gespannen.

'Eigenlijk kan ik nu niet. Claire zit op me te wachten – ik heb haar gezegd dat ik ging hardlopen.'

Er gaat een vlaag van woede door me heen… God, ik haat Claire. Mijn beste vriend mag me alleen maar stiekem bezoeken?

'Oké, ik wil niet dat je in je kraag wordt gevat.'

Brad glimlacht een zielig klein glimlachje.

'Wanneer kan ik deze mysterieuze man ontmoeten?'

'Eigenlijk wilde ik hem meenemen naar jouw verlovingsfeest. Wat vind je daarvan?'

'Nou, ik neem het even op met Claire, maar ik denk niet dat het een probleem is.'

Ik neem het even op met Claire? Is ze soms zijn moeder?

'Prima, ik hoor het wel.'

'Ik bel je morgen voor de details. Ik moet nu gaan.'

Brad drukt een kus op mijn voorhoofd en rent de gang uit voordat ik antwoord kan geven.

Terwijl ik mijn geweldige, slimme en knappe vriend als een goed getrainde poedel door de gang zie hollen, wordt mijn overweldigende boosheid en haat voor Claire vervangen door een enorm diep verdriet. Ik doe de deur dicht en keer terug naar mijn plekje naast Tiffany. Ik ben verdrietig omdat het voelt alsof mijn vriendschap met Brad nu al aan het verslechteren is. Als hij me een paar weken na hun verloving al niet meer mag opzoeken, zie ik hem tegen de tijd dat ze getrouwd zijn helemaal nooit meer. Ik ben zo blij dat mijn verloving met Justin heel anders zal zijn. Het mag dan nep zijn, het geeft me in ieder geval veel vrijheid.

Het spreekt voor zich dat Brad me de volgende dag niet opbelt, en de dag daarna ook niet en ook niet de dag daarna. Tussen de avond in mijn appartement en de avond van mijn verlovingsfeest spreken we maar één keer met elkaar als hij me belt om me te vertellen dat Claire het goed vindt als ik Justin meebreng. Maar zelfs dan krijgen we niet de kans om te kletsen, want ze houdt hem voortdurend bezig met details van hun feestje.

8

Justin wordt voorgesteld

Hun verlovingsfeest is eigenlijk heel erg belangrijk voor mij en ik ben vreselijk nerveus. In tegenstelling tot Brad en mij, hebben Justin en ik elkaar heel vaak gezien en minstens een keer per dag met elkaar gebeld. Ons verhaal zit gebeiteld in elkaar. Zoals in het begin is afgesproken, blijven we zo dicht mogelijk in de buurt van de waarheid en brengen alleen veranderingen aan om van onze relatie een romance te maken en niet een zakelijke overeenkomst. Elke keer als we een 'vergadering' hebben, kiezen we een ander romantisch restaurant, dus als we vragen krijgen over waar we tijdens onze afspraakjes naartoe zijn gegaan, hebben we goede antwoorden en ervaringen bij de hand en kunnen we zelfs iets over het eten zeggen. Om je de waarheid te zeggen, ik heb een heerlijke tijd!

Justin is een fantastische man. Hij is slim en grappig en heeft een werkelijk heel interessant leven geleid. Een homo als vriendje is op alle vlakken ideaal, behalve dat je seks wel op je buik kunt schrijven. Hij raakt absoluut niet van de leg na uren winkelen en heeft me erg goed geholpen om de perfecte jurk voor het feest uit te kiezen, en hij snapt helemaal waarom ik er beter uit wil zien dan Claire. Het is net alsof we weer terug zijn op de middelbare school, onze eigen geheime club creërend. We hebben diepgaande en ontroerende gesprekken en we doen zo dwaas dat ik lach tot ik moet huilen terwijl we over van alles praten, zoals Justins 'debuut' en de afschuwelijkheid van Claire Reilly en de bruiloft (natuurlijk). En wederom zal zijn voortreffelijke gevoel voor smaak me zeer van pas komen bij het plannen van de bruiloft. Deze neprelatie is beter dan al die echte die ik heb gehad!

Op de avond van Brad en Claires verlovingsfeest zijn Justin en ik piekfijn gekleed en staan we op het punt een grootse entree te maken. De meeste belangrijke mensen in mijn leven zullen er zijn (behalve Logan met zijn grote mond). Jamie en Bryan, mijn ouders, Alex en Steve, Lauren en Rob, en Brad natuurlijk. Justin ziet er oogverblindend uit in zijn zwarte pak, en de zwarte strapless jurk waar hij op aandrong om Claires plekje in de schijnwerpers van haar af te pikken, ziet eruit alsof me dat echt zou kunnen lukken. Begrijp me niet verkeerd – we zijn allebei nerveus (Justin noemt het plankenkoorts), maar ook opgewonden.

Het feestje wordt gehouden in een restaurant dat naar verluidt het eigendom is van een vriend van Claires familie. Justin en ik arriveren iets te laat, maar dat hoort zo, en het feest begint net een beetje op gang te komen. Ik heb stilletjes plezier om het feit dat Claire wel heel erg boos moet zijn dat de afgehuurde ruimte een tijdje slechts halfvol is, want niet iedereen houdt zich aan het tijdstip op de uitnodiging. Justin en ik pakken elkaars hand vast en lopen de kamer in, en worden bijna onder de voet gelopen door mijn familie en vrienden die op hem hebben staan wachten. Jamie bereikt hem als eerste... óf ze is erg snel voor een zwangere dame, óf de anderen voelden zich niet prettig bij het opzijduwen van een vrouw in verwachting.

Justin kijkt naar me en glimlacht een van zijn oogverblindende glimlachjes en mompelt binnensmonds: 'Daar gaan we dan.' Voordat ik besef wat er gebeurt, sta ik tegen ruggen aan te kijken van mensen die zich op de arme Justin hebben gestort. Ik zie alleen nog het topje van zijn hoofd. Ik denk niet dat ik hierbij nodig ben en ga op weg naar de bar in de hoop daar Brad even gedag te kunnen zeggen.

Vanaf de bar heb ik een prima uitzicht op het feestje. Ongeveer vijfennegentig procent van de gasten zijn familievrienden van Claire. De paar gasten die Brad mocht uitnodigen zijn goede oude vrienden van de universiteit en mijn familie. Brad is bijna een echte Harrigan omdat zijn familie aan de andere kant van het land woont en hij niet echt een hechte band met ze heeft (ze kwamen zelfs niet 'voor alleen maar een weekend helemaal naar New York' om deel uit te maken van het feest). In het begin van onze tijd op de universiteit bracht hij de feestdagen en lange weekenden altijd bij mijn familie door en tot op de dag van vandaag doet hij dat nog steeds. Mijn moeder vindt hem aanbiddelijk, mijn vader praat graag over sport met hem en zowel Logan als Jamie behandelt hem als een broer. In zekere zin betekent het meer voor hem om hen hier te hebben dan zijn eigen ouders. Behalve die bekende bijenkorf van mensen die om mijn arme ingehuurde vrijer heen zoemt, zijn alle andere mensen op het feest nagenoeg vreemden voor mij.

Claire ziet er fantastisch uit, maar haar gebleekte tanden stralen toch iets ijzigs uit. Misschien dik ik haar slechtheid veel te veel aan, maar ik zweer je, het komt overal doorheen. Helemaal aan de andere kant van de ruimte zie ik eindelijk Brad staan. Hij is in gesprek met twee oudere mannen die een driedelig kostuum dragen. Hij glimlacht zijn beleefde glimlach en ik zie hem een paar keer zogenaamd lachen en dan pas ziet hij mij. Ik hef mijn champagneglas naar hem op en hij excuseert zich en komt naar me toe. Misschien beeld ik me dit in, net zoals ik me Claires zichtbare hoorns inbeeld, maar hij straalt vanavond een zekere triestheid uit die ik nog nooit heb gezien. Als hij bij me is, glimlacht hij zijn normale, twinkelende glimlach en omhelst me.

'Zo, en waar is die geweldige man?'

'Zie je dat groepje vrouwen daar?' Ik wijs in de richting van de zich om Justin verdringende vrouwen. 'Hij staat daar ergens in het midden.'

Brad lacht. Hij kent mijn familie goed genoeg om zich niet

door hun gedrag te laten verrassen. Hij vindt hen altijd heel amusant.

'Nou,' zegt hij, 'ik ben hier vanavond de eregast en ik wil hem ontmoeten, dus we zullen die dames even uit elkaar gaan halen.'

Hij houdt me zijn arm voor en ik haak in (en houd mijn glas champagne vast in de andere hand), en we gaan samen op pad om Justin te redden.

Brad kan heel goed met mijn familie opschieten en ook met wilde menigten (de toeschouwers van de extreme-sportenconferenties die hij meestal verslaat voor *Extreme Outdoor* hebben hem op alles voorbereid), dus voor hem is het een peulenschil om zich met zijn armen een weg te banen naar het midden van de cirkel en zijn hand uit te steken naar Justin.

'Wat leuk om je eindelijk te ontmoeten.'

Justin is verbijsterend goed, hij mist werkelijk niets. 'Brad Lawson. Molly zweert dat ik niet jaloers hoef te zijn, maar ze laat zich altijd heel lovend over je uit.'

Brad kijkt stralend naar Justin en dan even naar mij. Het is niet zo moeilijk om hem voor je te winnen, hij is echt een zacht eitje.

'We gaan even iets te drinken voor je halen. Ik wil alles van je weten, en dan vertel ik jou alles over Molly's tijd op de universiteit.'

'Goed plan. Dames, ik kom terug.'

De meisjes kreunen als tieners bij een rockconcert, maar geven de jongens amper een kans door de zaal te lopen voordat ze hun aandacht op mij richten. O, jee! Het beviel me heel wat beter toen Justin in de vuurlinie stond!

Mijn moeder gaat van start. 'Molly, hij is geweldig!'

Jamie is het met haar eens. 'Dat is hij zeker, Molls. Ik ben zo blij voor je!' En ze slaakt een echte kreet.

En dan zeggen opeens al mijn vrienden hoe geweldig hij is. Ze zijn allemaal weg van hem! Ik ben in de zevende hemel. Fase een van het plan verloopt zonder enige problemen!

Ik vertel hoe we elkaar hebben ontmoet en over alle geweldige afspraakjes die er tot dusverre zijn geweest. Het is zo leuk... Op een gegeven moment vang ik zelfs een zeer geërgerde blik op van Claire die naar ons lawaaierige hoekje kijkt, en dat maakt mijn vreugde zelfs nog groter. Na elk detail met hen gedeeld te hebben (en zelfs een paar nieuwe verzonnen te hebben – ik heb besloten dat 'Just The Way You Look Tonight' ons liedje is), excuseer ik me en ga op zoek naar Justin om hem te feliciteren met zijn fabuleuze optreden.

Ik zie hem bij de bar, nog steeds met Brad, en loop naar hem toe. Ik laat mijn arm om zijn middel glijden. Het voelt een beetje vreemd om dit te doen, want in heel veel opzichten is hij nog steeds een vreemde voor me, maar ik weet dat het dit soort kleine details is dat anderen ervan zal weerhouden twijfels te koesteren. Ik zie dat Brad eerst naar mijn arm om Justins middel kijkt voordat hij me begroet.

'Hé, hallo, we leren elkaar net een beetje kennen. Zeg me niet dat je nu al last hebt van scheidingsangst?'

Ik lach om zijn grapje, hoewel het een raar grapje is. 'Nee, ik wil alleen maar zeker weten dat jij niet te veel geheimen onthult.'

'Maak je geen zorgen,' stelt Justin me gerust, 'Brad heeft alleen maar heel lieve dingen over je gezegd.'

Ik schenk Justin een stralende glimlach, zeer verheugd over hoe dit tot nu verloopt, en hij glimlacht stralend terug. We hebben echt heel veel lol. Dit is net een toneeluitvoering voor hem en het is een droom die uitkomt voor mij (wederom zonder de seks).

'Justin, wil jij nog wat champagne voor me halen terwijl ik erachter probeer te komen wat Brad echt van je denkt?' vraag ik met een knipoog.

We lachen allemaal en Justin gaat naar de bar terwijl Brad en ik de dansvloer op lopen. Brad en ik dansen een paar minuten in stilte. Brad is een fantastische danser. Zijn moeder dwong hem als kind om de quadrille te dansen en dat heeft echt zoden aan de dijk gezet. Uiteindelijk houd ik het niet meer uit.

'Nou? Vind je hem niet geweldig?'

'Shh… ik ben dol op dit liedje.'

Ik sta verstomd, maar vooruit. Ik luister naar de muziek en – dat geloof je nooit – het is 'Just the Way You Look Tonight'. Verdomme. Ik kijk naar Justin en hij is weer in gesprek met mijn moeder en zus. Barst… Dat het alsjeblieft niemand opvalt dat dit het liedje is dat volgens mij 'ons' liedje is. Als het liedje voorbij is en er een andere melodie te horen is waar op gedanst kan worden, doet Brad eindelijk zijn mond open.

'Volgens mij is hij een bedrieger, Molly.'

Mijn hart slaat een slag over. 'Denk je? Iedereen vindt hem geweldig.'

'Ik weet het niet. Iets aan hem voelt niet helemaal goed. Ik kan er mijn vinger niet op leggen.'

De oprechtheid en bezorgdheid in zijn stem roepen heel even een enorm schuldgevoel in me op omdat het allemaal een leugen is, maar daar komt al snel een gevoel van paniek voor in de plaats omdat Brad werkelijk iedereen aardig vindt. Hij trouwt met Claire, dus hoe kieskeurig kan hij zijn?

'Misschien ben je een beetje al te bezorgd omdat ik wel vaker ben gekwetst,' zeg ik en ik probeer hem te overtuigen.

'Dat zou kunnen. Wees alleen voorzichtig. Hou je ogen heel goed open en pas goed op.'

'Dat zal ik doen. Dat beloof ik,' zeg ik, terwijl ik me weer overgeef aan het comfortabele ritme van Brads leiding.

We dansen de rest van het liedje en mijn hersens maken overuren. Wat heeft Justin gezegd om Brad op dit idee te brengen? Ik ben zo hard aan het nadenken dat ik niet eens in de gaten heb dat Claire opeens naast me staat en Brads arm van mijn middel trekt. Ik kijk haar aan en ze ziet er boos uit en Brad ziet eruit als een hert dat door felle koplampen wordt verblind.

'We waren alleen maar aan het dansen,' legt hij nogal sullig uit… Want volgens mij was dat nogal duidelijk.

'Heb je enig idee hoe het eruitziet als je met háár danst op óns verlovingsfeest?' Ze gebaart naar mij.

'Dat hij misschien vrienden heeft?' zeg ik temend. Ik probeer te helpen.

Claire schenkt me een van haar dodelijke blikken en ik haal mijn schouders op en loop weg terwijl ze Brad een veeg uit de pan geeft. Op dit moment zijn er belangrijker dingen om me zorgen over te maken. Terwijl ik de dansvloer verlaat, wordt Brad door Claire terechtgewezen. Hij is zo'n lulletje rozenwater wat haar betreft... Hij probeert zichzelf niet eens te verdedigen. Geen wonder dat hij zijn vinger niet kan leggen op wat er aan Justin mankeert... Hij ziet niet eens wat er aan Claire mankeert!

Ik loop naar de plek waar Justin met mijn moeder en zus staat te praten.

'Hé, schatje,' zegt hij, terwijl hij me een glas champagne geeft en me op mijn hoofd kust. Verdorie, wat is die vent goed. Mijn moeder en Jamie kijken elkaar aan alsof ze elk moment kunnen smelten. 'Die Claire is me wat, hè?' vraagt hij en kijkt naar de dansvloer waar Brad en Claire nu aan het dansen zijn. Claire leidt en geeft hem nog steeds op zijn kop.

'Ze is de duivel,' fluister ik in zijn oor. Dit feestje wordt gegeven door haar familie en daarom moet ik me een beetje beheersen.

Hij knikt begrijpend en Jamie knikt ook.

'Triest dat we allemaal een geweldige partner hebben gevonden en dat hij met haar is.'

We knikken allemaal verdrietig en er gaat een golf van warmte door me heen. Ik ga wat dichter bij Justin staan. Ik ben ook iemand die een geweldige partner heeft gevonden – eindelijk!

'Kom, Molly, laten we gaan dansen.' Justin pakt mijn hand en leidt me naar de dansvloer. Ik kijk achterom naar mijn moeder en zus en ik zweer je dat mijn moeder een traan uit haar oog wrijft!

'Je bent een geweldige acteur!' fluister ik in zijn oor.

Justin lacht even en glimlacht warm. 'Het is niet echt acteren – ik vind je echt een geweldige vrouw. Ik ben het alleen aan het verfraaien.'

60

We dansen een paar minuten in stilte, en laat me je dit vertellen. Vergeleken met Justin heeft Brad twee linkervoeten. Vergeet de quadrille – Justin heeft een professionele dansopleiding gehad.

'Je kunt ook verbluffend goed dansen.'

'Nog een extraatje omdat je een homoseksueel vriendje hebt.'

We lachen allebei.

'O, voordat ik het vergeet te vertellen. "Just the Way You Look Tonight" is ons liedje, oké?'

'Wanneer hebben we dat besloten? Je moeder vroeg me waarom ik je door Brad liet meevoeren om op ons liedje te dansen en ik was zo in de war... Ik dacht dat ik alle afgesproken details goed in mijn hoofd had geprent.'

'Dat hebben we niet besloten,' beken ik. 'Ik werd een beetje meegesleept en heb dat aan iedereen verteld.'

'Dat is prima.' Hij lacht. 'Dat heb ik ook gedaan. Ik heb je zus verteld dat ik aan yoga doe, wat waar is, maar toen vertelde ik haar dat ik jou les geef en nu wil ze met ons meedoen. Dus ik zal je deze week wat yogaoefeningen moeten bijbrengen.'

'Oké,' stem ik in. 'Ik heb altijd al yoga willen proberen.'

Gedurende de rest van de avond word ik door Justin op mijn wenken bediend. Dat wil zeggen, als hij niet met mijn moeder danst (omdat mijn vader dat weigert) of met mijn zus (omdat ze zoveel klaagt over de wijze waarop Bryan danst, dat hij niet eens met haar in de buurt van een dansvloer gezien wil worden). Ik dans met Bryan (hij is geen Justin... Hij is zelfs geen Brad, maar we hebben lol), hang aan de bar aan de voorzijde van het restaurant waar mijn vader zoals altijd een televisie met een sportuitzending heeft gevonden, en wuif zelfs twee keer naar Brad aan de andere kant van de zaal. Het diner is goed en de wijn vloeit een beetje al te rijkelijk.

Aan het eind van de avond ben ik behoorlijk aangeschoten. Ik neem kussend afscheid van mijn familie en vrienden, Justin kust alle meisjes (op de wang, natuurlijk) en schudt alle mannen de hand. Het is duidelijk dat hij iedereen voor zich heeft ingenomen, zelfs mijn vader! Ik ga afscheid nemen van Brad, terwijl Justin voor de komende weken allerlei afspraken maakt. Uiteindelijk vind ik Brad bij de bar, hij is dronken.

'Hé, we gaan weg.'

'Néé! Niet gaan. Laat me niet alleen.'

'Je bent dronken, vriend. Wanneer kun je hier weg?'

'Dat weet ik niet.' Zijn kin zakt op zijn borst. 'Ik haat deze shit.'

'Wat?'

'Dit nepgedoe, al deze nepmensen.'

Mijn wangen worden warm als hij de nadruk legt op 'nep'. Hij heeft geen idee, maar ik ben bezig de koningin van nep te worden.

'Ik zou er maar aan wennen als ik jou was – het bereidt je voor op het huwelijk.'

Hij kijkt me aan. 'Ik hou van je, Molly.'

'Ik hou ook van jou, Bradley. Drink vanavond een heleboel water, oké? Ik bel je morgen.'

'Nee, Molly, wacht.'

Ik giechel even om zijn dubbele tong. 'Het was een enig verlovingsfeest.' Ik lieg dat ik barst.

Even ziet Brad er heel beteuterd uit. Ik zweer je, die vrouw is bezig zijn hele karakter te vermorzelen. Ik kus hem op zijn hoofd en begeef me in de richting van de deur.

'Molly!' roept hij me na en ik draai me om. 'Wees voorzichtig.'

'Maak je geen zorgen, malle.'

Ik draai me weer om en Justin staat bij de deur op me te wachten en wuift naar Brad. Brad zwaait dronken terug en Justin en ik lopen hand in hand naar buiten.

In de taxi op weg naar huis houdt Justin maar niet op met te zeggen hoe geweldig iedereen is. En hij heeft in de komende weken met iedereen een afspraak gemaakt! Hij en mijn moeder hebben heerlijk gepraat over dansen, met Jamie heeft hij het over zwangerschapsyoga gehad en met Bryan sprak hij over het eten van plaksel in de derde klas! Ik kan niet anders dan hem stralend aankijken.

Ik heb nog nooit een heterovriendje gehad waar mijn familie zo weg van was!

We lachen, en de hele weg terug naar mijn appartement nemen we alle leuke anekdotes van de avond nog eens door. Als de taxi bij de stoeprand stopt, vraagt Justin de chauffeur om even te wachten en dan word ik er weer wreed aan herinnerd dat hij niet mijn echte vriendje is en dat ik in mijn eentje naar boven moet. Hij brengt me naar de deur en omhelst me warm en puur vriendschappelijk. Daarna doet hij een stap terug en kijkt me een beetje ongemakkelijk aan. Het duurt even voordat ik besef wat er aan de hand is. O, jee!!! Hij wil betaald worden. Ik doe mijn portemonnee open en geef hem het geld.

'Bedankt,' zeg ik, 'je was perfect.'

'Ik denk dat we in prima vorm zijn, Molly. Na alle afspraken die we hebben gemaakt om al je vrienden en familie te bezoeken, denk ik niet dat iemand bezwaar zal hebben tegen een snelle verloving.'

Ik glimlach en ben het met hem eens, en dan zwaai ik even als ik naar binnen ga en hij loopt weer terug naar de taxi.

Boven, alleen in mijn appartement... nou ja, alleen met mijn loyale Tiffany, begin ik me echt heel verdrietig te voelen en ik ben verbaasd over de reden van mijn verdriet. Niet dat ik me heb moeten verlagen door een nepverloofde in te huren, niet dat ik heb moeten liegen tegen mijn geliefde vrienden en familie, maar omdat ik Brad aan het verliezen ben. Hem op zijn eigen verlovingsfeest zo ellendig en dronken te zien, heeft een groter effect dan ik me realiseerde toen ik nog in de wolken was over Justins succes.

Brad en ik hebben meer dan tien jaar alles met elkaar gedeeld, maar nu wordt hij van me afgenomen. Ik bedoel dat Claire ons heus wel zal toestaan om vrienden te blijven... op zijn minst kennissen... dat hoop ik althans, maar er zullen geen middernachtelijke telefoontjes meer zijn, of samen aan de telefoon naar *Survivor* kijken, of samen pannenkoeken eten. Dit klopt niet. Het is heel onrechtvaardig! Ik huil mezelf in slaap en neem me voor om Brad de volgende ochtend te gaan redden.

9

De redding van Brad, deel een

Als ik wakker word, heb ik een plan. Maak je geen zorgen! Het is niets geks. Ik ga niet iemand inhuren naar aanleiding van een advertentie in de krant. Ik ga heel volwassen zijn en ik ga Brad overtuigen de waarheid omtrent Claire in te zien en de bruiloft af te zeggen. Ik bel zijn appartement en er zit onmiddellijk een kink in de kabel omdat Claire zijn telefoon opneemt.

'Jeetje, Molly. Het is de ochtend na ons eerste verlovingsfeest. Kun je ons niet wat privacy geven?' KLIK.

'Wat was dat, verdomme?' vraag ik aan Tiffany.

Gebeurde dat echt? Ten eerste, ze zijn nog niet getrouwd. Is het wel gepast dat zij zijn telefoon opneemt? Ten tweede, hun éérste verlovingsfeest? Hoeveel zijn er eigenlijk? Werkelijk... hoeveel? (Mentale notitie: ik moet nakijken hoeveel verlovings-feestjes een paar krijgt en ik ben er niet echt op tegen als het meer dan een is.) En ten derde, wie is er zo onbeschoft om op zo'n manier een gesprek te beëindigen? Het antwoord op num-mer drie is: Claire. Naar nummer twee zal ik wat onderzoek moeten verrichten. Nummer een brengt me helemaal van mijn stuk. Dus ik bel Justin.

'Goedemorgen, vriendinnetje,' begroet hij me. Elkaar vriendje of vriendinnetje noemen is een soort van onderling grapje dat tevens van invloed is op de geldigheid van onze romance, want mensen die verliefd zijn verzinnen altijd stomme troetelnaampjes en spreken elkaar daarmee aan.

'Hallo daar, vriendje. Wat ga je vandaag allemaal doen?'

'Ik wilde je bellen om te vragen of je zin hebt om naar "ons plekje" te komen voor een verantwoorde muffin.'

We noemden Starbucks nu ook 'ons plekje', daarmee dezelfde strategie volgend die ik hierboven al heb uitgelegd.

'Ik kan er over twintig minuten zijn, maar dan zie ik er niet uit, maar over een uur weet je niet wat je ziet. Zeg het maar.'

'Ik zie je over twintig minuten.' KLIK.

Zie je nou wel, ik ben niet altijd erg gevoelig voor de wijze waarop mensen een telefoongesprek beëindigen. 'Dag' is niet altijd nodig – deze snelle afronding stoorde me in het geheel niet.

Ik trek een trainingspak aan en ga naar Starbucks. Als ik naar binnen loop, zit Justin aan 'onze' tafel te wachten met mijn magere latte in zijn hand.

'Je bent geweldig,' zeg ik.

We blijven daar een groot deel van de ochtend zitten en kijken naar mensen en bekritiseren hun kleding. Dat is altijd een van mijn favoriete bezigheden geweest en naar het schijnt doet Justin dat ook graag.

Dan besluiten we te gaan 'sporten'. Met andere woorden: een wandeling door het park.

'Nou,' zeg ik, 'ik had vanochtend een aanvaring met Claire.'

Ik vertel hem over mijn besluit van de avond ervoor om te kijken of ik die twee uit elkaar kan halen en dan over mijn telefoontje naar Brads appartement en de onbeschofte wijze waarop Claire ophing. Ik verwacht dat Justin mijn schok en minachting deelt en dat hij me zal helpen iets te verzinnen om Brad te bereiken zonder eerst met Claire te spreken, maar hij gaat dwars tegen me in!

'Molly, ik denk dat het een slecht idee is om hen uit elkaar te halen.'

'Wat?'

'Ik denk dat het te laat is. Hij moet dit zelf uitvogelen. Hij zit er al te diep in.'

'Maar hij ziet de slechtheid niet!'

'Dat weet ik, en begrijp me niet verkeerd – ik ben het helemaal met je eens dat hij niet met haar moet trouwen, maar op dit moment is het risico erg groot dat je hiermee jullie vriendschap in gevaar brengt.'

'Maar met Claire erbij is er van onze vriendschap toch al niets meer over.'

'Ja, dat is wel zo. Je hangt een beetje tussen de wal en het schip, hè?'

'Het zal eens niet. Wat denk je dat ik moet doen?'

Ik heb werkelijk helemaal niets aan hem. We mompelen en pruttelen over de situatie tot Justin naar huis moet omdat hij aan het werk moet.

'Ik moet vanavond laat werken, dus ik bel je morgen wel.'

'Oké, fijne avond,' zeg ik, terwijl ik hem een kleiner bedrag overhandig. Grote gebeurtenissen als dat verlovingsfeest van gisteravond kosten meer dan snelle kopjes koffie. Hij neemt het geld zwijgend in ontvangst en knikt een bedankje. Dat is veel prettiger dan hier een hele toestand van te maken, zelfs al voelt het een beetje vreemd. Ik bedwing de behoefte om over mijn beide schouders achterom te kijken voordat ik hem het geld geef. Alsof ik iets illegaals doe.

We gaan ieder ons weegs en ik wandel nog een tijd in het park en denk na over de situatie met Brad. Justins opmerking dat Brad er 'te diep in zit' blijft zich maar afspelen in mijn hoofd. Betekent dat dat ik hem moet helpen, of is het al te laat? Ik kan niet besluiten. Geloof het of niet, de schemering valt in en ik weet het nog steeds niet zeker.

Ik loop richting huis en realiseer me dat ik honger heb als een paard. Een meisje kan het maar een beperkte tijd uithouden op een verantwoorde muffin met veenbessen en perziken. Onderweg naar huis kom ik bij toeval langs een van mijn favoriete plekjes en koop een stuk pizza. Toevallig ben ik hiervoor wel drie blokken omgelopen. Maar het is de moeite van deze zes extra blokken (een retourtje) waard, vind ik, terwijl ik naar huis loop en het vet van de pizza wordt opgenomen door de papieren zak die ik vasthoud alsof het mijn eerstgeborene is.

Als ik thuis ben, zie ik tot mijn grote genoegen dat het lichtje van mijn antwoordapparaat knippert. Waarom is een berichtje altijd zo opwindend? Ik hoop echt dat het Brad is, maar ik ben niet echt teleurgesteld dat het mijn moeder is. Vooral niet als ik hoor waar haar telefoontje over gaat.

'Good Golly Miss Molly! Met je moeder. Ik heb fantastisch nieuws. Je broer komt thuis. Eindelijk! Logan belde net om ons te vertellen dat hij er klaar voor is om terug te komen naar Connecticut en hij heeft een vlucht geboekt voor volgende week.'

'Hoera!!!' krijs ik naar Tiffany, die verward en geërgerd opkijkt omdat ze in haar drukke slaapschema wordt gestoord. Ik ben zo blij om mijn broer weer terug te hebben op dit continent dat ik door mijn appartement dans. Al die commotie brengt mijn kat bij haar positieven en ze realiseert zich dat ze vergaat van de honger en ze begint te miauwen om brokjes. Ik leg me daar bij neer en pak de telefoon om mijn opwinding te delen met…

In het verleden zou ik Brad hebben gebeld. Hij weet hoe hecht mijn band met mijn familie is en hoeveel ik van Logan houd. Hij zou het begrijpen en hij zou blij zijn. Maar na mijn onderhoud met Claire deze ochtend, sta ik niet echt te trappelen om mijn beste vriend te bellen. Dat afschuwelijke kreng! Ze ontneemt me echt alle lol in het leven. Ik zou mijn zus kunnen bellen, maar ik wil het nieuws delen door het aan iemand te vertellen, ik wil het niet delen met iemand die het al weet, en als ze het nog niet weet, wordt dat een gesprek dat ik liever niet voer. Alex en Lauren zullen er niet zo van onder de indruk zijn. Ze kennen Logan niet en ze hebben nou niet bepaald een hechte band met hun familie. Alex is enig kind. Ik denk dat Justin een goede optie is, maar hij is aan het werk. Verdomme! Ik besluit door de zure appel heen te bijten en Brad te bellen. Hij is een vrij man. Hij mag zelf beslissen met wie hij wel of niet spreekt. Ik bel het nummer van zijn mobiele telefoon (oké, ik ben een beetje een angsthaas) en hij springt meteen op voicemail. Wil je raden door welke stem ik word begroet?

Brads voicemail zei vroeger altijd: 'Ik kan je niet te woord staan omdat ik in de badkamer bezig ben met mijn genitaliën. Ik heb een agressieve vorm van herpes. Laat een berichtje achter. Als je geluk hebt, geef ik het door aan jou.' Ik weet het. Het is vulgair, smerig, onvolwassen... Maar het is grappig. Je kunt niet anders dan de humor ervan inzien en het is niet alsof hij ooit een aanval van herpes heeft gehad. Nou ja, er is in ieder geval iemand die het niet zo grappig vindt. Claires stem laat nu een begroeting achter die zo koud is dat je het nauwelijks een begroeting kunt noemen.

'Dit is de mobiele telefoon van Bradley Lawson. Toets één om een berichtje achter te laten na de piep, of twee als u hem wilt oproepen.' PIEP.

Zelfs geen hallo.

'Brad,' fluister ik tegen zijn voicemail, alsof ze me dan niet zal horen, 'bel Molly.' KLIK.

Ik kijk om me heen in het lege appartement en zie mijn kat op het aanrecht zitten. Ze likt haar pootje schoon. Heel erg hygiënisch, ik weet het.

'Tiffany!' Ze kijkt geërgerd op, ze wordt weer afgeleid. 'Je oom Logan komt thuis!'

10

De redding van Brad, deel twee

De volgende ochtend slaap ik uit, hoewel ik me daar niet bewust van ben. Ik word wakker als de telefoon overgaat en erger me mateloos dat iemand zo onbeschoft is om zo vroeg te bellen. Ik stap uit bed en ga op zoek naar de telefoon.

'Hallo?' antwoord ik met een chagrijnige en beetje suffe stem.

'Good Golly Miss Molly!' juicht mijn moeder door de telefoon. Ze is, en dat is ze altijd al geweest, een ochtendmens – een perfecte eigenschap voor een lerares. Ik ben ook een ochtendmens, meestal, maar terwijl de zomervakantie zich voortsleept, doet mijn slaap dat ook.

'Hoe laat is het?'

'Het is halfelf. Ik heb je toch niet wakker gemaakt?'

'Nee,' lieg ik. Nu ik besef hoe laat het is, schaam ik me kapot dat ik zo'n luie donder ben.

'Goed, dat dacht ik al. Luister, Molly, je broer komt donderdagochtend thuis en daarom hebben we op donderdagavond een "welkom thuis"-etentje voor hem gepland en we willen graag dat je Justin meeneemt.'

'Echt waar? Wauw, dat is geweldig. Dank je. Ik weet zeker dat hij dat heel leuk zal vinden. Laat me alleen even checken of hij niet hoeft te werken.'

Wauw! Mijn familie moet echt helemaal weg zijn van Justin

om hem uit te nodigen voor een familie-etentje. Het gaat erg goed!

'Oké, laat het me zo snel mogelijk weten.'

'Dat zal ik doen, mam. Ik hou van je.'

'Ik hou ook van jou, Molly.' KLIK.

De wijze waarop mijn moeder zegt dat ze van me houdt, roept meteen een enorm schuldgevoel in me op vanwege die enorme leugen die ik in elkaar heb gedraaid. Maar dat gevoel is heel snel weer weg.

'Denk aan de prijs,' zeg ik tegen mezelf. 'Witte jurk, hoge bruidstaart, porselein.'

Oké, het gaat alweer. Ik pak de telefoon en bel Justin.

'Hallo?' antwoordt hij versuft.

'Jij weet echt hoe je iemand voor je in moet nemen!' zeg ik tegen hem en negeer het feit dat ik hem wakker heb gemaakt.

'Wat heb ik gedaan?'

'Je hebt een uitnodiging losgepeuterd voor een familie-etentje bij de Harrigans! Maar weinig niet-Harrigans zijn je voorgegaan. Vertel me alsjeblieft dat je donderdagavond niet hoeft te werken.'

'Als ik ingeroosterd ben, vind ik wel iemand die mijn dienst kan overnemen. Dit is te gek!' zegt hij en probeert door zijn slaperigheid heen wat enthousiasme te veinzen.

'En wil je weten wat het allerverrukkelijkst is?'

'Is dit het dan niet?'

'Nee. Het is Logan. Je gaat Logan eindelijk ontmoeten.'

'Aha, de beroemde baby Harrigan.'

'Ik kan niet wachten tot je hem ziet.'

'Ik ook niet! Goed, dan zie ik je vanavond wel voor het etentje met Lauren en Rob. Oké?'

Deze afspraak heeft Justin tijdens het verlovingsfeest van Brad en Claire gemaakt. Werkelijk, de man is een sociale vlinder.

'Absoluut. Zal ik je ophalen?' bied ik aan.

'Alsjeblieft, vriendinnetje. Ik haal jou wel op om acht uur. Zorg dat je klaar staat.'

'Tot dan.' KLIK.

Terwijl ik geniet van een knapperig en knisperend schaaltje Rice Krispies, geniet ik ook van de glorie van het succes van mijn plan, en opeens herinner ik me het probleem waar ik mee bezig was. Operatie 'Red Brad'.

Ik controleer mijn antwoordapparaat om er zeker van te zijn dat ik niet door zijn telefoontje heen ben geslapen. Geen knipperend licht – verdorie. Daarna controleer ik twee keer de voicemail van mijn mobiele telefoon – om niets aan het toeval over te laten. Ik hoef het niet eens te zeggen, hij heeft niet teruggebeld. Het is bijna elf uur op een dinsdagmorgen, en hoewel Brad zelden op kantoor is (meestal is hij op pad om nieuw talent te ontdekken, mensen die iets krankzinnig gevaarlijks doen, stunts die met sport te maken hebben), besluit ik er toch een telefoontje aan te wagen. Ik weet zeker dat Claire er niet zal zijn. Ze snapt niets van werkplekken of waarom mensen daar naartoe gaan. Ik moet het nummer opzoeken omdat ik het nog nooit heb gedraaid, en terwijl ik wacht tot hij overschakelt naar de voicemail, gebeurt er iets geks – Brad neemt op.

'Brad?' Ik kan het niet geloven.

'Molly? Is alles oké met je?'

'Ik probeer je al een tijdje te bereiken. Wanneer kunnen we elkaar even zien?'

Hij wacht even. Misschien kijkt hij in zijn agenda?

'Volgens mij hebben we vanavond geen afspraken. Claires vriendin Andrea moest afzeggen vanwege een of ander probleem met haar botox-injectie. Wil je ons ergens halverwege ontmoeten?'

Hè? *Ons?*

'Nee, Brad, alleen jij en ik.'

Hij wacht weer, maar deze keer voelt het raar aan.

'Weet je, Molly, Claire wil niet dat ik je zie als zij er niet bij is. Ze zegt dat dat ongepast is.'

Nu ben ik degene die een pauze inlast. Ik ben sprakeloos.

'Neem je me in de maling?' weet ik er met moeite uit te persen.

'Het spijt me,' zegt hij slap.

'Brad. We zijn al twaalf jaar elkaars beste vrienden. We hebben elkaar zelfs nog nooit gekust. Oké dan, behalve dan die ene keer tijdens het eerste jaar, maar verder hebben we in geen tien jaar gezoend.'

'Ik weet het – het is gewoon iets van haar. Laten we met zijn drieën iets afspreken.'

'Brad, dit is belachelijk. Ik dacht dat het toeval was dat ze de telefoon in je appartement opnam en ook dat ze de voicemail heeft ingesproken van je mobiele telefoon, maar dat doet ze alleen om mij bij jou uit de buurt te houden, nietwaar?'

Weer zo'n ongemakkelijke stilte.

'Brad,' zeg ik, 'ik moet echt met je praten. Persoonlijk. Is dat te regelen?'

Na een pauze die zo lang duurt dat ik bang ben dat de verbinding is verbroken, vraagt hij of ik op dit moment thuis ben. Ik zeg ja en hij zegt dat hij nu meteen komt.

Tijd om moed te verzamelen... Het is echt nu of nooit.

Ik ijsbeer door mijn appartement en het lijkt op dertig seconden, maar volgens de klok is het al meer dan vijftien minuten, en zelfs terwijl ik Brad verwacht, spring ik toch een meter de lucht in als de voordeurbel gaat. Ik druk op het knopje om hem binnen te laten en zeg niets in de intercom. Een paar seconden later staat hij voor de deur van mijn appartement en kijkt net zo nerveus als ik me voel.

Daar gaan we dan.

'Oké, Molly. Gaat het wel goed met je? Gaat het om die Justin?'

'Wat? Hè? Nee, ik maak het prima. Ik maak me zorgen om jou.'

'Om mij? Hoezo?'

Wauw, tot dusverre gaat het echt heel goed. Ik haal diep adem en realiseer me dat mijn hoop dat dit gemakkelijk zou zijn, een droom was.

73

'Brad, ik maak me zorgen over je huwelijk met Claire.'

Hij haalt diep adem, maar blijft kalm, en ik ontspan me een beetje. Misschien had hij gewoon iemand nodig, een goede vriend, om hem te vertellen dat het oké is om de bruiloft af te blazen. Hij kijkt me met grote, verdrietige ogen aan en ik wil hem omhelzen... maar hij houdt me tegen.

'Molly, nee. Claire was er al bang voor dat dit zou gebeuren.'

Pardon? Wat is hier aan de hand?

'Daarom wil ze niet dat ik alleen met je ben,' gaat Brad verder. 'Ze had het gevoel dat je in het geheim verliefd op me was en dat je steeds jaloerser zou worden naarmate onze bruiloft dichterbij kwam en dat je dan zou proberen ons geluk te vernietigen,' antwoordt hij. Zijn ogen staan wazig, alsof hij echt gehersenspoeld is om deze retoriek te herhalen.

Ik ben sprakeloos. Ik ben een combinatie van verwarring en walging en haat (ten opzichte van Claire, natuurlijk) en ik weet niet eens meer hoe ik woorden moet vormen. Eindelijk schiet me iets te binnen.

'Je bent krankzinnig! En dat geldt ook voor die stomme verloofde van je!'

Oké, dit is niet bepaald de kalme, rustige en samenhangende benadering die ik had willen toepassen, maar de tranen wellen op in mijn ogen en ze prikken op mijn wangen als ze over mijn gezicht glijden.

'Ik ben niet in het geheim verliefd op je en ook niet op een andere manier,' schreeuw ik naar Brad terwijl hij me met ogen vol medelijden aankijkt. 'Ik maak me zorgen dat je trouwt met een vrouw die zo weinig vertrouwen in je heeft dat ze je verbiedt contact te hebben met je beste vriendin! Ze heeft je om haar vinger gewonden en het kan je niet eens wat schelen!'

Brad verstart. 'Ik word graag om haar vinger gewonden, Molly. Dit is precies wat zij zei dat jij zou zeggen. Ze vertrouwt me – ze zag alleen wat wij al die jaren hebben vermeden.'

'En dat is?' roep ik.

'Dat onze relatie heel ongepast was.'

Weer ontsnappen me de woorden.

'Wat was er zo ongepast aan onze relatie? We zijn nooit meer geweest dan de allerbeste vrienden!' weet ik eruit te persen.

'Claire heeft me erop gewezen dat het zeer onrealistisch is voor een man en een vrouw om beste vrienden te zijn, want een van hen denkt altijd aan seks.'

'Ik heb nóóit aan seks met jou gedacht!' Dit is niet helemaal waar... Die ene avond op de universiteit toen we elkaar kusten, dacht ik wel degelijk aan seks met Brad. Maar het was het risico niet waard en daarom heb ik die gedachte meteen uit mijn hoofd gezet en heb er sindsdien nooit meer bij stilgestaan (hoewel hij echt heel goed kon zoenen).

'Kijk, Molly, we kunnen nog steeds vrienden zijn. Wat we echter niet meer kunnen, is als vriendje en vriendinnetje met elkaar omgaan.'

Ik ben geschokt en ontsteld en ik kan hier niet mee doorgaan. Ik realiseer me dat mijn gevecht zinloos is. Ik heb al verloren. Het spel is voorbij, het doek is gevallen.

'Brad, je maakt een grote fout,' zeg ik verdrietig, terwijl ik de voordeur open doe om hem uit te laten.

Hij loopt naar buiten en kijkt even achterom, en gedurende een fractie van een seconde zie ik dat hij net zo aangedaan is als ik. Ik kijk hem na als hij door de gang loopt, doe dan de deur dicht en zak snikkend op de grond.

11

Een etentje met Lauren en Rob

Er komt die dag helemaal niets uit mijn handen, want ik ben te gedeprimeerd om te kunnen functioneren. Ik annuleer zelfs de leerling die ik om halfdrie bijles zou geven, wat nogal dom is voor iemand die het geld heel goed kan gebruiken. Het voelt als de pijn van uit elkaar gaan, maar dan veel, veel erger. Ik kan niet eens beschrijven hoe het voelt om door je beste vriend in de steek gelaten te worden.

Om halfacht realiseer ik me dat Justin me over een halfuur komt halen. Ik sleep mezelf van de bank naar de badkamer, waar ik voor het eerst eens goed naar mijn gezicht kijk. Ik zie eruit alsof ik in elkaar ben geslagen. Mijn ogen zijn helemaal opgezwollen, mijn neus ziet eruit als een kers en mijn mondhoeken hangen naar beneden. Ik moet het etentje met Lauren en Rob afzeggen.

Ik bereik Justin op zijn mobiele telefoon. 'Ik red het niet vanavond. Ik moet afzeggen.'

'Wat? Nee, dat kan niet. Jij bent juist degene die altijd zegt hoe belangrijk het is om je aan het "hofmaken"-schema te houden.'

'Er is vandaag iets vreselijks gebeurd en ik zie er zo beroerd uit dat ik niet de deur uit wil.'

'Wat is er gebeurd?' Het ontroert me om echte bezorgdheid in Justins stem te horen. Een gedachte dient zich aan. Misschien heb ik Brad niet nodig. Misschien wil Justin mijn nieuwe beste vriend zijn en dan komt het allemaal weer goed. Dan komt de realiteit weer terug – ik realiseer me dat ik niet in de derde klas zit en dat beste vrienden niet als gymschoenen vervangen kunnen worden. 'Maak nieuwe vrienden en behoud wat oud is, want het ene is zilver en het andere is goud'. Wat er ook gebeurt, Justin is een zilveren vriend en ik wil mijn gouden vriend! Ik weet wat je denkt... Je dacht dat ik zei dat ik niet in de derde klas zat, maar je vergeet dat ik lesgeef áán de derde klas.

'Brad heeft me gedumpt. Hij zei dat we geen vrienden meer kunnen zijn.' Mijn onderlip begint te trillen als ik de woorden hardop uitspreek en eindig met een snik.

'Molly, ik ben over tien minuten bij je. Maak wat kamillethee en zet de pot dan in de ijskast.'

Het troost me dat Justin eraan komt, maar het verontrust me een beetje dat hij op dit moment, nu ik zo van streek ben, wil dat ik thee voor hem zet.

Ik zet de thee en voor ik het weet is hij er. Hij heeft er minder dan tien minuten voor nodig gehad.

Zodra hij in het appartement is, omhelst hij me en zegt dan: 'Ik heb Lauren en Rob verzet naar negen uur, dus we hebben even de tijd. Wat is er gebeurd?'

Ik geef toe dat ik heb gedaan wat ik volgens hem beter niet had kunnen doen – Brad vertellen wat ik van Claire denk – maar hij is nog steeds geschokt als ik hem vertel waar het op uit is gedraaid.

'Dat had ik niet verwacht,' zegt hij en ik jammer zachtjes.

'Molly, hier kun je niets aan doen. Je hebt je best gedaan. Wil je weten wat ik zou doen als ik jou was?'

'Ja,' zeg ik snikkend.

'Ik zou doen wat hij van me vraagt. Dat is wat ik zou doen als je alleen maar met hem bevriend mag zijn volgens haar regels. Het is beter om hem met beperkingen te hebben dan helemaal niet, nietwaar?'

Ik knik.

'En vroeg of laat komt hij zelf wel achter de waarheid.'

'Dat is waar,' stem ik in.

'Ik weet dat je verdrietig bent, lieverd. Maar het komt wel goed. Laten we ons nu maar eens concentreren op vanavond, oké?'

'O,nee, ik kan echt niet gaan. Moet je naar me kijken!'

'Dat heb ik al gedaan. Je ziet er niet uit, maar dat kan ik veranderen.'

Soms is hij wel zo homo!

'Ga de kamillethee halen,' beveelt hij.

Ik ga naar de keuken en kom terug met twee glazen ijsthee. Ik neem tenminste aan dat hij dat wilde toen hij me vertelde de thee in de ijskast te zetten.

'Waar zijn de theezakjes?'

'In de keuken,' antwoord ik verbaasd.

'Ga ze halen. Die zijn voor je ogen. Ik wilde geen theepartijtje.'

'O.' Nu snap ik het.

Ik kom terug met de theezakjes en Justin wil dat ik op de bank ga liggen met die zakjes op mijn ogen. Ik moet toegeven dat ze heel goed aanvoelen. Terwijl ik daar lig, smeert hij iets op mijn gezicht dat verdacht veel naar yoghurt ruikt. Ik blijf even rustig liggen met de maaltijd op mijn gezicht tot ik de opdracht krijg om onder de douche te stappen. Het hete water stroomt kennelijk al een tijdje, want de ruimte is gevuld met stoom. Terwijl ik in de badkuip sta, gaan mijn neusholtes open en kan ik weer ademhalen. Als ik weer tevoorschijn kom, heeft Justin een leuke outfit klaargelegd op mijn bed.

Terwijl we de deur uit lopen, kijk ik even snel in de spiegel in de hal. Wat een transformatie! Justin weet echt wat hij doet! We zijn net een miniversie van dat programma *Queer Eye for the Straight Guy*, maar dat van ons zouden ze *Homovriendje voor het zielige meisje* noemen. Ik breng mezelf in herinnering dat vanavond een belangrijke avond is en dat ik mijn huidige situatie met Brad niet van invloed mag laten zijn op wat Justin en ik proberen op te bouwen.

'*Eyes on the prize*, tiara, taartproeven, vrijgezellenfuif,' zeg ik tegen mezelf. Oké, ik ben er klaar voor.

We staan buiten het restaurant en maken aanstalten om naar binnen te gaan. Door het raam zie ik dat Lauren en Rob al aan het tafeltje zitten. Lauren en ik waren in ons eerste jaar op de universiteit lid van een studentenvereniging. Tot acht maanden geleden, toen zij en Rob zich verloofden, waren we de altijd klagende eenlingen – maar samen. Zodra ze echter die ring om haar vinger had, vergat ze onze band volkomen. Aanvankelijk was ik gekwetst – laten we wel wezen, Lauren en ik hadden samen talloze bruidsboeketten naar ons toe gegooid gekregen – maar toen realiseerde ik me dat ze helemaal niet ongevoelig probeerde te zijn. Ze was zo blij en opgewonden dat ze helemaal vergat hoe het was om, nou ja, mij te zijn. Ze gaan over twee maanden trouwen en ik weet zeker dat ze voortdurend door de kamer stuitert.

Justin en ik kijken elkaar aan en we geven elkaar een hand.

'Ben je er klaar voor om weer heel erg verliefd te zijn, vriendinnetje?' vraagt hij.

'Absoluut, vriendje. Ben je er klaar voor om de hele avond over hun bruiloft te praten?' vraag ik met maar een heel klein beetje sarcasme in mijn stem.

'Wees sportief,' wijst hij me zachtjes terecht. 'Over een paar maanden ben jij aan de beurt.'

Dit geheugensteuntje vrolijkt me zo enorm op dat we stralend naar binnen lopen (precies zoals het een verliefd stel betaamt) en meteen Rob zien (nou ja, we hadden hem al door het raam gezien), die naar ons zit te wuiven.

'Hé, jongens! Sorry dat we zo laat zijn.' Justin begroet hen met oprechte warmte.

Ze verzekeren ons dat het geen probleem is en we gaan zitten en bedienen ons van de al geopende fles wijn op de tafel.

'Zo,' Lauren kijkt me aan, 'kun je geloven dat de grote dag nog maar zevenenvijftig dagen van ons verwijderd is?'

Ik kijk even vluchtig naar Justin voordat ik een warme duik neem in Laurens geluk.

'Nee, wat vliegt de tijd. Vertel eens wat je allemaal nog moet doen.'

Lauren en ik praten over het passen van de bruidsjurk, met draad verstevigde linten in tegenstelling tot satijnen linten en Jordaanse amandelen en corsages voor moeders in tegenstelling tot miniboeketjes. Ik realiseer me dat ik er belang bij heb om heel goed op te letten! De jongens drijven de spot met onze 'huwelijksgekte' en bespreken dan huwelijksonderwerpen waar zij zich voor interesseren. Zoals wijn, muziek en voedsel. Het is eigenlijk een fantastische avond, die nog wordt verbeterd door het feit dat Lauren en Rob Justin erg graag mogen. We hebben zelfs zoveel plezier (en wijn) dat ik zowaar mijn verdriet om Brad vergeet.

Terwijl we naar huis lopen, kunnen Justin en ik niet wachten om ons eigen huwelijk te organiseren na al die informatie die we van Lauren en Rob hebben gekregen.

'Nou,' begint Justin, 'Rob vertelde me hoe hij en Lauren zich verloofd hebben en toen realiseerde ik me dat we een echt goed verlovingsverhaal moeten hebben.'

Die man is ongelooflijk! *Daarom* betaal ik hem zoveel geld.

'Je hebt helemaal gelijk,' stem ik in.

'En je moet een ring hebben. Wat wil je daarmee doen?'

'Daar ben ik nog niet helemaal uit... Ik heb er een tijdje terug over nagedacht, maar ik ben nog niet naar allerlei winkels toe gegaan om naar een ring te kijken.'

De waarheid is dat ik wat dat betreft mijn budget in de gaten moet houden. Mijn erfenis omvat voldoende geld om een droombruiloft te hebben, maar Nana is er wel van uitgegaan dat mijn verlovingsring een geschenk zou zijn van mijn verloofde. Een logische veronderstelling, en daarom zit er niet genoeg in het huwelijksfonds om ook nog de steen van mijn dromen te bekostigen. Maar ik hoop dat het geld dat ik heb verdiend met mijn vaders wijze beleggingsstrategie dit gat kan vullen. Omdat ik geen benul heb van de kosten van een trouwring, behalve de algemene uitspraak dat hij minstens drie maanden salaris kost, zal ik daar eerst wat onderzoek naar moeten doen.

'Wil je morgen gaan?'

'Absoluut!' krijs ik.

Wat nog meer verbijsterend is aan een ingehuurd homovriendje: hij heeft totaal geen bindingsangst en hij vindt het zelfs leuk om een verlovingsring te gaan kopen!

'Ik denk ook,' voegt hij eraan toe, 'dat ik je vader om toestemming moet vragen. Je weet wel, op de traditionele manier.'

Ik begin van top tot teen te tintelen.

'Dat is briljant.'

'Ik dacht wel dat je dat leuk zou vinden,' zegt hij trots. 'Maar maak je geen zorgen – nog niet – we maken het onderdeel van ons schema.'

'Absoluut,' ben ik het met hem eens. 'Te snel roept achterdocht op.'

We arriveren bij de voordeur en Justin kust me op mijn hoofd.

'Ik haal je morgenochtend om elf uur op. We gaan eerst brunchen en dan gaan we daarna naar Tiffany's.'

'Tiffany's,' herhaal ik.

Ik betwijfel of ik vannacht een oog zal dichtdoen. Ik droom al over het passen van verlovingsringen bij Tiffany's vanaf het moment dat ik me realiseerde dat ik vingers had. Ik heb er zelfs mijn kat naar vernoemd!

'Ik kan niet wachten,' zeg ik, terwijl ik snel een stapeltje bankbiljetten, met een extraatje omdat hij me aan het begin van de avond heeft gered, in zijn hand duw en naar binnen ga, om daarna duizelig van geluk de trap op te rennen naar mijn appartement.

12

Lunch in de buurt van Tiffany's

De volgende ochtend, vlak voordat Justin arriveert, verkeer ik in een crisis. Vertel jij me nou maar wat je aan moet trekken als je verlovingsringen gaat passen bij Tiffany's? De voordeurbel gaat, en ik wilde dat ik het eerder had geweten zodat ik mijn handen had kunnen laten manicuren. Justin loopt mijn appartement in en kijkt een beetje bang als hij de volledige inhoud van mijn kast op mijn bed ziet liggen.

'Ik heb geen idee wat ik aan moet trekken,' schreeuw ik nerveus.

Ik begin diverse mogelijkheden voor hem op te houden.

'Ga ik voor conservatief en ballerig, net als Kristin Davis in *Sex and the City*? Of modieus en trendy, net als Reese Wither-spoon in *Sweet Home Alabama*? Help me!'

Justin doet een stap terug, kijkt naar de stapel kleren en duikt er dan op af. Hij gooit een lichtblauwe wijde rok naar me toe en een lichtblauw topje, en dan een koraalrode wikkeltrui. Tot slot een paar lichtbruine platte sandalen en een lichtbruine paarden-staartklem.

'Dit is Charlotte, die Reese ontmoet,' zegt hij.

'Het beste van twee werelden.'

Wederom ben ik gezegend met de voordelen van een homo-vriendje.

Enkele ogenblikken later ben ik zover om de deur uit te lopen en aan de eerste van vele, nog komende 'gelukkigste dagen van mijn leven' te beginnen.

We besluiten dat we veel te opgewonden zijn om eerst te brunchen en daarna pas naar Tiffany's te gaan. Het is veel beter om achteraf te lunchen, om alles wat we hebben gezien te bespreken.

En dan staan we voor de deur van Tiffany's, op de hoek van Fifth Avenue en Fifty-seventh Street, en het is net alsof het moederschip me naar huis roept. Justin houdt de deur voor me open en ik zweer je dat ik boven de herrie van Aziatische toeristen en rijke huisvrouwen uit Manhattan uit engelen hoor zingen. Justin pakt mijn hand en leidt me door de menigte naar de vitrine van de verlovingsringen. Na even gewacht te hebben, wat niet als wachten aanvoelt want ik ben helemaal betoverd door de glinsterende diamanten, worden we aangesproken door een verkoopster.

'Kan ik u helpen?' vraagt ze beleefd.

Opeens ben ik verlegen en ik schaam me voor wat we aan het doen zijn. Ik vind het nog erger om tegen deze behulpzame Tiffany-medewerkster te liegen dan tegen mijn eigen moeder! Ik staar haar aan als een hert dat verblind wordt door felle koplampen. Justin grijpt in en neemt het rustig van me over.

'We zouden graag wat verlovingsringen willen zien, alstublieft.'

'Natuurlijk,' zegt de vrouw.

Ze geeft me een boekje met informatie over verlovingsringen en legt iets uit over de verschillende helderheidsgraden, afmetingen, vormen en verschillende kleuren van diamanten en ringen. Tiffany's heeft drie hoofdstijlen wat verlovingsringen betreft. De 'Tiffany'-zetting, wat een ronde diamant is met een schuin aflopende ring, de 'Lucida', wat een vierkante diamant is met een bredere ring (dit is de ring die Reese krijgt in *Sweet Home Alabama*), en de 'Etoile', en dat is een diamant die in het metaal van de ring wordt geplaatst.

Ik probeer álles. Een karaat, twee karaat, anderhalf karaat, gouden ringen, platina ringen… De waarheid is dat ik ze allemaal even mooi vind. Uiteindelijk kom ik tot de conclusie dat ik het meest verliefd ben op de traditionele 'Tiffany'-zetting. Ik ben een traditionele meid en daar komt bij dat hij precies op de verlovingsring lijkt van mijn grootmoeder. Ik ben ook een gewone meid, want hoe groter de steen, hoe mooier ik hem vind. Ik neig in de richting van anderhalf karaat… Niet te groot, niet te klein, met een platina ring. Ik kijk naar de prijs van deze ring en mijn adem stokt in mijn keel. Hemel! Ik heb me nooit gerealiseerd dat verlovingsringen zo duur zijn.

Justin moet me opvangen omdat mijn knieën te zwak worden en ik begin te zweten. De voorheen zo superbeleefde verkoopster ziet mijn reactie en grist alle ringen van de toonbank en stopt ze weer terug in de vitrine.

'Waarom denkt u er niet even over na,' zegt ze koeltjes.

'Dank u, dat zullen we doen,' zegt Justin, zonder de verandering in haar gedrag op te merken.

Ze loopt weg en ik kijk Justin aan. Ik ben bang dat als ik naar de ringen kijk, ik in huilen zal uitbarsten.

'Kom op,' zegt hij. 'We gaan iets eten en dan hebben we het er even over.'

Zelfs nadat we een aantal huizenblokken voorbij zijn gelopen om een plekje te vinden waar we kunnen lunchen, een plekje dat naar de smaak is van een zeer kieskeurige Justin, ben ik nog steeds sprakeloos.

'Waarom denk je dat ze zeggen dat het je drie maanden salaris kost?' vraagt Justin.

Ik denk dat ik in mijn hoofd aan drie maanden van mijn salaris heb gedacht en dat ik een en een niet bij elkaar heb opgeteld, want de ring van mijn dromen kost drie maandsalarissen van een succesvolle investeringsbankier. Wat ik echter wel kan bedenken, is dat dat een belachelijk bedrag is om aan mezelf te besteden voor een nepverloving.

'Het is een belachelijke hoeveelheid geld,' begin ik. 'Let wel, als ik verliefd was en echt ging trouwen tot de dood ons scheidt, is het misschien anders, maar voor wat wij hier doen is het echt te veel van het goede, nietwaar?'

Helaas hoef ik niet eens naar huis te gaan en mijn financiën te bekijken om te weten dat het bedrag van mijn erfenis niet eens in de buurt komt van de prijs van een glinsterende Tiffany-diamant. Justin kijkt naar me en zijn lieve ogen vertellen me dat het hem spijt. Ik heb tijdens dit hele 'proces' wel vaker het gevoel gehad dat hij medelijden met me heeft. Ik probeer het te negeren, want waar het eigenlijk op neerkomt, is dat ik medelijden heb met mezelf.

'*Eyes on the prize*, Molly,' zeg ik tegen mezelf. 'Een feestje met cadeautjes voor de bruid, een kanten kousenband, champagne-flûtes.' Ik kom hier wel doorheen.

'Ik heb een idee,' vertelt hij enthousiast. 'Laten we na de lunch naar Bloomingdale's gaan en hun namaakjuwelen bekijken. Ik durf te wedden dat we een driedimensionale zirkoon kunnen vinden die er hetzelfde uitziet en dat niemand het verschil zal zien.'

Ik glimlach een klein en verdrietig glimlachje; hij doet zo zijn best om me op te fleuren.

'En we kunnen kijken naar wat jij op je cadeaulijst wilt hebben,' voegt hij eraan toe.

Oké, ik voel me opgefleurd. De ring is niet het allerbelangrijkst. Ik breng mezelf in herinnering dat het om de hele ervaring gaat, en de cadeaulijst is een belangrijk onderdeel van die ervaring.

Er verschijnt een echte glimlach op mijn gezicht en ik bestel een kalkoenburger. Ik neem me voor me niet meer door dit soort details uit het lood te laten slaan.

Nadat we onszelf hebben volgepropt, gaan we naar Bloomingdale's. Ik moet even langs bij mijn favoriete snoepwinkel, Dylan's, om wat met chocola bedekte pretzels te kopen (mijn favoriete snoepgoed) voordat we het land van de cadeaulijsten in lopen.

Na ongeveer veertig roltrappen, zo voelt het althans (goddank dat ik iets te eten bij me heb), arriveren we eindelijk bij de huishoudelijke artikelen, en het is bijna net zo'n religieuze ervaring als bij Tiffany.

Vol ontzag kijk ik naar het porselein, het zilver en het kristal. We zien een afdeling met 'Huwelijkscadeaus' en Justin stelt voor dat we daar beginnen.

'Nee, nee, nee,' zeg ik tegen hem. 'Het is te vroeg voor het officiële. Laten we gewoon rondkijken en wat ideetjes opdoen. We schrijven ons wel in na onze verloving.'

'Oké,' stemt hij in. 'Laten we beginnen bij het porselein.'

We brengen een groot deel van de middag door met het zogenaamd eten van borden, met wisselend bestek, en nippen champagne van verschillende kristallen flûtes. Justin doet net alsof hij een omelet maakt in Le Creuset-pannen en ik wikkel mezelf in handdoeken van Egyptisch katoen. We zijn net twee kleine kinderen tijdens een verkleedpartijtje. Het is zo leuk!

We putten ons helemaal uit en zijn zelfs te moe om naar een nepverlovingsring te zoeken, en daarom gaan we uit Bloomingdale's weg. Buiten op straat besef ik pas hoe laat het is. We hebben ons een hele tijd goed vermaakt.

'Heb je zin om mee te gaan naar mijn appartement en een pizza te bestellen?' vraag ik Justin.

Er valt een ongemakkelijke stilte… Wat mankeert er aan mij dat mensen altijd ongemakkelijk pauzeren?

'Eigenlijk heb ik vanavond een afspraakje.'

'O,' zeg ik snel, 'dat is geweldig.'

'Ben je er nog steeds tevreden mee? In het begin zei je van wel, als ik maar discreet was. Hij vroeg me uit… Ik zou hem nooit hebben gevraagd… Als je wilt, zeg ik het af.'

'Nee,' zeg ik kordaat en dat meen ik echt. Justin is gewoon een geweldige man.

'Weet je het zeker?' vraagt hij.

'Justin, ik weet het zeker,' zeg ik, terwijl ik hem voor de afspraak betaal. 'Trakteer je afspraakje op een etentje.'

'Van zijn leven niet!' roept hij uit en stopt het geld in zijn achterzak. 'Hij vroeg míj uit.'

Hij kust me op mijn hoofd en we spreken af elkaar de volgende ochtend te ontmoeten zodat hij de details van zijn avond met me kan delen. Ik besluit bij mijn idee te blijven om een pizza te bestellen en ga naar huis voor een afspraak met Tiffany.

13

Het bindmiddel

De volgende ochtend word ik met een goed gevoel wakker. Ondanks mijn aandeel in de grootste leugen die ik ooit heb verteld en het verlies van mijn beste vriend, heb ik het overweldigende gevoel dat alles in de wereld goed is. Ik draai me om en kijk naar de klok. Halftien. Ik glimlach in mezelf. Logans vliegtuig is zeven minuten geleden geland. Ik ben er absoluut van overtuigd dat het vliegtuig veilig en op tijd is geland, want als het dertig seconden te laat was geweest had ik nu al een hysterische moeder aan de telefoon gehad. Ze is een wrak als een van haar kinderen niet op de grond staat.

Ik ben een mengeling van zenuwen, energie en opwinding. Ik kan niet geloven dat ik zo lang heb geslapen... Ik denk dat het gestel van een leraar weet dat er tijdens de zomer veel geslapen moet worden om het tekort aan slaap tijdens het schooljaar weer goed te maken.

Het familie-etentje van vanavond is echt het bindmiddel van mijn wervelwindromance met Justin. Mijn ouders, Jamie en Logan moeten vanavond echt van hem gaan houden, want we gaan ons binnenkort verloven. Het is ongelooflijk hoe snel de tijd voorbij vliegt.

Ik maak me geen zorgen om mijn moeder, en ik maak me zeker geen zorgen om mijn zus. Justin had haar al ingepakt toen hij voor het eerst 'hallo' zei. Waarschijnlijk hadden we al haar zegen kunnen krijgen om met elkaar te trouwen toen hij ermee instemde haar zwangerschapsyoga te leren. Jamie zorgt altijd heel goed voor zichzelf.

Ik heb het gevoel dat het wat lastiger is met mijn vader en Logan. Mijn vader is een typische papa, veel te beschermend wat zijn eerstgeborene betreft. Daar komt bij dat hij en Justin niet veel gemeen hebben. Mijn vader houdt van sport en zijn gezin. Justin heeft helemaal niets met sport, en wat mijn vader betreft, zou hij me dingen kunnen aandoen waar hij het niet mee eens zou zijn. Het geeft me hoop dat papa toch geleerd heeft Bryan aardig te vinden, en zij hebben werkelijk helemaal niets met elkaar gemeen. Bryans hele leven (behalve Jamie en de baby die onderweg is) bestaat uit computers, en paps is ervan overtuigd dat computers het einde zullen betekenen van de menselijke interactie. Ik zal het niet zomaar toegeven in Bryans bijzijn, maar soms heb ik dezelfde angst. In ieder geval weet ik dat Justin en Bryan steun bij elkaar zullen vinden wat hun angst voor paps betreft. Logan is de grootste joker. Ik heb hem in geen maanden gezien en ik ben een beetje bang dat hij Justin met enige vijandigheid zal bejegenen omdat hij mijn aandacht op zijn eerste avond thuis met niemand wil delen. Ik vrees dat ik er niets aan kan doen, behalve op het beste hopen.

Ik breng de dag door met mezelf af te leiden en de klok vooruit te duwen tot het tijd is om naar huis te gaan voor het diner. Ik doe mee met een workout-dvd, nou ja, deels – de leuke stukjes. Ik maak schoon en verzamel genoeg wit kattenhaar om voor Tiffany een klein gabbertje te maken à la Mini Me in *Austin Powers*. Het is walgelijk. Ik lak mijn teennagels en neem een gezichtsmasker. Ik probeer mijn ondergoedlade te organiseren, maar na een tijdje geef ik het op en kijk naar mijn soapserie.

Het is een beetje gênant, maar ik ben dol op soapseries. Ik ben niet zo verslaafd dat ik ze tijdens het schooljaar opneem of zo (oké, soms doe ik dat wel), maar ik zie ze echt als een traktatie voor de zomer. Waar anders zie je dat de vader van een meisje op haar eigen bruiloft wordt neergeschoten, en dat haar echtgenoot dan vermoord wordt door zijn moeder die een drugsbarones is, en dat het meisje dan een jaar later ontdekt dat de vermoorde vader niet haar echte vader is als blijkt dat ze een bijzondere bloedgroep heeft waarmee ze het leven van haar biologische vader kan redden? Het is puur vermaak en het helpt de dag voorbij te laten vliegen.

Verder heb ik 's middags nog een leerling die ik bijles geef, en dat helpt ook om de dag door te komen. De school waar ik lesgeef is heel prestatiegericht en daardoor gaan ouders tot het uiterste om hun kinderen toegelaten te krijgen tot de kleuterschool. Ze huren zelfs leraren in om hun vijf jaar oude kinderen privéles te geven voor het toelatingsexamen – wat dingen omvat als het spelen met een bal, een tekening van je familie maken en je schoenveters strikken. Het is krankzinnig, maar het betaalt heel goed.

In de loop van de middag belt Logan me op om me te vertellen dat hij thuis is, dat hij een dutje heeft gedaan, dat hij gegeten heeft (dankzij mams) en dat hij me heel graag wil zien. Ik vertel hem dat ik meer opgewonden ben dan hij en we maken ruzie over wie er het meest opgewonden is totdat mijn moeder hem op de achtergrond roept voor weer een volgende maaltijd. Onze moeder mag haar kroost heel graag te eten geven. Het is maar goed dat ze kinderen heeft met bodemloze magen.

Dan bel ik Jamie om haar te vertellen dat Logan thuis is, dat hij een dutje heeft gedaan, dat hij iets heeft gegeten en dat hij ons graag wil zien. Dan maken Jamie en ik ruzie over wie er het meest opgewonden is om Logan te zien. We zijn een hechte familie en het was heel zwaar om zo'n lange tijd door een grote oceaan van ons kleine broertje gescheiden te zijn.

De dag verstrijkt verrassend snel en voor ik het weet is het tijd om me aan te kleden. Ik heb mijn kleren vanochtend al vroeg op mijn bed gelegd, meteen nadat ik het had opgemaakt. Ja, ik ben een van die mensen die a) elke dag haar bed opmaakt, en b) die elke dag haar kleren klaarlegt.

Justin arriveert precies op tijd bij mijn appartement (wat een vent!). Hij ziet er geweldig uit in een kakibroek en leren teenslippers en een overhemd met korte mouwen. Het is zo leuk om een vriend te hebben die weet wat hij aan moet trekken. Ik ben waarschijnlijk zijn ergste nachtmerrie omdat ik bijna elke keer als ik het huis verlaat een kledingcrisis heb.

Ik ben zo blij dat ik Logan zal zien dat ik geen tijd verspil met mijn gebruikelijke: 'O, mijn god, ik moet me drie keer omkleden voordat we gaan,'-routine en Justin zet amper een voet over de drempel voordat we weer naar buiten gaan om Jamie en Bryan op te halen. Ze wonen niet zo ver bij me vandaan en daarom lopen we naar hun appartement. Terwijl ik met een bloedgang doorloop, hoor ik Justin achter me met zijn klepperende slippers en het kost hem kennelijk moeite om me bij te houden. We arriveren in een recordtijd bij Jamie en Bryan, die buiten op ons staan te wachten. Justin is enigszins buiten adem.

'Hoi, Molly,' zegt Bryan. 'Hoe laat heb je tegen Jamie gezegd dat jullie hier zouden zijn?'

'Precies om vijf uur. Klokslag,' zeg ik.

'En hoe laat is het nu?'

Ik kijk op mijn horloge. 'Eén minuut voor vijf.'

'Dat dacht ik al.'

'Wat is het probleem?' vraag ik.

'Ik sta me af te vragen waarom ik hier al vijftien minuten op straat sta.'

Ik haal mijn schouders op en kijk naar Jamie.

'Voor het geval ze te vroeg zou zijn!' legt Jamie uit. 'Kom mee, laten we gaan!'

Wellicht is Jamie opgewondener dan ik. Ze komt vaker te laat dan ik, en ik denk niet dat ik haar ooit buiten heb zien wachten op iemand. Als ze ergens met je afspreekt voor een kop koffie en je bent er niet, dan gaat ze naar een boekwinkel, waar ze net zo lang door de schappen neust tot ze er zeker van is dat jij als eerste in de koffiebar bent.

We houden een taxi aan en kruipen erin. Jamie gaat voorin zitten omdat ze nu meer ruimte inneemt (het maakt niet uit dat Justin langer is dan een meter tachtig en Bryan ook niet bepaald klein is, en je begint het nu pas een beetje te zien dat ze zwanger is). Eigenlijk ziet ze er heel aanbiddelijk uit en zoals verwacht heeft ze de allerleukste positiekleding aan.

We worden net op tijd afgezet bij het Grand Central Station om in de trein te springen die ons naar ons ouderlijk huis zal brengen. Onze ouders kochten ons huis toen ik vijf was en Jamie twee. Het was een geweldig huis om in op te groeien en een perfecte plek om naar terug te komen voor een bezoek. Het is maar een korte treinreis, net de stad uit, maar als je er eenmaal bent, lijkt het wel alsof je duizenden kilometers ver weg bent. De huizen zijn vrijstaand en er is veel groen. Terwijl ik uit het raam staar, zie ik het uitzicht veranderen van stad in platteland, en ik krijg heimwee. Het is heel grappig – als ik in de stad ben, heb ik nooit heimwee naar mijn ouders of het huis van mijn jeugd, maar als ik in de trein zit op weg naar huis, kan ik niet wachten. Ik verlang ernaar om door die grote voordeur te lopen en mijn moeders eten te ruiken. En dat Logan daar op me wacht, is het zout in de pap.

Ik kijk even naar Jamie, en omdat ze net ik als tegen het raam geplakt zit, weet ik dat ze hetzelfde voelt als ik.

Als de trein eindelijk het station binnen rijdt, zijn we net twee kleine meisjes. We vliegen de trein uit, de mannen achterlatend, en rennen over het perron naar papa's verwelkomende armen. Hoewel het niet zo lang geleden is dat we hem bij Brad en Claires verlovingsfeest hebben gezien, is het toch anders om hem op zijn eigen terrein te zien. Zijn armen voelen zo goed aan en hij ruikt zo bekend. Bryan en Justin banen zich een weg door de menigte, die Jamie en ik hebben vermeden door als eersten uit de trein te springen, en schudden papa warm de hand. We klimmen allemaal in papa's bosgroene Explorer en leggen de paar kilometer naar ons huis rijdend af.

Natuurlijk zit Jamie voorin. Ik zweer je, je kunt er nauwelijks iets van zien. Tegen de tijd dat ze negen maanden zwanger is, wil ze vast hele huizenblokken voor zichzelf. Ik zit achterin, ingeklemd tussen Justin en Bryan. Tijdens de snelle rit probeer ik Justin wat interessante plekjes aan te wijzen.

'Daar is mijn lagere school.' Ik wijs naar rechts en ram bijna zijn neus eraf.

'Daar is het park waar ik mijn eerste tandje verloor.' Ik wijs naar links en steek mijn vingers bijna in Bryans oor.

'Daarboven is de Dairy Queen, waar ik mijn eerste afspraakje had.' Ik wijs tussen de twee voorstoelen door.

En zo rijden we verder tot we aankomen bij ons huis.

'En dit,' zeg ik trots, 'is ons huis.'

Opgewonden stromen we de Explorer uit en ik pak Justins hand en sleur hem mee de veranda op. Ons huis heeft een van de grootste veranda's aller tijden. Hij strekt zich uit over de volledige breedte van het huis en heeft twee hangende houten schommelbanken.

Jamie is de eerste die de voordeur bereikt. Ze duwt hem open en schreeuwt: 'We zijn thuis!'

Zodra de deur opengaat worden we overspoeld door de troostende geur van thuis en we worden onmiddellijk naar binnen getrokken. Het huis ruikt naar een mix van boenwas, perziktaart (de zomerspecialiteit van mijn moeder), zelfgemaakte barbecuesaus en onze oude hond, Skipper.

Zelfs op haar oude dag is Skipper de eerste die naar ons toe komt om ons te begroeten. Mijn ouders kregen haar tijdens mijn laatste jaar op de universiteit, dus ik ben niet met haar opgegroeid, maar ik weet dat ze gewoon het meest van mij houdt door de wijze waarop ze me begroet als ik thuiskom. Skipper is een gele labrador, vernoemd naar Barbies kleine zusje, maar ze begint nu een beetje op een oude dame te lijken. Ze is een beetje zwaarder dan vroeger en de vacht op haar gezicht begint wit te worden. Jamie en ik gaan op onze hurken zitten om haar te begroeten tot mama binnenkomt, haar handen afvegend aan haar schort (ik zweer je, ze lijkt op een foto uit zo'n wonen-op-het-platteland-tijdschrift) en we springen op om haar te omhelzen. We vinden het geweldig om onze hond te zien, we vinden het geweldig om onze moeder te zien, maar eigenlijk zijn we niet voor hen gekomen.

'Waar is hij?' roep ik.

'Hij had last van het tijdsverschil en daarom is hij even gaan slapen, maar ik heb hem een tijdje terug wakker gemaakt en hij is net onder de douche gestapt,' legt mijn moeder op haar geduldige leraressentoon uit.

Jamie en ik kreunen... We mogen dan veel geduld hebben met onze leerlingen, wat onze familie betreft vervallen we onmiddellijk in onze oude gewoonten.

'O, barst,' kreun ik. 'Kom, Justin, dan zal ik je het huis laten zien.'

Nadat Justin netjes mijn moeder heeft begroet en voldoende tijd aan Skipper heeft besteed, neem ik hem bij de hand en leid hem door onze zitkamer. Ik kijk over mijn schouder achterom en zie mijn moeder de hand pakken van mijn vader en stralend naar mij en Justin kijken. Weer gaat er een vlaag van schuld door me heen... Ik vind het vreselijk dat ik hen bij deze leugen moest betrekken.

Justin en ik staan op het terras aan de achterzijde. Voor de nietsvermoedende familie fluisteren we lieve woordjes in elkaars oren, maar in werkelijkheid nemen we de avond alvast even door. We zijn het eens dat het tot nu toe prima verloopt. Ik hoor de tuindeuren achter ons opengaan en ik draai me om en zie Logan staan. Wat een weldaad voor mijn ogen – werkelijk, mijn ogen lopen vol tranen nu ik hem zie. Hij ziet er geweldig uit. Van het maandenlange rondreizen met een rugzak, al zijn bezittingen met zich mee zeulend, heeft hij een gezonde bruine kleur gekregen. Logan, Jamie, en ik lijken erg op elkaar – donker haar en blauwe ogen, maar in tegenstelling tot Jamie en mij, die laten we maar zeggen het verticaal niet zo best doen, is Logan lang, net als onze vader. Nu hij wat meer spieren heeft gekregen, ziet hij er knap uit.

Ik slaak een verrukte kreet en ren in zijn gespreide armen. Hij pakt me vast en draait me rond. Ik kan niet geloven hoe sterk hij is geworden. Als hij me weer neerzet, draai ik me om naar Justin.

'Logan,' zeg ik, 'dit is Justin.'

Justin glimlacht warm. 'Het werd een keertje tijd dat ik je ont- moette, man – volgens mij branden je oren 's ochtends, 's mid- dags en 's nachts.'

'Ik zou hetzelfde tegen jou kunnen zeggen,' antwoordt Logan.

O, jippie! Ze vinden elkaar aardig.

De rest van de avond verloopt voortreffelijk. We zitten in de warme zonsondergang op de patio en eten kilo's van mijn vaders heerlijke barbecuevlees en maïs, en daarna mijn moeders perzik- taart met vanille-ijs en karamelsaus. Logan laat foto's zien en ver- telt verhalen over zijn reis en Justin lijkt net een lid van de fami- lie. Het voelt niet eens als een inspanning om te doen alsof hij mijn vriendje is, want wat een heleboel dingen betreft is hij dat gewoon. Hij deelt mijn leven, we zijn geweldige vrienden ge- worden, ik kan op hem rekenen, hij is er voor me, en dat werkt naar beide kanten. Het voelt in ieder geval niet meer aan als een zakelijke overeenkomst, en dat is al een tijdje zo.

Nadat we ons allemaal hebben volgepropt en in voedselcoma liggen, brengt Bryan ons in herinnering dat sommige mensen weer vroeg op moeten om aan het werk te gaan. Jamie en ik kreunen, maar we snappen de hint en nemen afscheid.

Eerst van Skipper, die gewoon dik is omdat mama en papa de 'geen mensenvoedsel'-regel compleet hebben opgeheven. Als we als kinderen een dier iets te eten gaven als we aan tafel zaten, ris- keerden we de doodstraf. Nu zit Skipper tussen mama en papa in en ruimt hele bergen van 'per ongeluk' gevallen voedsel op.

Dan omhelzen we mama en we nemen onze Tupperware-bakjes aan met daarin de kliekjes die we mee terugnemen naar de stad. Eindelijk nemen we afscheid van Logan. Ik kan zien aan de manier waarop hij afscheid neemt van Justin dat hij hem echt heel aardig vindt en daar word ik heel gelukkig van. Zelfs al wordt Justin nooit mijn echtgenoot, hij zal er tenminste een jaar bij zijn en hopelijk kunnen we daarna vrienden blijven en daarom wil ik dat mijn broer hem aardig vindt. Daarna klimmen we weer in de Explorer en maken onze reis in tegengestelde richting, inclusief de taxi naar het huis van Jamie en Bryan, waar we hen achterlaten en teruglopen naar mijn appartement. Het is echt heel laat geworden en we zijn allebei doodmoe.

'Waarom blijf je vannacht niet hier?' bied ik Justin aan.

Hij aarzelt even. 'Vind je dat echt goed? Is het niet een beetje raar?'

Ik denk snel na. 'Helemaal niet – je ziet eruit alsof je geen stap meer kunt verzetten.'

Justin kijkt heel erg opgelucht. 'Dank je.'

We slepen ons naar boven en dan mijn appartement in. De tweede slaapkamer (de kamer die van Jamie zou zijn geweest) is mijn logeerkamer/kantoor/bibliotheek/hobbykamer. Er staat een futon die ik netjes openklap. Menig dronken bruid is hier na haar bruidsfeestje op neergestort. Ik pak een extra kussen en deken uit de gangkast en gooi ze op de futon.

We lopen druk om elkaar heen in de badkamer terwijl we ons voorbereiden op de nacht – het ritueel van een homo lijkt heel erg op het ritueel van een heteromeisje – en stappen dan in ons eigen bed voor de zeer noodzakelijke slaap.

'Molly,' zegt Justin, terwijl ik in mijn bed stap en hij naar de futon loopt, 'je hebt een fantastische familie.'

Ik glimlach, kruip onder de dekens en val in slaap.

14

Een etentje met Brad en Claire

De volgende ochtend slapen we allebei uit en komen pas in beweging als Tiffany haar honger niet langer kan verdragen en staand voor haar etensbak begint te miauwen. Ik sta op om koffie te zetten terwijl Justin zich aankleedt.

'Ik vind het leuk dat je vannacht bent blijven slapen,' zeg ik, als hij de keuken in loopt voor zijn koffie.

'Ja,' is hij het met me eens, 'het was heel leuk. Goed, wat staat er vandaag op je programma?'

'Nou,' giechel ik, terwijl ik mijn nagenoeg lege agenda opensla, 'zo te zien ben ik vrij. Ik heb alleen een privéles met de opmerkelijk vroegrijpe Taylor Twain. En jij?'

Hij moet om me lachen. 'Ik moet vandaag een dubbele dienst draaien omdat ik gisteren met iemand heb geruild.'

'O, dat spijt me. Waardeloos.'

'Nee, doe niet zo raar. Het was de moeite meer dan waard. Vanavond ben ik pas laat thuis, maar laten we elkaar morgen treffen op ons plekje.'

'Oké, dat klinkt goed. Bel me als je wakker bent.'

We omhelzen elkaar bij de deur en Justin kust me op mijn hoofd en loopt naar buiten. In mijn fantasiewereld ben ik een echt vriendinnetje dat haar vriendje uitzwaait naar zijn werk en daar krijg ik een heel gelukkig gevoel van.

Ik besluit de ochtend te wijden aan de planning van onze verloving, die over enkele weken dient plaats te vinden. Het is moeilijk te geloven hoe snel de tijd voorbij is gevlogen. Ik haal mijn checklist tevoorschijn. 'Dingen die gedaan moeten worden voordat we ons kunnen verloven.' Ja, ik heb een checklist met die titel – en er staan zóveel dingen op! Mama en papa – die had ik af kunnen vinken, maar ik wilde wachten tot ik absoluut zeker was. Na de vorige avond, vink ik hen twee keer af. Jamie en Bryan – vinkje. Logan – vinkje (hoera!). Lauren en Rob – vinkje. Alex en Steve – vinkje. Alex en ik zijn sowieso niet erg dol op elkaar. We hebben elkaar via Lauren leren kennen en ik denk dat het plezier dat we op Brad en Claires verlovingsfeest hebben gehad, meer dan genoeg is. En dan kom ik bij Brads naam op mijn lijst. Er is geen vinkje, er zijn geen notities… Het ziet er zo leeg uit op die pagina en het herinnert me aan het gat dat hij achterliet in mijn leven. Ik staar een eeuwigheid naar zijn naam. Tiffany klimt zelfs op het bureau om te kijken waar ik naar zit te staren. Ik realiseer me dat ik mijn vriendschap met Brad in stand moet houden, dat ik ook een vinkje wil zetten naast zijn naam en daarom zal ik me aan de regels van Claire moeten houden.

Ik bel het nummer van Brads werk. Het lukte de vorige keer ook, dus ik duim. Ring, ring, ring… Geen geluk. Verdomme. Ik haal diep adem en bel hem op zijn mobiele telefoon.

Ring, ring. 'Hallo?' Het is Brad.

'Hoi,' zeg ik en probeer positief en normaal te klinken, 'met Molly.' De waarheid is natuurlijk dat als de omstandigheden normaal waren, ik niet *met Molly* had gezegd, maar *met mij*.

'Hé, hallo,' zegt Brad op vreemde toon. Hij zal wel bij Claire zijn en hij wil niet dat Claire weet dat ik het ben.

'Is dit een slecht moment?'

'Eh, nee, niet echt. Claire en ik zijn in gesprek met onze huwelijkscoördinator. Wacht even.'

Ik hoor dat hij zijn hand voor de telefoon houdt als Claires schrille stem vraagt wie dat is. Hij geeft geen antwoord, zegt alleen dat hij dit telefoontje moet aannemen, en een paar seconden later heb ik hem weer aan de lijn.

'Hé. Het is goed om je stem te horen,' zegt Brad met een warmte die bevestigt dat hij het meent.

'Je had terug kunnen bellen als het een slecht moment is.'

'Nee. Ik wil echt met je praten.'

'Oké.' Ik doe mijn mond open om een toontje lager te zingen. 'Ik mis je en ik wil je zien, dus waarom gaan we dit weekend niet gezellig met zijn vieren eten?'

'Met zijn vieren?'

'Ja. Ik dacht dat ik je alleen maar mocht zien onder supervisie van Claire.'

'Nou, ja, maar wie is de vierde?'

Wat? 'Justin!' zeg ik als vanzelfsprekend.

'O, echt waar? Dus jullie zijn nog steeds samen?'

Dat is een heel vreemde reactie. Zelfs ik weet niet wat ik nu moet zeggen. 'Ja, natuurlijk zijn we nog steeds samen.'

'Oké, nou dan, geweldig. Volgens mij hebben we zondag geen afspraken. Ik zou het heerlijk vinden om je weer te zien, Molly.'

'Zondag is perfect.' Ik weet dat Justin zondag altijd vrij heeft.

'Fantastisch – ik bel je zondagmorgen om een tijdstip en een locatie af te spreken. Dag, Molly.'

Ik zet de telefoon weer op het basisstation, maar ik ben een beetje van slag over dit gesprek. Brad klinkt niet helemaal zichzelf. Het is zo vreemd… en zo triest. Claire moet hem echt gehersenspoeld hebben! Zondag zou heel interessant kunnen worden.

Justin en ik genieten van het weekend. De herfst is in aantocht en de bladeren veranderen van kleur en het wordt iets koeler. De school gaat binnenkort weer van start en kort daarna dienen we ons te verloven. Dus er is genoeg te doen. We brengen de dagen door met winkelen en we kijken naar nepverlovingsringen. Het is een beetje deprimerend. Ik koop wat weer-terug-naar-school-kleren (ja, leraren kopen die ook), Justin koopt wat heterokleren, zoals hij ze noemt, voor de afspraken na de verloving, en we spelen met alle snuisterijtjes van Williams-Sonoma om onze cadeaulijst voor te bereiden. Justin pakt zelfs een weekendtas in en brengt de zaterdagnacht door in mijn appartement. Het is net een pyjamafeestje. We maken Mai Tai's, nemen een gezichtsmasker en blijven de halve nacht op, pratend en giechelend. Maar hoeveel lol ik ook heb, onze zondagavondplannen met Brad en Claire laten een nare knoop achter in mijn maag. Het lijkt een beetje op dat angstige voorgevoel dat ik altijd heb als ik een afspraak heb bij de tandarts. En net als de tijd vorafgaand aan een tandartsafspraak, vliegt ook deze dag voorbij en voordat ik het weet is het zondagavond.

Zijn woord getrouw belt Brad op zondagmorgen op om onze plannen te bevestigen, en stelt een restaurant in Greenwich Village voor waar Claire 'helemaal verliefd' op is. Door dit telefoontje wordt de knoop in mijn maag alleen maar groter, want het is niets voor Brad om zo verantwoordelijk te zijn. Als de oude Brad zei dat hij je zondagochtend zou bellen om te bevestigen (als altijd was hij georganiseerd genoeg om dat te zeggen), betekende dat: bel me zondagmiddag, zodat ik het niet vergeet.

Op zondagavond doffen Justin en ik ons op en dankzij hem zien we er verdomd goed uit. We arriveren tien minuten na de afgesproken tijd bij het restaurant. We nemen de tijd en laten ons door de taxi een blok te vroeg afzetten en slenteren langzaam naar het restaurant, wetend dat dit Claire ontzettend zal irriteren en daar scheppen wij een bijna onvolwassen genoegen in.

We lopen het restaurant in, dat praktisch leeg is, maar Brad wuift naar ons alsof het razend druk is en we hen anders niet zouden kunnen vinden. We wisselen wat ongemakkelijk een hallo uit, Claire staat niet eens op. Ik weet niet zeker of ik Brad wel mag omhelzen, dus doe ik het niet. Justin schudt hem de hand, maar Brad kijkt naar mij en niet naar Justin. Als we eindelijk allemaal zitten (afgezien van Claire, die nooit van haar knokige kont is af gekomen) grijp ik de eerste kelner die ik zie in zijn kraag en bestel een glas witte wijn. Dan valt er een stilte. Hm... dumdiedum... oké... dit is heel raar.

Het ijs moet gebroken worden. Dat moet gewoon. Zal ik iets omstoten? Stikken in een stukje brood? Ik kijk hulpeloos naar Justin.

'Zo,' zegt Justin en schraapt zijn keel. 'Vertel eens, Brad, wat is er nieuw in de wereld van extreme sporten?'

O, hoera! Dit is veel briljanter dan de Heimlichgreep.

'Niets,' antwoordt Brad.

Dan is het weer stil en we zijn weer terug bij het begin. Justin kijkt me aan met een 'ik heb het geprobeerd'-uitdrukking.

Oké, dan is mijn beurt om iets te proberen.

'Claire, Brad zei dat je helemaal verliefd was op deze plek. Wat beveel je aan?'

Justin glimlacht goedkeurend en knikt.

'Alles is goed,' zegt ze.

Weer is het stil.

'O, oké, alles.' Ik pak de menukaart op en bestudeer hem.

Dit gaat een heel lange avond worden.

De rest van de avond verloopt net zo slepend langzaam als het begin. Justin en ik doen vreselijk ons best om allerlei gespreksonderwerpen te verzinnen en Brad en Claire doen ze af met antwoorden van één lettergreep. Het is heel erg raar en heel ongemakkelijk. We weten het hoofdgerecht te overleven, en zelfs ik, de koningin van de chocola, ben bereid het dessert over te slaan om hier maar weg te kunnen. Dus als de kelner vraagt of we het dessertmenu willen zien, begin ik nee te schudden met mijn hoofd, ervan uitgaand dat Brad en Claire net zo'n vreselijke tijd hebben als wij en dat ze hier ook graag weg willen, maar Brad zegt: 'Ja, alstublieft.' Ik kijk paniekerig naar Justin. Waarom probeert Brad deze marteling te verlengen? Hij is, dat was hij althans, een leuke man, en geloof me, leuke mensen weten dat er op dit moment helemaal niets leuks gebeurt.

101

'Molly zegt nooit nee tegen een dessert,' vertelt Brad aan Justin.

'Haha, dat weet ik. Waar laat ze het, hè?' antwoordt Justin in een poging om aardig te zijn.

'Volgens mij weet jij daar het antwoord wel op,' antwoordt Brad kil.

Au! Wat bedoelt hij daarmee? Het slaat helemaal nergens op, maar hij zei het op zo'n harde manier. Ik kijk naar Justin, die er net zo geprikkeld uitziet als ik me voel. Ik pak zijn hand vast.

'Justin is blind voor mijn hangbuikje, nietwaar, lieverd?' zeg ik een beetje stompzinnig tegen hem. Ik heb niet eens een hangbuikje. Ik weet werkelijk niet waar ik het allemaal laat.

'Je hebt geen hangbuik,' zegt Justin, die zich duidelijk aan Brad begint te ergeren.

'Wat een geweldig vriendje, hè?' Ik glimlach zelfs als een nog grotere idioot en knijp in zijn hand en kijk dan over de tafel heen naar Brad en Claire. Brad schenkt ons een dodelijke blik en Claire kijkt naar haar dessertmenu alsof ze in haar eentje aan tafel zit.

Eindelijk hebben we ons dessert op. Brad neemt nog een kop koffie en de rekening wordt op de tafel neergelegd. Er is een kort moment waarop de rekening een landmijn is en dan pakt Justin hem op en zegt tegen Brad: 'Zullen we hem in tweeën splitsen?' Justin heeft zoveel klasse.

'Nou, Molly had wijn,' zegt Claire. Het is een van de eerste dingen die ze die avond zegt.

Onze hoofden gaan met een ruk omhoog en we kijken haar gechoqueerd aan. Als ik niet net dit etentje had meegemaakt, zou ik misschien in lachen zijn uitgebarsten. Elk ander mens had dit als grapje bedoeld, maar het is duidelijk dat Claire serieus is.

'Oké,' zegt Justin. 'Is het goed als we de rekening splitsen en dat wij dan tien dollar meer fooi geven?'

'Nee,' antwoordt Claire, 'dan zijn wij in de ogen van de kelner wel erg krenterig.'

Ik denk dat mijn mond op dit moment openvalt. Ze is ongelooflijk.

'Hoe wil je dit dan doen?' vraagt Justin. Het is verbijsterend dat hij nog steeds beleefd tegen haar is.

'We delen het bedrag en dan geef je ons tien dollar contant.'

'Geregeld,' zegt Justin en legt het biljet met een klap voor haar neer.

Dit is de eerste keer dat er in mijn bijzijn zoveel druk op Justin wordt uitgeoefend en ik kan zien dat hij op het punt staat te ontploffen.

'Nou,' zeg ik, 'het was heerlijk om jullie weer eens te zien. We moeten dit echt nog een keer doen.'

Justin stikt er bijna in en gorgelt een beetje.

We staan allemaal op. Ons afscheid verloopt net zo dramatisch als onze binnenkomst en Justin en ik rennen het restaurant uit en houden meteen een taxi aan. Dat was zoveel erger dan wat ik ooit bij de tandarts heb doorstaan, en mijn verstandskies werd nog wel verwijderd onder plaatselijke verdoving!

Terwijl de taxi wegrijdt, beginnen Justin en ik te gillen.

'Dat was werkelijk het ergste wat ik ooit heb meegemaakt!' gil ik.

'Nog zo'n diner en mijn tarief gaat omhoog!' voegt Justin eraan toe.

'O, mijn god, het spijt me zo. Ik zou het echt begrijpen als je dat zou doen.'

Tijdens de rit naar huis nemen we elk afschuwelijk aspect van de avond door. De grove begroeting, het gebrek aan gespreksstof en het fiasco met de rekening.

'Zo goed was het eten nou ook weer niet!' zeg ik.

Gelukkig zijn we in staat erom te lachen als de taxi stopt voor Justins appartement.

'Ik beloof je dat ik je dat nooit meer zal aandoen. Als dit de enige manier is om Brad te zien, dan zie ik hem liever nooit meer!'

'Het spijt me, Molly,' zegt Justin.

'Ik weet dat je hier niets van begrijpt, je hebt hem nooit gekend vóór Claire. Maar geloof me, hij was toen heel anders.'

'Ik wou dat ik iets kon doen zodat je hier niet zoveel pijn van hebt.'

'Met mij gaat het goed,' zeg ik en dat is ook zo. 'Die Brad was niet de persoon van wie ik hield en hij is zeker niet een persoon die ik zal missen. Ik kom er wel overheen.'

'Het zal wat tijd kosten, maar dat lukt je heus wel. Slaap lekker – het spijt me dat ik niet kan blijven logeren, maar ik heb morgenvroeg een auditie.'

'Maak je er maar geen zorgen over.' Grappig dat hij steeds vaker bij me blijft logeren. 'Veel geluk... Toitoitoi!' roep ik uit het raampje, terwijl de taxi naar mijn huis rijdt.

15

Het einde van Molly en Brad

Met het begin van het nieuwe schooljaar voor de deur, moet ik uit mijn luie zomerroutine zien te komen en wordt het tijd dat ik weer op een redelijk tijdstip opsta. Dus hoe vermoeiend het gisteravond ook was, ik sta vroeg op en bel Jamie om samen met haar naar de hobbywinkel te gaan om voorraden voor school in te slaan, als mijn ISDN-lijn piept.

'Hallo?'

'Molly! Ben je in gesprek op de andere lijn?' Het is Brad!

'Ja, maar wacht even.'

Ik schakel snel naar Jamie en spreek af haar bij Michael's te ontmoeten.

'Hoi!' zeg ik als ik weer terugschakel naar Brad.

'We vonden het gisteravond heel erg leuk.'

Hè? Waren ze bij hetzelfde diner als wij? Misschien zijn ze daarna nog uitgegaan.

Kennelijk ben ik een beetje te lang stil, want Brad zegt: 'Jullie niet dan?' voordat ik een kans krijg om een antwoord te bedenken.

'O ja, natuurlijk. En of,' stamel ik. Wat zeg ik nou?

'Het was zo fijn om je weer te zien. Ik heb je gemist.'

Wat moet ik *nu* zeggen? *Het was zo goed om die demon te zien die je lichaam heeft overgenomen* klinkt niet erg gepast.

'Ik jou ook,' antwoord ik lamlendig.

Dan verandert zijn toon opeens en ik ben erop voorbereid dat hij toe gaat geven dat het al met al een vreselijke avond was, maar in plaats daarvan zegt hij: 'Ik maak me zorgen om je.'

Om mij? Jij maakt je zorgen om mij? Ik ben niet degene die gehersenspoeld is!

'Hè?'

'Molly, er is iets met Justin waar ik maar niet mijn vinger op kan leggen.'

Even verstar ik… Ze hebben ons door. Ik ben als de dood dat Brad de act die Justin en ik opvoeren, doorziet, maar ik ben tevens opgelucht. Hij kijkt dwars door me heen, dus we zijn nog niet helemaal van elkaar vervreemd.

'Ik maak me zorgen over de wijze waarop hij je onder controle houdt,' gaat Brad verder.

Wat? Mensen die in glazen huisjes wonen, zouden niet met stenen moeten gooien.

'Waar heb je het over?'

'Hij kijkt altijd naar je en raakt je aan.'

Dat heet verliefd zijn, idioot! (Of doen alsof je verliefd bent om je familie en vrienden om de tuin te leiden. Om ze te laten geloven dat je je hebt verloofd. Maar dat is een heel andere kwestie.)

'Dat komt omdat we verliefd zijn,' zeg ik tegen Brad, en nu weet ik zeker dat hij me doorziet, want dat klinkt wel zo ontzettend raar.

'Nou, en dat gedoe dan met de rekening?' vraagt Brad.

'Wat is daarmee?' vraag ik verdedigend. 'Hij probeerde het leuk en gemakkelijk te maken en toen schopte Claire opeens zoveel herrie over tien dollar!'

Door haar naam te noemen, zal het probleem alleen maar escaleren, maar dat kan me niet schelen. Ik ben het beu om aardig te zijn. Kom maar op!

'Ze vond het niet prettig om afgezet te worden door een werkloze acteur.'

'Hij heeft in ieder geval werk gehád!' Niet mijn beste antwoord, maar wat kan ik zeggen? Ik ben niet goed in meteen kei-hard terugslaan.

'Dat is het dus.'

'Dat is dus wat?' daag ik hem uit.

'Je bent vreselijk jaloers op Claire.'

Ik ben totaal overdonderd, want dat is echt niet waar. Ik geef toe dat ik in het verleden wel eens jaloers op mensen ben geweest. Vrienden die zich eerder verloofden dan ik, mijn eigen zus die eer-der zwanger is dan ik, de leraar die in plaats van mij decaan werd van de derde klas (ja, alle lagere scholen in Manhattan hebben decanen). Maar ik ben nóóit jaloers geweest op Claire Reilly!

'Brad!' schreeuw ik. 'Je hoort me beter te kennen.'

'Nee, Molly, ik ken je juist heel goed. En ik weet dat je die stomme Justin alleen maar meezeult om mij een schuldgevoel aan te praten omdat ik ga trouwen.'

'W-wat?' stamel ik.

'Eerst probeerde je mij en Claire uit elkaar te halen en toen dat niet lukte, probeerde je het op deze manier.'

Oké, ik moet het zeggen... Hij heeft me gedwongen. Dat ben je toch met me eens, nietwaar?

'Ik probeerde jou en Claire uit elkaar te halen, Brad, omdat ik denk dat ze slecht is. Ze heeft je geest gebroken en ze heeft je be-roofd van je persoonlijkheid. Die twinkeling in je ogen is weg. Mijn relatie met Justin heeft níéts (Oké, dit is een leugentje om bestwil omdat het uitgerekend zijn verloving was die me over de rand duwde waardoor ik contact opnam met Justin, maar dat doet er nu niet meer toe) te maken met jou of Claire of je ellendige huwelijk.'

'Misschien ben ik veranderd, Molly, maar ik ben er beter op geworden. Jij bent echter veranderd in een verbitterde en jaloerse vrouw.' KLIK.

'VAL DOOD!' gil ik voordat ik de hoorn met een klap op de haak leg. Daarna pak ik de hoorn weer op en leg hem nog vier keer met een klap neer.

16

Een dag met Jamie

Ik sta te trillen en te snikken en ben helemaal de kluts kwijt door wat er net is gebeurd. Ik denk dat Brad en ik de afgelopen twaalf jaar maar vier keer ruzie hebben gemaakt. De keer dat ik het nieuws verspreidde dat zijn kamergenoot naar bed was gegaan met het vriendinnetje van een van de studenten uit zijn jaarclub. Toen ik een keer stomdronken was en dezelfde kamergenoot aan de haak sloeg. Toen ik mijn moeder vertelde dat hij homo was en dat we daarom geen stel waren. (Hoe ironisch dat ik mijn moeder nu vertel dat een homo een hetero is.) En, misschien is dat het wel. Misschien hebben we maar drie keer ruzie gemaakt... over heel kleine dingetjes.

Wat alle andere momenten betreft, we zaten er dezelfde dag tijdens het cocktailuur al om te lachen. Maar ik weet heel zeker dat we hier vanavond, onder het genot van een Heineken, niet om zullen lachen... Nooit meer. Ik heb een heel sterk gevoel dat mijn vriendschap met Brad voorbij is. Het vreemde is dat ik niet zo van streek ben als ik had verwacht – en dat is juist misschien de reden waarom ik zo van streek ben... En dat komt vanwege iets wat ik gisteren tegen Justin heb gezegd. De persoon met wie ik net in gesprek was, is niet mijn beste vriend. Hij is de gehersenspoelde Claire Reilly-versie. Mijn Brad is er al maanden niet meer.

Ik neem een lange, hete douche en kom tot mezelf. Ik tref Jamie over iets meer dan een uur. Als ik uit mijn badkamer vol stoom stap, realiseer ik me dat een hete douche niet erg slim was. Het is nu onaangenaam heet in mijn appartement. Ik zet de airconditioning op de hoogste stand en bereid mezelf voor op mijn afspraak. Ik besluit mijn haar niet te föhnen. Onder deze omstandigheden gaat het vreselijk kroezen en ik wil me niet dood zweten van de hitte.

Ik ga net op tijd de deur uit om nog even een Caramel Frappuccino te halen voordat ik Jamie tref. Natuurlijk arriveer ik nog steeds als eerste bij de hobbywinkel, en terwijl ik op haar wacht, geniet ik na van de suiker en de cafeïne. Als ik haar eindelijk aan zie komen, slaat mijn hart een slag over. Ons familie-etentje was pas een paar weken geleden, en ze is nu al twee keer zo dik als toen!

'Je bent enorm!' flap ik eruit.

'Ik weet het,' giechelt ze. 'Het gaat opeens zo snel.'

Ik staar een seconde naar haar uitpuilende buik en er gaat een vlaag van emotie door me heen. Mijn kleine zusje, mijn mooie kleine zusje. Ze ziet er zelfs nog mooier uit nu haar eigen baby in haar groeit. Ongelooflijk.

'Je ziet er geweldig uit.'

'Bah, nee. Kijk eens naar mijn voeten.'

Ze steekt haar voet meteen omhoog. Hij is zo gezwollen, dat ik hem niet eens meer herken.

'Oké. Jakkes. Nou ja, je voeten mogen er dan verschrikkelijk uitzien, de rest is prachtig.'

'Dank je. Ik voel me echt heel goed. Ik doe aardig wat yogaoefeningen die Justin me heeft geleerd en ik denk dat het helpt.'

Terwijl we de hobbywinkel in lopen, praten we over al die zwangerschapsdingen die Jamie aan het doen is. Eenmaal binnen trekken we lange lijsten uit onze tassen – wat had je dan verwacht? We zijn leraressen!

Na minstens drie keer door alle gangpaden te zijn gelopen en na zeven bezoekjes van Jamie aan het toilet, staan we in de rij met wagentjes vol kartonpapier, lijm, glitter, verf, stiften, stickers... Je zegt het maar en wij kopen het. Ik moet toegeven dat het samenstellen van mijn mededelingenbord een van mijn favoriete bezigheden is.

Normaal gesproken begin ik met een of ander herfstthema, dat gemakkelijk veranderd kan worden in iets voor Halloween en Thanksgiving... Een oranje achtergrond is altijd een goed begin. Daarna, in december, ga ik over op een rode achtergrond in verband met de kerst en Valentijnsdag. Over oudejaarsavond hoef ik me niet druk te maken, want dan hebben de kinderen vakantie. Sommige leraren mijden het rood omdat dat niet bepaald Chanoeka-vriendelijk is, maar ik maak rustig een grote groene boom met allemaal verschillende gekleurde versierselen erin. Ik houd van het idee om de feestdagen in elkaar over te laten gaan, want zo ben ik opgegroeid – met een joodse moeder en een christelijke vader. Technisch gesproken zijn we allemaal Joods omdat onze moeder dat is, maar ze was altijd heel royaal met het vieren van beide feesten. Dan, in maart, ga ik over op een groene achtergrond in verband met St. Patrick's Day en de rest van de lente. Soms maak ik er een gele achtergrond van in mei vanwege de zomer, maar het komt ook wel eens voor dat ik dan al helemaal doorgedraaid ben. Dat hangt af van mijn klas en hoe zwaar het jaar is geweest. Maar ik heb er altijd veel plezier in.

Nadat Jamie en ik hebben betaald, slepen we wat aanvoelt als de hele winkelvoorraad naar buiten.

'Ik kom om van de honger,' kondigt Jamie aan.

Omdat ik altijd kan eten, ben ik het met haar eens dat een lunch een goed idee is. Vrij dichtbij zien we een terras en slepen onze tassen ernaartoe. Als we gaan zitten, kijk ik goedkeurend om me heen. We zijn hier nog nooit geweest en het ziet er enig uit. Kleine tafeltjes staan langs de rand van de patio die eigenlijk een stoep in Manhattan is, maar wat zorgvuldig geplaatste planten in potten geven de indruk dat het drukke verkeer een heel eind verderop is. We kijken naar het menu, terwijl we de tassen de ene en dan weer de andere kant op schoppen om ruimte te maken onder het kleine tafeltje.

We maken snel een keus, want we hebben trek. Ik bestel een *panino caprese*, mijn favoriete broodje – het is een capresesalade (buffelmozzarella, tomaat en basilicum) op een heerlijk stuk Italiaans brood. Jamie bestelt de kaasravioli.

'Ik kan de hele tijd wel kaasravioli eten – vind je dat niet raar?' vraagt ze aan me, alsof ik enig idee heb wat wel of niet raar is voor een zwangere vrouw.

'Geen idee.'

'Het is raar. Mensen praten altijd over een zucht naar ijs en augurken, maar ik niet. Kaasravioli, wat volgens mij nog veel walgelijker is, want ik heb het op extreme momenten zelfs gegeten uit een Chef Boyardee-blikje zonder het op te warmen, zoals midden in de nacht.'

'Dat is inderdaad heel walgelijk,' stem ik in.

'Goed,' zegt Jamie, 'ik heb iets met je te bespreken.'

'Ik ook met jou.' Ik heb besloten Jamies advies te vragen over de situatie met Brad.

'Jij eerst,' zegt ze.

Ik ga helemaal terug naar de eerste Brad/Claire problemen: dat ik Brad niet kan bereiken omdat Claire me voortdurend dwars zit. En dat ik als ik hem dan eindelijk te pakken krijg, dan te horen krijg dat we niet zonder haar samen mogen zijn. Dan breng ik haar op de hoogte van het etentje in de hel. En ik besluit mijn relaas van rampspoeden met het vreselijke telefoontje van vanochtend.

'Je neemt me in de maling,' is alles wat ze zegt.

'Nee, dat doe ik dus niet. Hij heeft al die dingen gezegd, over mij en waarom ik samen ben met Justin!'

Jamie schudt haar hoofd en trekt een andere lijst uit haar tas. Ze pakt een pen en krast nogal venijnig iets door.

'Wat doe je?'

'Ik schrap ze van de lijst voor mijn babyfeestje.'

'Je geeft een babyfeestje? Waarom heb je me dat niet verteld? Wanneer?'

'Dat is dus wat ik met je wilde bespreken. Ik wil dat jij het feestje organiseert,' zegt ze, terwijl ze een keurige lijst met namen en adressen over de tafel schuift.

Ik voel me even overrompeld en vraag me af hoe Jamie het voor elkaar krijgt om op zo'n bekwame en onschuldige manier de schijnwerpers van mijn enorme probleem op haar te richten en mij dan ook nog een feestje te laten organiseren. Maar dat egoïsme duurt slechts een seconde, want in alle eerlijkheid kan ik niets leukers bedenken dan dit feestje te plannen.

'Echt waar? Wil je dat ik dat doe?'

'Natuurlijk. Jij wordt peetmoeder.'

'Ik word peetmoeder?' Mijn ogen worden zo groot als schoteltjes en ik begin al te schreeuwen voordat het woord 'moeder' mijn mond heeft verlaten.

'Ja, natuurlijk,' zegt ze en schreeuwt ook.

We omhelzen elkaar en huilen en giechelen en praten dan de rest van de middag over het babyfeestje.

We komen niet meer terug op het 'Brad'-probleem en dat vind ik helemaal niet erg.

17

Molly zet de puntjes op de i

Die avond ga ik achter mijn bureau zitten en bereid mijn plan zo goed mogelijk voor. Mijn bordje is opeens zo vol geworden dat ik me zorgen maak dat het allemaal een beetje te veel is. Ik moet mijn komende nepverlovingsfeest organiseren, mijn nepbruiloft, het geweldigste babyfeestje van de hele wereld voor Jamie, en ik moet me natuurlijk weer voorbereiden op school – mijn baan. Terwijl ik probeer uit te vogelen hoe ik alles op tijd af moet krijgen, gaat de deur van mijn appartement open en komt Justin binnen (ik heb hem een sleutel gegeven) met Chinees eten.

'Ik hou van je!' roep ik, terwijl ik een bak met bami goreng pak (mijn favoriet) en een paar eetstokjes.

'Zo, heb je nog opwindend nieuws?' vraag hij, terwijl hij de bak met knoflookkip en het tweede setje eetstokjes pakt.

Ik vertel hem meteen alles over mijn dag met Jamie en dat ik bezig ben haar babyfeestje te plannen en dat ik peetmoeder ga worden. We praten daar een hele tijd over tot ik me opeens mijn vreselijke ochtend herinner en hem alles vertel.

'O, bah, Molly, waardeloos, zeg. Weet je zeker dat het wel goed met je gaat?'

Ik knik om te benadrukken dat het echt goed met me gaat.

We praten nog een tijdje door over de situatie met Brad en

gaan dan weer terug naar Jamie en de baby. Naarmate de avond vordert beginnen we te praten over onze jeugd.

'Ik denk dat ik me nog kan herinneren dat mijn moeder zwanger was van Jamie. Ik ben er niet zeker van... Misschien is het een van die dingen waar je tijdens het opgroeien zoveel foto's van ziet dat je denkt dat je er zelf bij bent geweest. Weet je wat ik bedoel?'

Natuurlijk weet hij wat ik bedoel. We praten over zijn jeugd in Kansas. Vervolgens over hoe het was om homo te zijn en daarvoor uit te komen en Kansas uiteindelijk te verlaten.

'Ik was verloofd,' vertelt hij me. 'Toen kwam ik op een dag thuis en besefte ik dat die hele situatie erg slecht voor me was.'

'Haatte ze je?' vraag ik.

'Dat heeft ze een hele tijd gedaan, maar het maakte niet zoveel uit, want mijn moeder en vader hebben me toen ook gehaat. Om maar niet te spreken van mijn broer, dus het was niet slechts één persoon.'

Voor de eerste keer besef ik dat het uit de kast komen erg pijnlijk voor hem is geweest.

'Wat afschuwelijk – wat vind ik dat erg voor je.'

'Dat hoeft niet. Mijn familie is beter dan de meeste andere families. Uiteindelijk kwamen ze eroverheen en onze verstandhouding is nu weer prima. We zijn allemaal in therapie gegaan, samen en apart. Ik werd zelfs weer vriendjes met Lisa, mijn exverloofde, en ik heb haar geholpen haar bruiloft te organiseren.'

Hoewel Justins verhaal een gelukkig einde heeft, word ik heel verdrietig als ik aan al die mensen denk die dat niet hebben. 'Ik vind het hartverscheurend dat er mensen zijn die door hun familie in de steek worden gelaten vanwege iets waar ze helemaal niets aan kunnen doen.'

'Dat is inderdaad heel triest,' stemt hij in.

Langzaam verandert het onderwerp van serieus naar grappig en weer terug. Voordat we het in de gaten hebben is het drie uur en kunnen we onze ogen amper meer openhouden. We gaan naar bed en ik kan niet voor hem spreken, maar zodra mijn hoofd het kussen raakt, val ik in slaap.

Op de een of andere manier, hoewel ik maar een fractie van de tijd heb geslapen die een mens nodig heeft om te functioneren, ben ik de volgende ochtend alweer vroeg wakker. Mijn lichaam realiseert zich vast dat het schooljaar weer begint en loopt weer op schema.

Ik zet een pot koffie en glip de kamer in waar Justin slaapt om mijn schema van het bureau te pakken. Hij ziet er zo vredig en op zijn gemak uit. Zachtjes doe ik de deur weer dicht en ik val neer op de bank om naar Regis en Kelly te kijken terwijl ik erachter probeer te komen wat ik het eerste moet doen.

Alles wat ik voor school moet doen komt natuurlijk op de eerste plaats, want die begint al over een week. Vervolgens moet ik wat dingen voor de verloving bedenken, want die hoort over twee weken plaats te vinden. Jamies babyfeestje, waar ik op dit moment eigenlijk nog het meest enthousiast over ben, moet even op de reservebank, want volgens mij is het veel leuker om nog even te wachten tot ze wat verder is en nog veel dikker dan nu.

Wat alles klaarmaken voor school betreft, ik ben er bijna. Ik doe dit nu al lang genoeg om het beginpunt van mijn lessen op orde te hebben. Natuurlijk wordt er gedurende het jaar steeds iets aangepast, afhankelijk van hoe de klas zich gedraagt, maar om het jaar mee te beginnen, houd ik me aan het schema dat in het verleden altijd heeft gewerkt.

Ik heb wat nieuwe werkkleren gekocht en ik heb mijn voorraden aangevuld. Wat ik eigenlijk moet doen, is naar school gaan en de klas, mijn bureau, mijn mededelingenbord (jippie) op orde brengen. Verder mag ik altijd graag het oude jaarboek bestuderen om alvast zoveel mogelijk namen in mijn hoofd te prenten. Ik krijg die kinderen als ze een heel jaar ouder zijn en de meesten zien er anders uit. Maar over het algemeen is het een goede manier om te beginnen, want ik sla al die namen vrij snel op. Ik heb altijd een hekel gehad aan leraren die in oktober de namen van hun leerlingen nog niet kenden, en daarom heb ik me voorgenomen daar niet bij te horen.

Wat de verloving betreft: waar ik echt iets aan moet doen is het ringdilemma. Het is duidelijk dat de ringen van Tiffany's en eigenlijk alle 'echte' ringen veel en veel te duur zijn voor een nepverloving (en wellicht ook voor een echte verloving), maar al die zirkonen en andere nepjuwelen die we hebben bekeken, zien er zo smakeloos uit. Wat mijn grote plan betreft, is dit tot dusverre echt het grootste probleem. Dan moet ik ook nog een leuk verhaal bedenken voor onze verloving, want een heleboel mensen hebben me verteld dat iedereen altijd van verloofde stellen wil horen hoe het allemaal precies is gegaan. En ik wil echt zo'n verhaal hebben waar iedereen de tranen van in zijn ogen krijgt en niet zo'n overduidelijke teleurstelling als bij mijn vriendin Lily, wier echtgenoot haar ten huwelijk vroeg in de supermarkt, toen ze bij de kassa in de rij stonden. Ik wil iets romantisch. Behalve die twee dingen denk ik niet dat ik nog iets anders moet doen met de verloving. Ik wil geen advertenties plaatsen in kranten of iets dergelijks… Dat is een beetje té voor deze leugen.

Ik ga verder met de organisatie van het babyfeestje. Jamie is altijd heel georganiseerd en ze heeft me een getypte en alfabetische gastenlijst gegeven. Ik kijk naar de lijst, en bij de zwarte kras door 'Bradley Lawson' voel ik even een steek van verdriet, maar ik ben sterk en ga verder. Waar het op neerkomt is dat Jamie ongeveer iedereen erbij wil hebben die ze ooit heeft ontmoet (en misschien zelfs een of twee mensen die ze nog nooit heeft ontmoet). Waar moet dit gala in vredesnaam plaatsvinden? En waar moet ik het in godsnaam van betalen?

Ik verdien een goed salaris met lesgeven op een privéschool en met de bijlessen tijdens de vakanties, en heb het eigenlijk heel goed omdat ik geen huur hoef te betalen omdat mijn grootmoeder het appartement allang heeft afbetaald. Maar Justins 'salaris' voor dit komende jaar tast mijn appeltje voor de dorst behoorlijk aan. Nou ja, aan het eind van het jaar ben ik gewoon platzak. Er zit niet eens genoeg ruimte in mijn huwelijksfonds voor de verlovingsring, dus is er al helemaal geen ruimte voor het salaris van een bruidegom. Ik heb elke cent nodig, plus nog wat spaargeld, om Justin netjes te betalen voor zijn assistentie gedurende twaalf maanden. Ik ben zelfs mijn moeders dochter geworden en knip nu kortingsbonnen uit! Bah, wat ben ik laag gezonken! Het is duidelijk dat Nana nooit in overweging heeft genomen dat ik misschien een acteur moet betalen om zich voor te doen als mijn ware liefde, toen zij dit geld voor mij opzij zette. Ik zit eraan te denken om mijn moeder bij dit babyfeestje om hulp te vragen (om in ieder geval mee te betalen) als Justin met een slaapdronken hoofd mijn zitkamer in loopt.

'Goedemorgen, schone slaapster,' neurie ik zacht.

Hij gromt in mijn richting. Omdat Justin hier vaak genoeg is geweest weet ik dat hij beslist geen ochtendmens is.

'Er staat koffie in de keuken,' zeg ik.

Hij gromt weer en loopt die richting uit. Een paar minuten later komt de gebruikelijke Justin de keuken uit met een enorme beker koffie in zijn hand.

'Waarom ben jij zo vroeg op?' vraagt hij.

'Ik zit van alles te plannen en te organiseren en ik probeer te bepalen wat ik precies moet doen en wanneer.'

'Aha. En wat moet je precies doen en wanneer?'

Ik pak de papieren op en begin te lezen.

'Deze week moet ik het klaslokaal op orde brengen en het oude jaarboek bestuderen. Dan moet ik iets bedenken voor onze verloving en ik moet dat probleem met die ring oplossen. Als dat allemaal geregeld is, kan ik beginnen met de organisatie van Jamies feestje, en uitpuzzelen hoe ik het allergrootste babyfeestje ooit moet betalen.'

'O, wat de verloving betreft. Ik zat eraan te denken om je vader om "toestemming" te vragen als we bij je ouders zijn voor die barbecue op Labor Day. Ik denk namelijk niet dat ik hem voor die tijd nog zie. Toch?'

Ik denk even na en ik besef dat we mijn familie niet meer zien voordat we ons verloven... Het gaat allemaal veel te snel!

'Nee. Je hebt gelijk. Om toestemming vragen brengt wel heel veel gevoel met zich mee. Maakt het zo echt. Je bent er toch niet bang voor, hè?'

'Nee. Het is net als acteren... Daar komt bij dat het de enige keer in mijn leven is dat ik de vader van een meisje om toestemming vraag om met haar te mogen trouwen.'

Deze gedachte brengt hem aan het lachen.

'Hoe zat het dan toen je je verloofde met Lisa?' vraag ik.

'O, Molly, toen was ik niet de man met de keurige manieren die nu voor je staat. Ik was een verwarde student die heel vaak dronken was. Die nacht dat ik haar ten huwelijk vroeg was ik dronken, en ik was opgelucht toen ze het bewustzijn verloor zodat ik geen seks met haar hoefde te hebben.' Hij lacht weer.

'Ik weet zeker dat je ooit de vader van een aardige jongen om de hand van zijn zoon zult vragen.'

Daar moeten we allebei even om giechelen.

'Die ring is echt een drama,' zeg ik.

'Ja, dat weet ik. Waar ik aan zat te denken: mijn vriend Jake van het werk had zich verloofd en drie maanden later verbrak het meisje de verloving en gaf de ring terug. Misschien dat we die ring kunnen lenen.'

'Echt waar?' vraag ik. 'Dat zou ideaal zijn.'

'Inderdaad en ik kan me herinneren dat het een aardige ring was. Niet direct iets wat je zelf uit zou kiezen, maar ook niet iets om je voor te schamen. Volgens mij draait hij dezelfde dienst als ik – ik zal het hem vanavond vragen.'

'Hoe ga je het hem vragen?'

Justin fronst zijn voorhoofd. 'Goede vraag.'

We denken beiden een paar minuten heel diep na.

'Ik zou hem kunnen vertellen dat het voor een toneelstuk is?' suggereert Justin.

'Waarom zou je geen nepring voor een toneelstuk gebruiken? Een goedkoop prul?' kaats ik terug.

'Daar zeg je wat.'

We denken verder.

'Ik weet het!' roep ik uit. 'Je zou hem kunnen vertellen dat je zus precies dezelfde ring had, maar dat ze hem heeft verloren en dat ze er toch een moet dragen om haar echtgenoot niet te laten merken dat ze hem kwijt is en dat ze in de tussentijd een nieuwe laat maken.'

'Ik heb geen zus,' brengt hij me in herinnering.

'Vriendin?' bied ik aan.

'Ja, zoiets zou best kunnen werken. Ik zal het hem vragen en dan zie ik wel hoe hij reageert.'

We drinken onze koffie in stilte op en kijken naar Regis en Kelly die Alyssa Milano interviewen en die ons dan laten zien hoe je ribbetjes moet grillen voor Labor Day. Als het programma is afgelopen, loopt Justin de tweede slaapkamer in. Hij komt er weer uit als de dames van *The View* op hun stoel zijn gaan zitten.

'Oké, schatje. Ik smeer hem.'

Ik sta op en geef hem een knuffel.

'Later, maatje.'

'Toedeloe. Veel plezier met je mededelingbord.'

'Mededeling*en*bord,' corrigeer ik hem. 'Ik ben en blijf een schooljuf,' zeg ik met een glimlach.

'Ik bel je vanavond,' zegt hij en beantwoordt mijn glimlach terwijl hij naar buiten loopt.

18

Logans verrassing

Ik loop de keuken in om nog wat koffie te pakken en Tiffany's etensbak bij te vullen, en loop dan weer naar de zitkamer en ga op de bank zitten luisteren naar Joy Behar die klaagt over een verkeerd gevormde beugelbeha.

Net als Barbara Harrison Ford introduceert, gaat de telefoon.

'Hallo?'

'Good Golly Miss Molly,' en dan zacht gehinnik op de lijn.

Het is Logan.

'Logan. Je bent een rotzak.'

'Ik weet het, maar je houdt van deze rotzak.'

'Dat is helaas maar al te waar,' beken ik. 'Wat is er loos?'

'Zin in een lunch? Ik kom naar de stad.'

'Absoluut!' zeg ik, blij dat ik wat tijd met hem alleen mag doorbrengen.

'Mooi zo, want ik wil je wat meer vertellen over mijn reis.'

'Oké,' zeg ik een beetje teleurgesteld. Het etentje om Logans thuiskomst te vieren was enig, en het was heel interessant om alles te horen over de musea en oude architectuur, maar één keer is genoeg. Het lijkt me niet echt leuk om dat nog eens te horen.

'Zodra ik in de stad ben, kom ik naar je flat. Ik neem de sneltrein van halftwaalf, dus zou ik er rond enen moeten zijn.'

'Ik wacht hier op je.'

We beëindigen het gesprek en ik besluit dat het door Logans onverwachte bezoek niet nodig is om meteen in actie te komen en eerst alles op school te doen en dan op tijd weer terug te zijn. Ik ga er later in de middag wel naartoe.

Ik ga weer zitten en luister naar Harrison, en vraag me af waarom de man in vredesnaam een oorbel draagt.

'Heeft hij geen spiegel in zijn huis?'vraag ik aan Tiffany, die me aankijkt en instemmend miauwt.

Na mijn soapserie, waarin een vrouw op het punt staat te trouwen en er dan opeens achter komt dat de eerste vrouw van haar geliefde niet dood is omdat ze plotsklaps met geheugenverlies op de bruiloft verschijnt, stap ik onder de douche.

Ik neem er alle tijd voor, want als ik weer naar school moet, is er geen tijd voor dit soort luxe en langdurige douches. Als ik eindelijk klaar ben, kan Logan elk moment voor de deur staan. Maar dat gebeurt niet.

Ik wacht en ik wacht en ik begin me te vervelen en schilder kleine bloemetjes op mijn teennagels zodat ze bij die van mijn rok passen. Dan wacht ik nog een tijdje, en eindelijk, om half-drie, gaat de voordeurbel.

Ik laat hem naar boven komen terwijl ik mijn tas pak en Tiffany nog wat water geef. Maar als hij voor de deur staat, ziet hij er niet zo best uit.

'Wat is er aan de hand?' vraag ik, bezorgd over de gespannen blik op zijn gezicht.

'Het was geen sneltrein. Het spijt me dat ik zo laat ben.'

'Maak je daar maar niet druk over. Maar ik verga van de honger, dus laten we meteen maar gaan.'

Mijn honger is zo overweldigend dat ik hem, zodra ik zie dat hij zich weer wat beter voelt, meteen de voordeur uit duw. Ik bied hem niet eens een glas water aan. Daarna ga ik hem voor naar een eetcafé in de straat waar ze grote porties en snelle service hebben.

Als we eenmaal zitten met een bak frites tussen ons in, keert mijn bloedsuikerspiegel weer terug naar het normale niveau en voel ik me weer mens.

'Zo,' zeg ik en ik bereid me voor op nog meer saaie museumverhaaltjes, 'vertel eens wat meer over je reis.'

De paniek flitst over zijn gezicht en hij verbergt zijn gezicht snel in zijn menukaart.

'Laten we eerst bestellen.'

'Oké,' stem ik in, verscheurd tussen het probleem om het onvermijdelijke uit te stellen en de hoop dat we het nooit meer over Italiaanse architectuur hoeven te hebben.

We bestellen twee kalkoenburgers met een salade en uienringen, en praten dan luchtig over de treinreis, het weer, en Jamies zwangerschap tot het eten arriveert. We bedekken onze kalkoenburgers met ketchup en mosterd, trekken de uien er tussenuit en vallen aan. We zijn halverwege, als Logan opeens zijn kalkoenburger neerlegt en me recht in de ogen kijkt.

'Wat?' vraag ik, terwijl ik mijn gezicht afveeg met mijn servet.

Hij haalt diep adem. 'Goed, mijn reis,' zegt hij.

Bah, er is geen ontsnappen aan. 'Ja, vertel het maar!' zeg ik vrolijk.

'Oké,' begint hij langzaam, terwijl ik een hele uienring in mijn mond prop. 'Weet je nog waarom ik naar Italië ging?' vraagt hij.

'Ja,' knik ik en begin te praten met een volle mond. 'Om jezelf te vinden.' Wat dat ook betekent, voeg ik er in mezelf aan toe.

Hij neemt een grote hap van zijn kalkoenburger. 'Nou, dat heb ik gedaan,' zegt hij met volle mond. Onze moeder zou zich doodschrikken van onze tafelmanieren.

'Dat is geweldig,' zeg ik. Ik weet niet precies waar dit naartoe gaat.

Hij kijkt me verwachtingsvol aan, alsof me iets ontgaat dat eigenlijk vrij duidelijk is.

'Wat heb je gevonden?' vraag ik.

Ik doop een frietje in de ketchup en kijk toe terwijl hij het laatste stukje van zijn kalkoenburger opeet, dat hij eerst in de dressing heeft gedoopt. Logan kauwt heel langzaam en slikt de hap in één keer door, neemt een grote slok van zijn cola en kijkt me dan aan. Ik lijk wel van steen geworden. Mijn ketchup druppende frietje hangt ergens halverwege het bord en mijn mond en ik kijk hem vol verwachting aan.

'Ik ben homo.'

Ik denk dat mijn kin een stukje zakt en ik bestudeer Logans gezicht. Ik ben verbaasd, maar niet geschokt. Toch weet ik niet wat ik moet doen of zeggen. De tijd lijkt stil te staan en ik staar hem aan tot de ketchup van mijn frietje op mijn schoot valt. Eindelijk kom ik bij mijn positieven en kijk naar de rode vlek op mijn schoot, waar goddank een servet op ligt. Ik kijk weer naar mijn broer, die me nog steeds aankijkt.

'Wat verwacht je dat ik zeg?' vraag ik op vriendelijke toon. Ik weet niet wat hier de juiste woorden voor zijn. Is hij er blij om, zou ik 'gefeliciteerd' moeten zeggen? Is hij van streek, moet ik 'het spijt me' zeggen? Is het 'geweldig' of 'klote'? Ik heb geen idee. Uiteindelijk zeg ik: 'Als jij blij bent, ben ik dat ook.'

Hij glimlacht. 'Dat zijn de perfecte woorden.' En hij lijkt het te menen.

'Bén je blij?' vraag ik.

'Ja en nee,' bekent hij. 'Ik ben blij dat ik eindelijk begrijp waarom ik altijd het gevoel heb gehad dat ik "anders" was, maar het is een harde conclusie en ik ben heel nerveus om het aan mensen te vertellen. Jij bent de eerste.'

Met vleierij krijgt hij alles gedaan. Ik ben zo ontroerd dat hij ervoor koos het eerst aan zijn grote zus te vertellen.

Laat duidelijk zijn dat ik Logan nooit als 'anders' heb gezien. Maar er zijn me wel een paar kleine dingen opgevallen, zoals zijn besluit om naar Yale te gaan (waarvan ze zeggen: een op de vier en misschien zelfs meer) en de totale afwezigheid van meisjes in al zijn universiteitsverhalen. Daarom ben ik niet geschokt door dit nieuws. Maar ik ben er van overtuigd dat mijn ouders dit nooit in overweging hebben genomen, en hoewel ze hem zullen blijven steunen, want zo zijn ze, zullen ze vreselijk teleurgesteld zijn. Vooral mijn vader, en dat zal het voor Logan heel moeilijk maken.

'Wanneer ga je het mama en papa vertellen?' vraag ik.

'Ik zat eraan te denken om dat tijdens de barbecue op Labor Day te doen.'

Mijn hart slaat een slag over en mijn egoïstische kant krimpt even ineen, want dat is de dag dat Justin mijn vader om mijn hand gaat vragen, zodat we ons het weekend erna kunnen verloven. Maar ik slik mijn egoïsme in en knik naar Logan.

'Is het gemakkelijker om het ze allemaal tegelijk te vertellen of verdeel je het liever?'

'Daar heb ik veel over nagedacht. Het was aanvankelijk mijn plan om het iedereen tijdens het welkomstdiner te vertellen, maar toen was ik er gewoon nog niet klaar voor. Het voelde zo goed en behaaglijk om weer thuis te zijn en ik weet gewoon dat als ik het aan papa en mama vertel de dingen nooit meer hetzelfde zullen zijn.'

Alsof er een kogel in mijn hart wordt geschoten. Ik houd zoveel van Logan en ik vind het vreselijk dat hij dit soort angsten heeft... En ik vind het zelfs nog erger dat hij best wel eens gelijk zou kunnen hebben.

'Ze houden van je, Logan – daar zal echt niets aan veranderen.'

'Bedankt, Moll. Dat hoop ik.'

'Ik weet het zeker.'

'Molly, als ik het iedereen vertel, wil jij dan doen alsof je van niets weet? Het laatste wat ik nodig heb is een wedstrijd over wie het het eerst heeft gehoord. Het is allemaal al erg genoeg.'

'Natuurlijk. Absoluut.' Ik ben het met hem eens. Het is duidelijk dat hij het over de Jan Brady van de Harrigans heeft, maar mijn moeder zou er ook problemen mee hebben dat ze niet de eerste was.

'Heb je er al over nagedacht wanneer en hoe je het gaat doen?' vraag ik hem.

'Ik wilde wachten tot na het dessert. Het hoge bloedsuiker-gehalte en de spijsverteringsmoeheid zullen dan aan mijn kant staan.'

'Dat lijkt me een uitstekend idee,' zeg ik. (Mentale notitie – heel egoïstisch: zodra we arriveren, moet Justin meteen met papa gaan praten.)

'Ik weet het niet, maar ik wil er vandaag niet meer over na-denken. Wil je taart?'

'Hallo, wanneer wil ik géén taart?'

We lachen en bestellen een stukje appel-perziktaart om te delen en voor mij voelt het allemaal echt niet zo 'anders'.

Logan en ik nemen er alle tijd voor, drinken nog drie kopjes koffie en slenteren dan rond in mijn buurt tot de laatst moge-lijke seconde voordat hij weer terug moet naar het station.

Op straat, voor mijn gebouw, houdt hij een taxi aan en ik om-hels hem en geef hem een kus.

'Ik hou van je, Logan. Twijfel daar niet aan en vergeet het nooit.'

'Ik ook van jou,' zegt hij, terwijl hij in de taxi klimt en de be-stuurder vraagt hem naar het Grand Central te brengen.

Ik loop naar boven, kus mijn kat en schenk een glas wijn voor mezelf in – ik heb het nodig.

19

Ik vertel het aan Justin

Justin loopt rond achten mijn appartement in. Hij draagt nog steeds zijn kelneruniform en heeft een grote zak met eten van het restaurant bij zich – jippie! Hij haat het witte overhemd en de zwarte broek die hij voor zijn werk moet dragen. Ik ben ervan overtuigd dat de meeste hetero's het volkomen acceptabel vinden, zelfs modieus, maar voor Justin is het als een straf.

'Ik heb nieuws,' vertel ik hem.

'Ik heb een restant zalm met ingekookt citroensap en een spinazie-ponzu.'

Het water loopt me in de mond terwijl ik de tas uit zijn handen gris en de meeneembakjes eruit haal. Ik bekijk wat er is en ren naar de keuken om de juiste spullen te halen.

'Zo, wat voor nieuwtje heb je?' vraagt hij, terwijl ik zalm in mijn mond stop.

Ik haal diep adem. Het voelt een beetje raar om dit aan Justin te vertellen. Maar ik moet het aan iemand vertellen en hij is de enige aan wie ik het kán vertellen.

'Mijn broer heeft me vandaag verteld dat hij homo is,' zeg ik, en ik wacht op een verbaasde reactie – maar die komt niet.

'Goed gedaan. Ik vroeg me af of hij er al voor uitkwam,' zegt Justin kalm.

'Je wist het?'

'Natuurlijk wist ik het. "Gaydar" in plaats van "radar". Nooit van gehoord?'

'Bestaat dat echt?' vraag ik, met de grote ogen van een kind dat over leven hoort op andere planeten.

'Natuurlijk.'

'Nou, als je wist dat mijn broer homo was, waarom heb je dat dan niet gezegd?'

'Om te beginnen is dat niet aan mij. Ten tweede, het ligt er nogal dik bovenop. Het is niet mijn probleem als jij de puntjes niet met elkaar kunt verbinden.'

Ik ben nog steeds geschokt dat Justin hier zo kalm en vanzelfsprekend over doet.

'Ik ben de eerste aan wie hij het heeft verteld. Het is nog steeds een geheim, dus zeg alsjeblieft niets. Hij gaat het de rest van de familie vertellen tijdens de barbecue op Labor Day.'

Ik let goed op Justins reactie. Als hij niet hetzelfde denkt als ik, houd ik mijn egoïstische reactie liever voor me.

'O… dat is mijn dag om je lieve paps om je hand te vragen.'

Wat is hij goed, hè? Nu is het mijn beurt om kalm te zijn.

'Maak je geen zorgen. Ik heb hem al gevraagd hoe hij het wil aanpakken en hij zei dat hij het na het dessert zou doen. Dus als je het meteen aan papa vraagt zodra we aankomen, is er niets aan de hand.'

'Hoe denk je dat je ouders hiermee om zullen gaan?' vraagt hij.

'Daar heb ik eerlijk gezegd geen idee van. Mijn vader wilde graag een zoon en hij probeerde altijd die "mannendingen" waar hij zelf zo van houdt met Logan te delen. Ik denk dat hij erg zal schrikken.'

Justin kijkt een beetje gekwetst en ik realiseer me hoe raar dit gesprek eigenlijk is.

'Hoe ga jij ermee om?' vraagt hij.

'Ik hou van mijn broer – zijn geluk betekent alles voor me.'

Justins gezicht wordt wat zachter.

'Hij mag zich gelukkig prijzen met jou. En dat weet hij – daarom heeft hij het eerst aan jou verteld.'

127

'Misschien wel,' zeg ik en vind het een heerlijk gevoel dat Logan zich net zo nauw met mij verbonden voelt als ik met hem.

'Arme jongen,' zegt Justin. 'Hij heeft een moeilijke weg te gaan.'

'Ja?' vraag ik. 'Wat staat hem nog meer te wachten behalve het aan de familie vertellen?'

'Het aan de wereld vertellen,' antwoord Justin snuivend. 'Het is geen gemakkelijk leven, Molly. In Manhattan is het wat gemakkelijker dan in andere plaatsen, maar niet iedereen is zo vooruitstrevend als jij en ik.'

Weer heb ik medelijden met mijn kleine broertje.

'Misschien zou hij met jou kunnen praten? Misschien zou je wat ervaringen met hem kunnen delen?'

'Molly, denk nou eens na. Hoe kan ik met Logan praten over homoseksualiteit als ik verliefd hoor te zijn op jou en zogenaamd hetero ben? We willen ons verloven!'

Ik denk even na. Vergeleken met deze echte situatie is de leugen opeens wel heel pathetisch en belachelijk.

'Ik zal hem de waarheid vertellen. Hij zal ons geheim wel bewaren.'

Justin kijkt me aan en lijkt niet helemaal overtuigd.

'Het zal helpen om er een derde persoon bij te betrekken,' voeg ik eraan toe, 'en om eerlijk te zijn, het maakt niet uit. Als we Logan kunnen helpen door ons eigen verhaal te verprutsen, dan moet dat maar. Het doet er niet toe. Dit is niet het moment om egoïstisch te zijn.'

Justins gezicht wordt zo zacht als boter en hij verlaat zijn gebruikelijke plekje op de stoel om naast me te gaan zitten en me een knuffel te geven. Ik kruip tegen zijn harde borst en we blijven zo de rest van de avond zitten terwijl we tv kijken en uiteindelijk in slaap doezelen.

20

Justin vraagt om Molly's hand

De volgende week vliegt voorbij. Ik doe de dingen die ik moet doen op school, mijn mededelingenbord is dit jaar echt een kunstwerk – een van de beste die ik ooit heb gezien. Mijn bureau is ingericht en ik heb alle gezichten in mijn hoofd geprent. Ik ben er klaar voor, maar het is nog steeds een beetje een schok dat het schooljaar overmorgen al begint.

Terwijl ik voor mijn kaptafel zit en mijn altijd ongelijke wenkbrauwen epileer, ben ik één bonk zenuwen. Over een paar uur zijn we in het huis van mijn ouders en dan gaat Justin een enorm potje staan liegen als hij mijn vader om toestemming vraagt om mij een aanzoek te mogen doen. Kort daarna gaat mijn broer hun hele wereld op zijn kop zetten met de aankondiging van zijn homoseksualiteit. Wij die dit weten zijn op van de zenuwen.

Ik denk dat ik Logan de afgelopen week wel achtennegentig keer per dag heb gesproken. Justin, de zelfverzekerde acteur, doet het niet veel beter. Uiteindelijk was hij het met me eens om Logan bij ons kleine geheimpje te betrekken, maar hij vond het beter als we dat deden na de verloving en Logans openbaring. Ik vind het geen probleem om te wachten… Dan heb ik wat meer tijd om te bedenken hoe ik het aan Logan ga vertellen, zonder dat hij me meteen op van alles en nog wat kan vastpinnen.

Terwijl ik mijn gezicht bestudeer, hoor ik Justin rommelen in de badkamer. Hij woont nu bijna in mijn tweede slaapkamer. Hij geeft toe dat het bij mij gezelliger is dan bij hem. Hij woont in Brooklyn met een kamergenoot die zichzelf een echte 'slet' noemt. Daar komt bij dat mijn appartement dichter bij zijn werk is. Ik geniet van het gezelschap, dus ik vind het prima om hem om me heen te hebben. Terwijl hij rommelt en ik epileer, is de spanning in de flat om te snijden. Als een gevallen glas spat de spanning uit elkaar als opeens de telefoon gaat.

'Hallo?' Ik heb hem bij de tweede bel al te pakken.

'Molly, ik ben er gewoon nog niet klaar voor,' vertelt Logan me. Aan zijn stem kan ik horen dat onze zenuwen vergeleken met de zijne niets voorstellen.

'Ja, dat ben je wel,' zeg ik tegen mijn broer en ik ben verrast door het zelfvertrouwen in mijn stem. 'Je kunt het,' moedig ik aan.

'Oké,' zegt hij.

'Het duurt niet lang meer voordat we er zijn. Ik hou van je.'

'Ik hou ook van jou.' KLIK.

Ik weet dat hij er klaar voor is, want de meeste van die achtennegentig telefoontjes per dag klonken precies als deze. Toen ze pas begonnen had ik er ook mijn twijfels over, maar hij verzekerde me dat dit het moment was – hij wilde alleen gerustgesteld worden als hij daarom vroeg, en dat was gewoon heel vaak.

Ik loop mijn slaapkamer weer in en kijk naar de trui en rok die ik heb klaargelegd op mijn bed. Het is het derde setje dat ik vandaag bij elkaar heb gezocht en ik ben er nog steeds niet zeker van of dit het juiste is. Ik stop de spullen weer in mijn kast en haal er een knielange spijkerrok uit en een wit topje. Ik leg ze op het bed, kijk er even naar en trek het dan aan. Ik laat mijn voeten in rode sandalen glijden en bind een rode sjaal om mijn bruine paardenstaart. Ik ben er klaar voor.

Ik loop mijn slaapkamer uit en steek mijn hoofd om Justins deur. Grappig dat ik die kamer nu als de zijne beschouw. Hij draagt een knielange bermuda, een overhemd met korte mouwen en bruine leren sandalen. Het verbaast me een beetje dat

130

niemand zijn seksualiteit in twijfel heeft getrokken, want hij is ongetwijfeld de best geklede hetero in heel Manhattan.

'Ben je klaar?' vraagt hij.

'Als jij ook zover bent.'

Hij knikt en loopt zijn kamer uit. Hand in hand verlaten we mijn appartement en gaan op weg naar het platteland.

We gaan zoals gebruikelijk langs bij Jamie en Bryan om dan samen naar het station te gaan, maar het is heel moeilijk om in hun aanwezigheid net te doen alsof er niets aan de hand is terwijl er zoveel belangrijke dingen op stapel staan.

Gelukkig is de trein vandaag niet vol en kunnen we alle vier zitten. Jamie en ik zitten bij het raam en onze partners zitten naast ons. Ik probeer me door Jamie te laten afleiden met haar verhalen over hoe moeilijk het is om geschikte zwangerschapskleding te vinden en haar angst dat ze op school in haar broek zal plassen. Kennelijk heeft ze ergens gelezen dat zwangere vrouwen de controle over hun blaas verliezen, en omdat Jamie nu eenmaal Jamie is, is ze absoluut niet bang voor het baren van iets dat zo groot is als een watermeloen door iets dat zo klein is als een pinda, maar ze is als de dood dat ze in haar broek zal plassen. Ik geef toe dat het haar aardig lukt mijn gedachten van wat er die avond gaat gebeuren af te leiden. Voordat ik het in de gaten heb is de trein in Connecticut en stappen we een paar haltes later uit.

Zoals altijd staat mijn vader met zijn warme glimlach en gespreide armen op het perron op ons te wachten en zoals altijd rennen Jamie en ik naar hem toe alsof we weer zeven en tien jaar zijn, en niet zevenentwintig en dertig. Als we hem eindelijk loslaten, wendt hij zich tot de jongens en omhelst hen. Ik glimlach even naar Justin en hij grijnst terug, want dit is de eerste keer dat mijn vader hem een knuffel heeft gegeven. Tot dusverre verloopt het allemaal voorspoedig. Ik hoop dat het voor Justin ook zo voorspoedig zal verlopen.

Terwijl we naar ons huis rijden, kan ik tijdens het korte ritje niet anders dan vol ontzag naar de prachtige bladeren kijken die bezig zijn hun herfstkleuren te krijgen. De herfst is altijd mijn favoriete jaargetijde geweest, vooral op het platteland. Het voelt altijd aan als een nieuw begin – dat zal wel iets van leraren zijn omdat het nieuwe schooljaar altijd in de herfst begint – en ik houd van al die prachtige kleuren en de veranderingen die plaatsvinden in de natuur. We rijden onze lange oprit op en stappen uit. Ik voel dat het al wat frisser is dan toen we daar een paar weken geleden waren.

Zoals altijd begroet het huis ons met de heerlijke geuren van het feestmaal dat ons te wachten staat. Mama komt uit de keuken en geeft ons een kus op de wang voordat ze snel weer teruggaat omdat er een kookwekker afloopt.

'Waar is Logan?' roep ik haar na.

'Hij is in de tuin met Brad. Ik denk dat ze met Skipper spelen,' roept ze vanuit de keuken.

Brad is hier! Ik verstar en kijk gespannen van Justin naar Jamie. Ze zijn van het conflict op de hoogte, maar ik heb mijn moeder natuurlijk niet ingelicht en daarom heeft ze hem zoals gebruikelijk voor deze feestdag uitgenodigd.

Paps hangt zijn sleutels op aan het sleutelrekje dat ik samen met hem heb gemaakt toen ik acht was (eigenlijk had ik meer de supervisie) en biedt ons iets te drinken aan.

'Voor mij graag een glas witte wijn,' zeg ik.

'Goh... ik mis de wijn,' klaagt Jamie.

Als wijn zo belangrijk voor je is, had je niet zwanger moeten worden, zeg ik heel kattig in gedachten. Ik probeer boven die vreselijke jaloezie van me uit te stijgen en tot dusverre is dat aardig gelukt.

'Mag ik appelsap in een wijnglas?' vraagt ze als een klein kind.

Paps glimlacht slechts en kijkt dan naar de jongens.

'Zal ik u even helpen met de drankjes, meneer Harrigan, dan kunnen de anderen naar Logan. Ik weet dat de meisjes gewoon niet kunnen wachten om hem te zien.'

'Justin, voor de zoveelste keer, noem me Larry. En dat vind ik heel aardig van je. Gaan jullie maar lekker naar buiten, naar het terras, en dan komen wij er zo aan met de drankjes.'

Ik kijk even vluchtig naar Justin en glimlach nerveus. Mijn maag voelt aan alsof ik een hele korf hommels heb ingeslikt... Ik klap bijna uit elkaar. Gelukkig volgt er geen protest van Jamie of Bryan en daarom gaan we met zijn drieën naar buiten, Justin bij papa achterlatend.

We lopen het terras op en roepen hallo naar Logan en Skipper (en Brad) die met zijn drieën in de tuin aan het spelen zijn. Zodra Skipper ons ziet, vliegt ze de treden op en put zichzelf volkomen uit door drie mensen tegelijkertijd te begroeten. Logan en Brad volgen in haar voetsporen. Logan begroet me hartelijk en ik geef hem een stevige knuffel en knijp even in zijn schouder. Daarna wendt hij zich tot Jamie en geeft haar ook een knuffel.

'Kijk eens naar mij!' roept Jamie en duwt haar omvangrijke buik naar voren.

'Jeetje, James... Dat ding lijkt te groeien – heb je al een arts geraadpleegd?'

Iedereen giechelt om Logans grapje. Dan richt ik me tot Brad.

'Hoi,' zeg ik. Nu ik weer oog in oog sta met Brad, word ik gedwongen iets te doen met het verdriet dat ik heb onderdrukt.

'Hallo, Molly,' zegt hij en volgens mij hoor ik hetzelfde in zijn stem. 'Waar is Justin?' vraagt hij vriendelijk.

'Hij is binnen en om samen met papa de drankjes voor iedereen te verzorgen,' antwoord ik, en ik zie hem verstarren als hij erachter komt dat Justin er nog steeds is en dan ook nog in dit huis.

'Waar is Claire?' hoor ik Jamie achter me vragen.

'Ze is dit weekend in Parijs om bruidsjurken te passen.'

Ik kan horen dat Jamie het liefst wil overgeven. Ik draai me naar haar om, met mijn rug naar Brad, en hef mijn ogen vertwijfeld ten hemel. Daarna maken we het ons gemakkelijk op het terras – tegenover Brad, die vrolijk zit te kletsen met Bryan (die kennelijk ook niet van de recente ontwikkelingen op de hoogte is), maar het valt me op dat Brad me voortdurend in de gaten houdt. Deze avond is in meer dan één opzicht enorm belangrijk en ik laat hem dat niet verpesten.

Er gaat wat tijd voorbij en nog steeds geen papa of Justin. Ik zou er mijn rechteroog voor willen geven om hun gesprek af te kunnen luisteren. De spanning is moordend. Ik heb er een aardig idee van hoe Logan zich voelt.

'Zal ik even naar binnen gaan om te kijken waar die drankjes blijven?' biedt Brad aan.

'Néé!' roep ik, en het vliegt er zo uit. Iedereen kijkt me ietwat vreemd aan. 'Ik weet zeker dat het eraan komt,' zeg ik dan en ik probeer weer tot mezelf te komen.

'Maar als ze hulp nodig hebben om de spullen te dragen?' vraagt hij.

'Mams heeft een miljoen dienbladen,' sis ik naar hem. Werkelijk, het is net alsof hij weet wat er speelt en dat hij het wil verprutsen. 'Jamie,' zeg ik en wend me tot haar, 'vertel Logan eens over de leuke zwangerschapskleding waar je het in de trein over had.' Ze heeft mij ermee kunnen afleiden, misschien werkt het bij hem ook.

'Wat kan Logan dat nou schelen,' zegt ze, wat vermoedelijk waar is.

'Natuurlijk kan hem dat wat schelen,' antwoord ik voor hem, want hij is zo ongelooflijk eerlijk dat hij meteen zal bekennen dat haar zwangerschapskleding hem geen moer interesseert.

Jamie vertelt een anekdote over een gesprek dat ze had met een andere zwangere vrouw in de kleedkamer van de Pea in the Pod over turkooiskleurige zwangerschapsbroeken, als paps en Justin het terras op lopen met een dienblad (dat zei ik toch) vol wijn en bier en appelsap in een wijnglas. Ze grijnzen allebei van oor tot oor. Ik vang Justins blik op en ook mijn eigen lippen rekken zich uit tot aan mijn oren.

'Zo, jongens,' zegt papa, terwijl hij de drankjes uitdeelt, 'alsjeblieft.'

Iedereen bedankt hem en we zitten lekker op de comfortabele tuinstoelen en kijken naar de zonsondergang. Jamie, natuurlijk, gaat verder waar ze is gebleven.

'Ik bedoel, geloof je dat nou? Turkooiskleurige zwangerschapsbroeken; die flatteren niet eens de dunste vrouw en toch willen ze dat zwangere vrouwen ze dragen?'

Niemand geeft antwoord op haar vraag en ze geeft het op en leunt achterover met haar sapje. Bryan streelt haar hoofd. Het is zo lief hoe hij haar aanbidt, en dat hij haar niet eens wil vermoorden wanneer ze maar door blijft zeuren over belachelijke dingen. Hij is er ijzersterk in om haar te waarderen om wie ze is. Justin komt bij me zitten op mijn ligstoel en steekt stiekem zijn duim omhoog. Ik glimlach naar hem, maar heb het gevoel dat ik in de gaten word gehouden. Ik kijk over het terras heen en zie Brad ijzig naar ons kijken. Ik kijk even ijzig terug voordat ik me weer tot Justin richt.

Even later roept mijn moeder om hulp om de tafel te dekken en ik spring op, gevolgd door Justin... en Brad.

'Blijf lekker zitten, man. Ik doe het wel,' zegt Justin vriendelijk tegen Brad. Brad kijkt weer boos en gaat zitten.

Als we het huis in lopen om mama te gaan helpen, vraag ik Justin snel hoe het is gegaan.

'Ongelooflijk perfect,' zegt hij. 'Je gaat dood als je ziet wat je vader me heeft gegeven.'

'Wat?' vraag ik. Ik kan de spanning niet verdragen.

Justin stopt zijn hand in zijn zak en haalt er precies dezelfde verlovingsring uit waar ik bij Tiffany verliefd op ben geworden. Ik kan amper ademen... Ik ben geschokt en opgewonden, maar bovenal verward.

'Waar komt die vandaan?' vraag ik.

'Hij was van je grootmoeder,' antwoordt hij.

Mijn ogen vullen zich met tranen als ik de perfecte afzonderlijk gezette diamant aanraak. Justin pakt hem snel weer terug.

'Nog niet, miss Molly. Je vader hoopte eigenlijk dat ik je vanavond een aanzoek zou doen, in bijzijn van de hele familie, wat natuurlijk een geweldig idee is en een evenzo geweldig verhaal. Maar dat kon ik Logan niet aandoen… Daarom zei ik dat ik al iets bijzonders had gepland om je om je hand te vragen.'

Ik piep van plezier en geef Justin snel een knuffel voordat ik de keuken in loop, waar mama op me staat te wachten. Hij pakt mijn arm en trekt me terug en geeft me een nog grotere knuffel

'Ik ben gek op je, Molly.'

'Ik ook op jou.'

Natuurlijk bedoelen we dat geen van beiden op *die manier*… We zijn gewoon ontzettend goede vrienden van elkaar geworden en we realiseren ons allebei dat vriendschap vaak beter kan zijn dan een romantische relatie. Het gaat echt heel erg goed, en op dit moment vind ik mijn plan eigenlijk briljant.

21

Logan komt ervoor uit

De maaltijd is gezellig, maar vreemd. Ik ben een ontvlambare combinatie van enorme opluchting over Justins gesprek met papa en de ring, en een bonk zenuwen wat Logans openbaring betreft. Door deze mix doe ik werkelijk de raarste dingen. Justin is een iets mildere versie van mij. Jamie doet zoals altijd alles wat mogelijk is om de aandacht op zichzelf te vestigen door 'O, mijn god! Heb ik net een beetje geplast?' te roepen als mams de salade opdient.

Bryan zit er zoals gewoonlijk vrolijk naast en zal Jamie nooit uit de schijnwerpers halen. Logan is heel erg stil voor zijn doen, hoewel niemand dat lijkt te merken behalve ik, en daarom vraag ik me af of ik het me soms inbeeld. Papa is uitzonderlijk vrolijk en mama ook, dus ik neem aan dat hij haar over zijn gesprek met Justin heeft verteld. Brad is stil en zit nog steeds naar me te staren. Ik begin er zo onderhand de kriebels van te krijgen.

We banen ons een weg door salade, ribbetjes, mais, knoflookbrood en gebakken bonen tot er geen kruimel meer over is. Dan ruimen Jamie en ik (zeer tot haar ontstemdheid, want: 'Ik ben zwanger!' waarna ik opmerk: 'Zwanger, maar niet gehandicapt!') de tafel leeg en brengen het dessert naar buiten. Opeens heeft iedereen nog een klein plekje gevonden voor mama's perziktaart. Mama klaagt altijd dat we haar nooit iets anders laten maken, maar wij dringen er altijd op aan dat als je de perfectie hebt gevonden, je daar niet mee moet rommelen.

We delen de taart en het ijs uit en schenken koffie in voor degenen die dat willen en melk voor de rest, en we zijn ongeveer halverwege, als Logan zijn keel schraapt.

'Ik moet jullie allemaal iets vertellen,' zegt hij met een ietwat hoog stemmetje.

'En dat is?' vraagt papa vriendelijk.

Logan haalt diep adem en kijkt me aan. Er gaat een golf van misselijkheid door me heen en ik wil hem tegenhouden. Ik wil hem naar de andere kamer sturen en zijn nieuws zelf vertellen zodat hij geen teleurgestelde of boze blikken hoeft te zien of god weet wat... Ik wil hem redden van elke seconde van pijn, maar dat kan ik niet.

'Zoals jullie allemaal weten,' begint hij langzaam, 'heb ik een geweldige tijd gehad in Italië, maar het doel van de reis was om mezelf te vinden, en dat is gelukt.'

'Je gaat verder studeren, hè?' roept Jamie. 'Dat had ik óók moeten doen.'

Geloof me, als blikken konden doden, zou Jamie nu dood zijn. Ze vangt mijn boze blik op en houdt haar mond.

'Nee, James, ik ga niet naar de hogeschool,' zegt Logan vriendelijk. 'Ik ben homo.'

Stilte.

Nog meer stilte.

Ik kijk de tafel rond en zie de ogen van mijn moeder vollopen met tranen. Mijn vader bijt op zijn onderlip en staart naar zijn taart. Jamie kijkt verward en Bryan (natuurlijk) kijkt bezorgd naar Jamie. Brad blijft naar mij kijken, maar ik denk dat zijn blik een beetje veranderd is.

'Ik ben blij als jij blij bent!' zeg ik hardop en herhaal wat tijdens onze lunch van de afgelopen week volgens Logan precies de juiste woorden waren.

Hij kijkt me intens dankbaar aan. 'Dank je, Molly.'

'Het spijt me, lieverd,' zegt mijn moeder, en ik weet niet zeker of ze dit voor Logan zegt of voor papa. Ze knikken allebei.

Ik sta op het punt in tranen uit te barsten als ik Logan beschaamd zijn hoofd zie buigen omdat hij eerlijk was over wie hij is.

'Papa,' zeg ik op bevelende toon, 'zeg iets tegen hem.'

Mijn vader kijkt me aan en vermijdt naar Logan te kijken. 'Wat word ik verondersteld te zeggen?'

'Vertel hem dat je van hem houdt,' beveel ik.

De spanning in mijn vaders gezicht verdwijnt met de opluchting dat hij nu weet wat hij moet doen. 'Natuurlijk hou ik van je, zoon. Niets kan dat veranderen.'

Logan kijkt op en zijn ogen vullen zich met tranen. 'Bedankt, pap.'

'Natuurlijk, natuurlijk,' voegt mijn moeder eraan toe.

'En dat geldt dus ook voor ons,' zegt Jamie voor zichzelf en Bryan. Bryan knikt instemmend.

Opeens praat iedereen tegelijkertijd, er klinken bemoedigende en ondersteunende woorden voor Logan en zijn gezicht keert langzaam weer terug naar de honderd Watt levendigheid die voor hem zo gewoon is. Iedereen, behalve papa. Papa duwt zijn stoel naar achteren en staat op.

'Zoon, ik zal altijd van je blijven houden, maar ik heb tijd nodig om hieraan te wennen.'

Daarna loopt hij langzaam de kamer uit en mijn moeder vliegt achter hem aan. Logans gezicht is opeens weer bedrukt.

'Hé, Loge, het is oké. Hij komt er wel uit,' zeg ik.

'Echt, man,' gaat Justin verder, 'jij had er drieëntwintig jaar voor nodig en een reis naar Italië. Geef hem de tijd.'

Ik ben onder de indruk van Justin wijsheid, maar ja, hij heeft dit al een keer meegemaakt. Iedereen is het overigens met hem eens. Mama komt weer terug, loopt naar Logan en gaat achter hem staan. Ze vlijt haar armen om zijn nek en houdt hem even stevig vast.

'We zijn teleurgesteld, Loge. Niet wat jou betreft, maar wat de situatie betreft. Maar we houden nog net zoveel van je en we komen hier heus wel uit.'

Ze kust hem op zijn wang en gaat weer terug naar papa.

Voor Brad is dit het moment om te vertrekken.

'Ik begeleid je even naar de uitgang van dit perceel,' zeg ik, (ons oude en nogal flauwe grapje) en stap op voordat ik me herinner dat de situatie tussen Brad en mijzelf nu anders is.

Maar ik sta al en heb geen andere keus dan mee te lopen naar de voordeur. In stilte loop ik voor hem uit door de eetkamer, de zitkamer en de hal. Eindelijk arriveren we bij de voordeur en kijken elkaar aan.

'Molly, je bent een geweldige zus,' zegt hij lief en legt zijn hand op mijn wang. Dit voelt weer zo heerlijk normaal aan dat de vervreemding tussen ons even verdwijnt.

'Hij verdient het beste,' zeg ik, terwijl ik zijn hand van mijn wang pak en er een kus op druk. 'Heb jij geen lift naar het station nodig?'

'Nee, dat is oké, ik ben hier met Claires auto.'

Ik kom met een dreun terug in de realiteit en laat zijn hand vallen. Gedurende enkele seconden was ik echt in staat om het bestaan van Claire Reilly helemaal te vergeten.

'Prima. Rij voorzichtig,' zeg ik, en ik maak de deur voor hem open en doe hem meteen erna weer dicht.

Ik loop meteen terug naar de eetkamer. Iedereen is nog precies waar ik hem achter heb gelaten, en daarom vraag ik aan mijn broer: 'Wil je vanavond in de stad slapen?' hopend dat het iedereen goed zal doen als ik hem uit dit huis haal.

'Ja, graag,' zegt hij dankbaar.

We lopen met z'n allen naar Logans kamer zodat hij wat spullen in een tas kan stoppen en ik ga even weg om mama en papa te vertellen dat hij met mij mee gaat, en dat we de auto meenemen. Ze zijn dankbaar. Ik weet niet of ze dankbaar zijn dat ik hem uit hun huis haal of dat ik hem even onder mijn hoede neem. Misschien allebei. Als ik terugkeer naar zijn kamer is zijn tas gepakt en we lopen met zijn vijven het huis uit. We klimmen in de groene Explorer, Justin achter het stuur, en rijden terug naar Manhattan. Het is stil in de auto als we Manhattan naderen, maar er is een band tussen de mensen die erin zitten.

22

Het is tijd voor de verloving

Logan zou één nacht in mijn appartement doorbrengen, maar er is al een week verstreken en hij is er nog. Hoe blij ik ook ben om hem bij me te hebben en hem te helpen (en mama en papa), de week valt wel samen met mijn eerste week op school en dat maakt het allemaal uitzonderlijk hectisch. Klemgezet tussen zevenentwintig derdeklassers en een net uit de kast gekomen drieentwintigjarige, voel ik me net alsof ik vierentwintig uur per dag voor mensen moet zorgen, en dat is ook eigenlijk wel zo. De dingen zijn zo hectisch dat ik de verloving helemaal vergeet, en die staat nog wel ingepland voor komende zaterdag. Ik praat elke avond met Justin, maar met Logan erbij hebben we het nooit over onze plannen.

Op zaterdagochtend word ik vroeg wakker. Als ik eenmaal in mijn vroeg-opstaan-routine zit, is dat niet anders in de weekenden. Ik loop zachtjes de zitkamer in en pak een stapel opstellen die gecorrigeerd moeten worden. Het onderwerp is algemeen. 'Wat heb ik deze zomer gedaan?' Het is niet echt creatief en dat weet ik, maar het is zo leuk om te lezen wat al die bevoorrechte kinderen in Manhattan tijdens hun zomervakantie hebben gedaan en het is een heel goede manier om iemands schrijftalent te beoordelen.

Ik zit in het midden van Carters reis naar Nepal als mijn maag begint te rommelen. Ik stop bij het deel over de vlucht in het fa-milievliegtuig waar de stewardess sinaasappelsap morst op Car-ters kinderjuf (arm kind) om zelf wat sap in te schenken en een kom Cheerios voor mezelf klaar te maken. Ik knabbel er lustig op los terwijl Carter de auto van het vliegveld beschrijft, de trein waar hij op mee is gereden, en een fiets die hij in de stad zag. Het is best goed geschreven voor iemand die acht is, maar mijn ogen verheffen zich ten hemel over het feit dat zijn ouders hem mee hebben genomen op een reis om de wereld en dat de dingen die hem bij zijn gebleven dingen zijn die hij elke dag in de stad ziet. Vliegtuigen, treinen, auto's en fietsen.

'Wil jij je zomervakantie in Nepal doorbrengen?' vraag ik nogal dwaas aan mijn kat, die miauwt omdat ik me zo aanstel.

Ik ben bezig met het opstel van Gabrielle over de maand die ze heeft doorgebracht in het Dragonfly Camp in Cape Cod en ik moet toegeven dat ik ervan schrik dat ouders een achtjarig kind een hele maand wegsturen, maar uit wat ze schrijft kan ik opmaken dat ze het heerlijk vond, dus voor hen werkt het ken-nelijk. Ze beschrijft een groot insect dat aan het wandelen is en dan gaat opeens de telefoon. Met de snelheid van een bliksem-flits neem ik op, want anders wordt Logan wakker.

'Hallo?' fluister ik.

'Molly? Heb ik je wakker gemaakt?' vraagt Justin.

'Nee,' antwoord ik hees.

'Ben je ziek?'

'Nee,' fluister ik opnieuw. 'Logan ligt nog te slapen.'

'Ik snap het. Trek een leuke trui aan en tref me op ons plekje.'

Ik kijk naar de stapel op de salontafel en besluit dat een pauze niet zo'n slecht idee is. Ik ben toch alleen maar jaloers op de vakanties van kleine kinderen.

'Oké,' zeg ik. 'Ik ben er over twintig minuten.' KLIK.

Ik loop zachtjes naar de badkamer en doe de deur dicht. Even bijpraten met Justin is perfect om onze inmiddels uitgestelde ver-loving af te ronden. Ik doorloop mijn normale ochtendroutine.

Ik was mijn gezicht, poets mijn tanden, breng vochtinbrengende crème op, etc. Ik probeer zo weinig mogelijk geluid te maken, maar altijd als ik dat probeer, stoot ik tegen dingen aan en vallen dingen om. Eindelijk kom ik weer uit de badkamer, en het choqueert me dat ik Logans zachte gesnurk in de andere kamer nog steeds kan horen. Ik schrijf snel een briefje en plak het vast op het televisiescherm, waar hij het zeker zal zien. Het grootste deel van zijn week bij mij heeft hij doorgebracht met televisiekijken en slapen. Ik strooi nog wat brokjes in Tiffany's bakje en ga de deur uit, terwijl ik snel mijn haar in een slordige paardenstaart draai.

Als ik bij Starbucks arriveer, zit Justin al aan ons favoriete tafeltje (bij het raam, dat is het beste om naar mensen te kunnen kijken) met mijn favoriete ontbijt (een magere latte en een pompoenscone) in zijn handen.

'Goedemorgen, zonneschijn!' begroet hij me met een kus op mijn hoofd. 'Hoe gaat het met onze jongen?' vraagt hij, en doelt op Logan.

'Hetzelfde,' meld ik. Een van de redenen waarom ik er niet aan toe kwam om de verloving met Justin te bespreken, was het feit dat ik het alleen maar over Logans gedrag had als ik hem aan de lijn had en hoe ik daar het beste mee kon omgaan.

'Dat maakt niet uit, dit is niet... Het zal tijd kosten,' stelt Justin me voor de zoveelste keer die week gerust.

'Bedankt hiervoor,' zeg ik en pak de koffie aan. Ik neem een grote slok... heerlijk. 'Zo, en hoe gaat het met jou?'

'Er is niet veel gebeurd,' zegt Justin.

We kletsen, zoals alleen wij dat kunnen, over Justins week in het restaurant, een auditie die hij heeft gedaan en waar ze hem over gebeld hebben, mijn week op school en Logans situatie. En dat duurt langer dan een uur. Eindelijk kijkt Justin omlaag naar mijn scone, die nog steeds in de Starbucks-zak zit.

'Eet je je scone niet op?'

'Die bewaar ik voor later. Ik heb vanochtend al een kom Cheerios op.'

'Sinds wanneer heb jij genoeg aan een kom Cheerios?'

Daar denk ik even over na. Dat is waar, normaal gesproken is het niet genoeg. Dan realiseer ik me dat mijn maag inderdaad een beetje leeg aanvoelt. Altijd als ik stop en aandacht besteed aan mijn maag, is hij een beetje aan de lege kant.

'Ja, je hebt gelijk,' zeg ik, terwijl ik de scone uit de zak haal. Terwijl ik hem op het servetje zet, zie ik het opeens. Nana's prachtige ring steekt uit het suikerglazuur.

'O, mijn god!' piep ik.

'Het is zover, Molly,' vertelt Justin me met een grote, warme glimlach.

'Het is zover,' herhaal ik.

Heel voorzichtig trek ik de ring uit de scone, mijn beide duimen en wijsvingers gebruikend, en houd hem omhoog. Mijn ogen vullen zich met tranen – het is zo'n prachtige ring en ik zie hem nog steeds om Nana's perfect gemanicuurde vinger.

'Lijkt dit verhaal je wat?' vraagt hij.

'Ja!' gil ik bijna.

Hij duwt de ring om mijn vinger en iedereen in Starbucks applaudisseert. (Ze moeten gedacht hebben dat ik ja zei in antwoord op 'Wil je met me trouwen?'en niet 'Wil je deze ring omdoen?'). Ik spring op, me er niet van bewust dat de mensen ons in de gaten hielden. Ze feliciteren ons en de serveerster brengt twee kleine bekertjes met appelcider om mee te toosten. Mijn wangen zijn gloeiend heet, maar ik vind het heerlijk. Justin en ik toosten met de kleine papieren bekertjes en daarna staan we op en hij slaat zijn armen om me heen. De menigte juicht weer en ik trek me een stukje terug en kijk diep in zijn bruine ogen.

'Daar gaan we dan,' zeg ik.

23

Molly is eindelijk verloofd

'O, mijn god, o, mijn god, o, mijn god,' zeg ik terwijl ik naar mijn hand staar. Ik kan nauwelijks geloven dat het echt is gebeurd. Die ring dragen aan *de* vinger is een totale afleiding geworden, en het enige wat ik nog schijn te kunnen is naar mijn hand kijken en 'O, mijn god!' zeggen.

Ik ben nu al twee uur zogenaamd verloofd en ik ben nog steeds in alle staten. Ik wacht nu al dertig jaar op dit moment en toen het echt gebeurde, wist ik werkelijk niet wat ik het volgende moment moest doen. Moet ik nou vrienden en familie gaan bellen? Of moet ik de telefoonmaatschappij maar overslaan en het van de daken schreeuwen? Wie bel ik eerst? Wat doe ik eerst? Ondanks al mijn voorbereidingen had ik dus niet gedacht aan het moment ná de ring! Tot dusverre kan ik alleen maar breed grijnzen en naar mijn hand kijken.

Toen Justin en ik Starbucks verlieten, gingen we een wandelingetje maken in het park om de volgende stap uit te vogelen, maar we waren allebei vreselijk afgeleid door onze opwinding. Wie had durven voorspellen dat de hele koffiebar mee zou doen? Ze juichten voor ons, feliciteerden ons en de medewerkers overspoelden ons met gratis hapjes en sprankelende cider. Het is een verhaal dat gemakkelijk de strijd aan kan binden met de meest indrukwekkende en romantische verhalen die ik ooit heb gehoord.

Twee uur later bewonder ik nog steeds mijn linkerhand, maar ik realiseer me dat het tijd wordt om wat puntjes op de i te zetten.

'Aan wie vertellen we het als eerste?' vraagt Justin.

Ik denk erover na. Mijn hoofd is als een zwembad gevuld met namen van mensen die me dierbaar zijn. Vertel ik het mijn moeder? Mijn zus? Mijn vader? Mijn broer? Dat is het: ik stop bij Logan omdat hij degene is die het het eerst mag weten. Per slot van rekening verblijft hij niet alleen in mijn appartement en zal hij de ring onmiddellijk zien zodra ik binnenkom, maar ook heeft hij mij als eerste verteld dat hij homo is. Het lastige alleen om het Logan te vertellen, is dat ik van plan ben om hem de waarheid te vertellen... De hele waarheid.

Justin en ik gaan terug naar het appartement. Zoals verwacht zit Logan op de bank televisie te kijken.

'Logan,' zeg ik, 'we moeten met je praten.'

Logan kijkt op van de tv en ziet meteen de ring om mijn vinger.

'Goh, jongens,' zegt hij, en doet zijn best wat enthousiasme te veinzen.

'Ja... nee... Het is niet wat je denkt,' val ik hem in de rede. 'Ga er maar even voor zitten.'

Ik begin bij het begin: mijn verjaardag, mijn instorting en Justins advertentie. Justin en ik leggen onze zakelijke overeenkomst uit en het plan dat uit drie fases bestaat. Een wervelwindromance, een verloving en een huwelijk.

'Maar Logan,' zeg ik, 'weet wel dat jij behalve ons tweeën de enige bent die de waarheid kent, en we vertrouwen erop dat je het voor je houdt.'

Logan kijkt ons aan alsof we compleet gestoord zijn... Wat best wel eens het geval zou kunnen zijn.

'Waarom doen jullie dit?' vraagt hij.

'Het komt door mij,' leg ik uit. 'Het was mijn besluit. Ik ben het beu om altijd het bruidsmeisje te zijn en nooit de bruid... en om dat steeds aan te moeten horen. Al mijn vriendinnen zijn inmiddels de bruid geweest en hebben het gevierd en ik wil dat ook ervaren.'

'Maar jullie zijn het perfecte koppel... Jullie lijken echt van elkaar te houden.'

'Dat doen we ook!' voert Justin aan. 'We zijn geweldige vrienden geworden – we houden van elkaar als vrienden.'

Ik voel me een beetje als een ouder die een scheiding uitlegt aan een klein kind. Behalve natuurlijk dat we niet getrouwd zijn of uit elkaar gaan en Logan geen klein kind is. Maar hij staart ons wel als een kind aan en ik weet dat hij hier helemaal niets van snapt.

'O!' roep ik, en realiseer me dat hij nog één ding moet weten om het te kunnen snappen. 'Justin is homo.'

'Jij bent homo?' vraagt Logan aan Justin.

Omdat hij er nog niet zo lang voor uitkomt, heeft hij kennelijk nog niet de kans gehad om zijn 'gaydar' in te stellen.

'Ja. Daarom wilde Molly dat jij de waarheid wist... Zodat je met me kan praten en ik je kan helpen met wat je doormaakt. Omdat ik dat zelf al een keer heb meegemaakt.'

'Begin je het te snappen?' vraag ik hem.

'Niet echt,' bekent hij. 'Molly, waarom denk je dat je dit moet doen?'

'Ik hoef niks. Ik wil het. Het is mijn besluit.'

'Hoe heb je Justin ook alweer gevonden?'

'Via een advertentie in de *Village Voice*,' zeg ik schaapachtig.

'Maar is dat niet Nana's verlovingsring?' zegt hij en wijst naar mijn vinger.

'Ja, Justin heeft papa om toestemming gevraagd om een aanzoek te mogen doen en heeft toen de ring gekregen.'

'Maar waarom vraag je onze vader om toestemming om met Molly te trouwen als je homo bent?' vraagt hij in Justins richting.

'Omdat Molly mijn diensten heeft ingehuurd. Ik doe het hele jaar alsof ik haar vriendje en verloofde ben. Jij bent de enige die de waarheid weet,' legt Justin geduldig uit.

'Dus je doet het voor de bruiloft?' vraagt Logan, en ik heb geen idee of dat ondersteunend is bedoeld, of dat hij meteen gaat bellen dat ze me op moeten komen halen en dat ze een dwang-buis mee moeten nemen.

'Nou, ja...' beken ik. 'Ik gebruik het huwelijksfonds dat Nana me heeft nagelaten. Je weet dat ze wilde dat ik mijn droombrui-loft zou krijgen.'

Logan knikt vaag. Terwijl ik naar de uitleg zit te luisteren van deze hele situatie, draait mijn maag zich om. Ik besef hoe pathe-tisch en walgelijk ik ben. Net als ik op het punt sta om de hele zaak te annuleren, zegt Logan: 'Oké, ik denk dat ik het begrijp, zo ongeveer. Ik ben blij als jij blij bent,' zegt hij tegen me en glimlacht lief.

'Dank je,' zeg ik met woorden en met mijn ogen.

'Dus jij bent ook homo?' zegt Logan en hij wendt zich tot Justin.

'Ja.'

Justin en Logan brengen de rest van de avond door met pra-ten, en ik besluit een bubbelbad te nemen, me te ontspannen en de rest van de avond niet meer aan het 'plan' te denken. Ik denk dat ik me nog steeds goed voel over mijn besluit, hoewel het uit-leggen ervan een beschamende ervaring was. Gekleed in mijn be-haaglijkste pyjama steek ik voordat ik naar bed ga mijn hoofd om de deur van de zitkamer. De jongens zitten nog steeds te praten.

'Alles goed met jullie?' vraag ik.

'Absoluut,' stemmen ze allebei in.

'Loge,' zeg ik, 'je gaat ons geheim toch bewaren, hè?'

'Natuurlijk,' antwoordt hij. 'Jullie zijn er voor mij en ik bewijs jullie een wederdienst – hoewel ik denk dat jullie allebei krank-zinnig zijn.'

Ik glimlach en knik. Meer kan ik niet van hem verlangen.

24

Ik schreeuw het van de daken

Als ik de volgende ochtend wakker word, verbaast het me hoe goed ik heb geslapen. Ik dacht dat ik te nerveus of opgewonden zou zijn, maar ik vermoed dat na zo'n drukke week niets me meer tegen kon houden. Ik sluip de zitkamer in, er half van overtuigd dat Logan en Justin nog steeds zijn waar ik ze achter heb gelaten en dat ze nog steeds zitten te praten. Maar dat is niet het geval. Logan is weg, die ligt vermoedelijk in zijn eigen bed, en Justin ligt uitgestrekt – voor zover dat mogelijk is – op de bank.

Ik loop door de kamer heen naar de keuken om koffie te zetten. Als ik eenmaal een volle beker in mijn hand heb, loop ik op mijn tenen naar Justin en schud hem zachtjes wakker. Zijn ogen gaan deels open en ik houd de beker omhoog zodat hij hem kan zien.

'Koffie,' fluister ik.

Hij gromt even, duwt zichzelf omhoog naar een zittende positie en rekt zich uit. Terwijl hij de beker van me aanneemt, maken zijn botten verontrustend krakende geluiden.

'Je weet toch dat je deze bank kunt uitklappen tot bed, hè?'

'Nee, daar was ik me niet van bewust,' antwoordt een chagrijnige Justin.

Normaal gesproken wacht ik 's ochtends altijd even tot de koffie zijn werk doet, maar vandaag kan ik niet wachten.

'Hoe is het gisteravond gegaan? Hoe gaat het met Logan?'

Justin neemt langzaam een fikse slok koffie voordat hij zijn ogen volledig opendoet en me aankijkt.

'Hij doet het zo goed, of misschien zelfs beter, als ieder ander in zijn situatie. Je hebt het juiste besluit genomen om hem de waarheid te vertellen – dat was heel onbaatzuchtig van je. Ik denk dat praten met mij hem veel heeft geholpen. Dat zei hij in elk geval.'

Er gaat een vlaag van opluchting door me heen. Vanaf het moment dat hij me zijn nieuws vertelde, maak ik me al zorgen om Logan. Maar nu ik het gevoel heb dat het goed met hem gaat en dat Justin hem steunt, richt ik mijn aandacht op de nepverloving en hoe ik iedereen ga informeren. Ik begin met mijn moeder, want ik snap heus wel dat ze het me nooit zal vergeven als ze niet de eerste is. Daar komt bij dat papa haar ongetwijfeld van zijn gesprek met Justin op de hoogte heeft gebracht, en dat betekent dat ze al een week op mijn telefoontje zit te wachten.

Ik omhels Justin bij de deur (hij gaat naar huis om nog een paar uurtjes in een normaal bed te slapen voordat hij een lunchdienst draait), pak dan de draadloze telefoon en bel mijn moeder. De telefoon gaat een keer over en ze neemt meteen op. Ik zei toch al dat ze al een week zit te wachten? Dat heb ik goed ingeschat.

'Mama…' Ik plaag haar.

'Ja?' Ze speelt het spelletje mee.

'Raad eens wat er gisteren is gebeurd?'

'Geen idee. Waarom vertel je me het niet?'

'Kom nou,' dring ik aan. 'Raad eens.'

'Dat kan ik niet. Vertel het maar.'

Eindelijk maak ik een eind aan haar onzekerheid. 'We hebben ons verloofd!'

'Dat weet ik!' juicht ze.

Het is geweldig maar ook verontrustend als ik zie hoe opgewonden mijn moeder is. Wetend dat mijn telefoontje eraan kwam, is ze al de hele week bezig geweest met het plannen van de bruiloft. Ze heeft een aantal locaties in haar hoofd waar ik even naar moet kijken, bloemisten met wie ik moet praten, diverse modellen bruidsjurken waar ik over na moet denken. Dat hoort allemaal bij het geweldige deel. Wat zo verontrustend is, is het kleine engeltje op mijn rechterschouder dat me er constant aan herinnert dat ik een leugenaar ben, en niet zo'n kleine ook. Ik sta de duivel op mijn linkerschouder toe het engeltje tot stilte te manen en neem me nogmaals voor van mijn moment te genieten.

Mijn moeder heeft echt al heel veel tijd aan dit project besteed en daarom zit ik een halfuur met haar aan de lijn en luister naar alles waar ze onderzoek naar heeft gedaan. *En* ze heeft ook een afspraak gemaakt met het Plaza Hotel voor komende zaterdag om drie uur om de zaal te bekijken, want als klein meisje heb ik altijd gezegd dat ik daar wilde trouwen. Het feit dat ze zich dit herinnert brengt een traan in mijn ogen, en het feit dat het nu echt gaat gebeuren, laat die traan over mijn wang rollen. We kletsen opgewonden nog een tijdje door tot ik haar kan overtuigen dat ik nu echt moet ophangen, want ik moet het nog aan anderen vertellen, namelijk Jamie.

Als Jamie opneemt, zeg ik meteen: 'We hebben ons verloofd!' en ze begint onmiddellijk te gillen en vertelt dan aan Bryan dat het goed met haar gaat.

'O, mijn god. Niet te geloven. Ik ben zo blij voor je!' roept ze uitbundig.

'Dank je,' zeg ik en straal van blijdschap.

'O jee, wanneer is de bruiloft?' vraagt ze.

Waarom 'O jee' denk ik. 'Eind juni, de dertigste,' zeg ik behoedzaam.

'O, goddank... Dan is de baby al geboren! Ik was bang dat het zou zijn als ik enorm ben en er tijdens de ceremonie het risico bestaat dat ik in mijn broek plas.'

Jeetje, alweer die plasangst.

'Nee, maak je geen zorgen,' zeg ik zuinigjes. 'Tegen die tijd ben je weer normaal en ik wil dat je mijn eerste bruidsmeisje bent.'

'Je eerste getrouwde bruidsmeisje,' corrigeert ze me voordat ze ermee instemt. 'Weet je al hoeveel bruidsmeisjes je wilt hebben?' vraagt ze.

'Eigenlijk alleen jij,' vertel ik haar.

De waarheid is dat ik a) geen fan van grote bruiloften ben – het is gauw te veel, en b) me veel te schuldig zou voelen als ik al mijn vrienden zou dwingen een jurk te kopen voor een nepbruiloft – zelfs al komen ze er nooit achter dat het nep is, behalve natuurlijk ondergetekende, Justin en Logan. Verder, c) ik ben al bij zoveel bruiloften geweest dat het samenstellen van een klein groepje uit al die vrouwen voor sommigen heel kwetsend zal zijn, en als ik alleen mijn zuster uitkies, kunnen we dat vermijden. En, d) toevallig blijkt wel dat mijn zus hier erg ontroerd door is.

'Alleen ik? Molly, wat een eer. Ik beloof je dat ik het beste bruidsmeisje van de hele wereld zal zijn.'

'Dank je, Jamie. Daar twijfel ik niet aan.'

De waarheid is dat ik dat echt geloof. Het is een ideaal baantje voor haar. Ze is gek op bruiloften en alles wat ermee te maken heeft. Ze is creatief en vrijgevig en haar liefde voor de schijnwerpers komt dan goed tot zijn recht omdat ze het heerlijk zal vinden om allerlei aan de bruiloft voorafgaande feestjes te organiseren. Ze vindt het heerlijk om de leiding te hebben. En het is een groot pluspunt dat ik weet dat ze een goede smaak heeft, want haar eigen bruiloft was magnifiek.

Jamie en Bryan trouwden op de Country Club van Bryans familie op Long Island. Het was een fantastische locatie, en Jamies uitzonderlijke keuze qua bloemenarrangementen maakte het zelfs nog mooier dan het al was. Ze wilde meer votiefkaarsen dan menig ander ooit nodig zou vinden en ze had een van de beste bruiloftsorkesten die ik ooit heb gehoord. Ze zag er mooier uit dan ooit in haar witte strapless japon van chiffon die perfect om haar tengere lichaam paste. Hij hing tot op de vloer en zwierde prachtig om haar heen als ze liep en danste. Ze koos zelfs de mooiste bruidsmeisjesjurk die ik ooit heb gedragen en die ik niet alleen niet haatte, maar zelfs nog een keer droeg (op de bruiloft van mijn vriendin Sabrina, later die zomer)! Hij was ook van chiffon en strapless, maar stopte net boven de knie en was uitgevoerd in een prachtige grasgroene tint. Ik heb hem nog steeds – niet op het jurkenkerkhof, maar hij hangt gewoon in mijn kast!

'Heb je al over je jurk nagedacht?' vraagt ze, terwijl ik me de hare herinner.

'Eerlijk gezegd, nee,' en ik kan er niets aan doen maar ik begin te giechelen, want ik heb elke dag van mijn leven aan een bruidsjurk gedacht, behalve die anderhalve dag dat ik verloofd ben. 'Ik bedoel dat ik wel een idee heb. Ik heb genoeg jurken bij anderen gezien en ik loop elke keer door de bruidsafdeling van Barney's als ik daar in de buurt ben, maar echt serieus heb ik er nog niet over nagedacht.'

'En ik? Wat moet ik aan?'

'Goh, daar heb ik nog niet over nagedacht. Wat wil je dragen?'

Ik heb nog nooit een bruidsmeisjesjurk gezien die me qua stijl en kleur beviel. Ik weet dat hij niet kolossaal mag zijn, of lelijk, maar heeft een van de bruiden die me gemarteld hebben zich ooit wel eens afgevraagd wat ze me aandeed?

'Misschien een die een beetje lijkt op wat ik tijdens jouw bruiloft aan had?' suggereer ik voorzichtig. Jamie is altijd erg gevoelig voor mensen die haar 'nadoen'.

'Die van mij waren echt magnifiek, nietwaar?' zegt ze vol zelfvertrouwen.

Ik vind haar bescheidenheid heel amusant.

'Maar je moet eerst je eigen jurk uitkiezen,' legt ze uit als een echte expert, 'zodat mijn halslijn aansluit bij de jouwe... Dat ziet er op de foto's beter uit.'

Ik knik, dat klinkt zinnig. Hoewel Jamie op bepaalde momenten heel irritant kan zijn, zal ze ook, zonder enige twijfel, een enorme bron van informatie zijn. Ze geeft me een lijst met titels van boeken die ik op moet halen en nog een lijst met dingen waar ik meteen achteraan moet en ze wil pas ophangen als ik beloof haar twee keer per week te bellen om haar van de ontwikkelingen op de hoogte te houden. Als ik de telefoon weer terugzet, grijns ik van oor tot oor.

Ik blader door mijn adressenboekje en bel alle belangrijke vrienden en familieleden (althans die familieleden die nog niet door mijn moeder zijn gebeld) om het opwindende nieuws met hen te delen. Ik neem hun felicitaties en beste wensen minzaam in ontvangst en beantwoord vragen over Justin en welke plannen er tot dusverre zijn gemaakt. Al met al is het een leuke manier om de ochtend door te brengen. Er is maar één domper... tijdens het bladeren kom ik steeds Brads naam tegen en ik weet niet goed wat ik daarmee aan moet.

Moet ik hem bellen? Praten we nog wel met elkaar? Zullen we ooit weer met elkaar praten? Sinds die vreemde avond van Logans openbaring heb ik niets meer van hem gehoord (uiteraard heeft hij ook niets meer van mij gehoord). Ik besluit opnieuw de betere mens te zijn en ik bel het nummer van zijn mobiele telefoon (ik zei beter... niet moediger), hopend dat hij op zondag bij een of ander sportevenement is en dat ik een berichtje achter kan laten. Helaas.

'Hallo?'

'Hoi, Brad, met Molly,' zeg ik een beetje ongemakkelijk.

'O, Molly. Hoi,' antwoordt hij stijf. 'Ik wilde je al bellen om te vragen hoe het met Logan gaat, maar...'

'Juist,' val ik hem in de rede. 'Hij maakt het prima. Lief dat je het vraagt.'

'Natuurlijk.'

'Dat is niet de reden waarom ik je belde.'

'O, wat is er aan de hand?' vraagt hij voorzichtig.

'We hebben ons verloofd.'

Na een lange stilte zegt hij: 'Echt waar?'

Precies... Geen felicitaties en ook geen beste wensen. Geen: 'Wauw!' Maar: 'Echt waar?' Een vraag.

'Echt waar,' bevestig ik.

'Ik neem aan dat je heel gelukkig bent.'

'Ja, heel gelukkig,' antwoord ik afwerend. 'We trouwen op 30 juni.'

Hij snuift. 'Dat meen je niet.'

'Ja. We hebben de datum al vastgelegd.'

'En dat doe je een week voor mijn huwelijk. Leuk, Molly.'

Oeps... Totaal geen rekening mee gehouden. Ik heb helemaal niet nagedacht over de datum waarop Claire en Brad in het huwelijksbootje stappen toen Justin en ik het eens werden dat het laatste weekend in juni het perfecte tijdstip zou zijn.

'O, eh, is dat een probleem?'

'Ik vermoed van niet. Nou, gefeliciteerd. Ik moet nu ophangen.'

'Bedankt,' zeg ik, maar voordat ik het woord heb uitgesproken, hoor ik al KLIK.

Ik schud mijn hoofd... Dat was vreemd. Het had beter kunnen gaan, het had slechter kunnen gaan... Maar het had niet vreemder kunnen gaan.

Ik besluit dat ik voor één dag genoeg goed nieuws heb verspreid en installeer me op mijn grote bank met de rest van de opstellen over de zomervakantie.

25

Brunch met de meisjes

De volgende week vliegt voorbij. Logan is nog steeds een constante factor op mijn bank en ik ben er aardig van overtuigd dat hij heeft besloten om bij me in te trekken, permanent, zonder dat aan iemand te vertellen. Hij en Justin voeren elke avond eindeloze gesprekken en ik houd mijn moeder fluisterend via de telefoon op de hoogte van zijn vooruitgang. Ik denk dat hij een paar keer met mama heeft gepraat en misschien een keer met papa. Maar mama heeft me niet gevraagd wanneer hij weer thuiskomt en hij heeft niets gezegd over weer naar huis gaan. Justin heeft of op de slaapbank geslapen, of is na middernacht, als hij en Logan eindelijk waren uitgesproken, met een taxi naar Brooklyn gegaan.

Op mijn werk is het ook allemaal erg hectisch geweest. Naar school gaan op maandag en het opwindende nieuws met al mijn collega's delen was inderdaad zo leuk als ik me dat altijd had voorgesteld. Er waren een boel O's en A's toen ik mijn hand uitstak zodat ze mijn ring konden bewonderen. En mijn leerlingen waren allemaal heel erg blij dat hun juf een bruid zou gaan worden, vooral de meisjes, die op een leeftijd zijn dat Barbie de Bruid heel erg in is en die dus zelf ook al aan bruiloften beginnen te denken. Ik moet toegeven dat ik het heel erg naar vond om tegen een klas vol achtjarige kinderen te liegen, maar zij zullen aan dit alles nooit iets overhouden, dus dat maakt het oké. Ik probeer voorlopig maar te vergeten dat ik technisch gezien op dit moment hun voorbeeld ben.

Tot dusverre lijk ik dit jaar een geweldige groep leerlingen te hebben. Ze zijn in hoog tempo door mijn lesplan gegaan, wat heel goed is, maar het betekent ook dat mijn avonden nu in beslag worden genomen door aanvullingen op de lessen van de komende dag en om nieuwe manieren te bedenken om hun interesse en betrokkenheid vast te houden. Maar omdat ik ook een oogje op Logan moet houden en mijn moeder moet sussen én *mijn* huiswerk moet doen, heb ik nauwelijks de tijd gehad om aan iets anders te denken.

Op zaterdag word ik vroeg wakker en sta al onder de douche voordat een van de jongens ook maar in beweging komt. Vandaag is het mijn maandelijkse 'meidenochtend'. Ik tref Alex, Lauren en Maggie in een koffiebar waar we vroeger op de universiteit altijd naartoe gingen als we een kater hadden. Voor het eerst sinds tijden kijk ik vreselijk uit naar dit maandelijkse ontbijt, want ik ben niet meer het enige alleenstaande meisje! Ik weet zeker dat Lauren vreselijk opgewonden zal zijn omdat haar bruiloft al over een paar weken plaatsvindt, maar nu ik ook verloofd ben, voel ik niet meer van die steken van jaloezie. Ik wil dolgraag al haar details horen want ik moet met een aantal details van mezelf aan de gang. Daar komt bij dat Maggie enkele maanden geleden in het huwelijk is getreden, dus ook zij moet een enorme bron van informatie zijn.

De jongens liggen nog te slapen als ik de deur uit ga en ik arriveer dan ook als eerste in het café en geef onze naam alvast op. Door de jaren heen is het een populair en trendy ontbijtadres geworden, wat ze natuurlijk aan ons te danken hebben, maar omdat we hier al zo lang komen kennen ze ons en hoeven we meestal niet zo lang te wachten als de gemiddelde twee uur waar menig New Yorker mee te maken krijgt als hij hier een kop koffie wil drinken en een omelet wil eten.

Tegen de tijd dat de andere drie arriveren, staat onze tafel klaar, en we worden er naartoe gebracht, gevolgd door het gebruike-lijke gemopper: 'Wij waren hier eerder', en 'ik dacht dat je hier niet kon reserveren'. Ik geniet van het vip-gevoel als we gaan zit-ten en ze onmiddellijk vier bekers met koffie voor ons neerzet-ten. Het reiken naar volle melk, room, half om half, magere melk, suiker, ruwe suiker en zoetjes begint en eindigt wanneer Alex eindelijk roept: 'Laat je ring eens zien!'

Ik glimlach stralend en houd mijn hand boven de tafel en pro-beer bescheiden te kijken. Aan hun reacties kan ik zien dat ze he-lemaal weg zijn van de ring. Dit is geen groepje dat zoete brood-jes bakt. Als ze hem niet mooi vinden, zou ik het merken.

'Hij is magnifiek,' zegt Alex op gebiedende toon.

'Dank je,' antwoord ik enthousiast terwijl ik mijn hand weer in mijn schoot leg.

'Zo,' zegt Maggie, 'hoe bevalt het tot nu toe om verloofd te zijn?'

'Tot nu toe is het geweldig geweest… Het is pas een week.'

'Ik heb altijd gedacht dat je verloven het mooiste was wat je kon overkomen,' bekent Alex.

'Ik ook,' stemt Maggie in.

'Idem dito,' vult Lauren aan. 'Die periode zit er bijna op en dat vind ik erg teleurstellend.'

Ze lachen en giechelen over de wonderen en de romantiek van een verloving. Ze praten over prinsesachtige ervaringen als feest-jes en pasbeurten en champagne proeven. Ik luister goed naar elk detail en mijn opwinding neemt toe als ik besef dat ik al die prachtige dingen zelf ook mee ga maken.

'Verloofde seks is de beste seks!' flapt Alex eruit.

Ik schrik een beetje, maar de andere drie zijn het daar meteen mee eens.

'Sinds mijn huwelijk heb ik pas negen keer seks gehad,' biecht Maggie op. 'Waarvan vijf keer tijdens de huwelijksreis.'

'Ja,' stemt Alex in, 'en als je een keer seks hebt, is het net: "Snel, schat… Sportscenter's wordt even onderbroken voor wat reclameboodschappen."'

'Maar als je verloofd bent,' meldt Lauren enthousiast, en ze begint helemaal te gloeien, 'dan gaat het alleen over de romantiek en het samenzijn. Het is nu zelfs beter dan in het prille begin!'

'Vind je ook niet, Molly?' vraagt Maggie aan mij.

'O, absoluut.' Ik probeer net zo enthousiast te klinken als Lauren, doodsbang dat ze anders dwars door me heen kijken.

'Die van jou moet geweldig zijn,' gaat Lauren verder, 'want jullie hebben je zo snel verloofd. Dus het is nieuwe seks *en* verloofde seks bij elkaar opgeteld. Justin is natuurlijk een vreselijke romanticus om zo halsoverkop verliefd op je te worden en je zo snel ten huwelijk te vragen.'

'En of,' stem ik een beetje slapjes in. 'Justin is zo romantisch, het is gewoon geweldig, elke dag van de week.'

'*Elke dag?*' roepen ze alle drie verbaasd en hun mond valt open.

'Soms wel twee keer per dag!' Ik leg het er dik bovenop.

Ze reageren geschokt en jaloers en maken gorgelende en stikkende geluiden.

'Nou, zoals je al zei... Nieuwe seks en verloofde seks.'

Hoewel ik me realiseer dat ik met de details van mijn nepseksleven nogal ver ben gegaan, voel ik me er toch wel prettig bij. Mijn nepseksleven is beter dan hun echte seksleven! *Ha*, denk ik bij mezelf en ik voel me erg zelfvoldaan over de situatie. Twee keer seks per dag met een superbink mag dan voor mij een fantasie zijn, maar daar draait deze hele nepbruiloft om – mijn fantasie beleven. Ik kan er net zo goed een schepje bovenop doen.

Na een tijdje stappen we over op andere onderwerpen. Lauren vertelt ons over de laatste brandjes die ze aan het blussen is. Dingen als welkomsttassen voor gasten die van buiten de stad komen, welke kleur nagellak voor haar tenen, tafelschikkingen. Ik maak wel een miljoen mentale notities over alles wat mijn vriendinnen te zeggen hebben, maar ik moet bekennen dat ik het allemaal nogal overweldigend vind.

'Gaat het wel goed, kleintje?' vraagt Alex aan mij.

'Ja hoor, prima… Ik probeer het alleen allemaal te bevatten. Je moet aan zoveel dingen denken.'

De drie ervaren vriendinnen giechelen alleen maar.

'Maak je geen zorgen,' legt Maggie uit. 'Je hebt alleen maar een wegwijzer nodig – daar staat alles in wat er moet gebeuren. Hou je aan dat schema, en alles loopt op rolletjes.'

'Een wegwijzer,' zeg ik en knik begrijpend. Dat klinkt heel zinnig.

'Precies,' zegt Lauren 'Ik gebruik de lijst van Martha Stewart, want je weet hoeveel ik van haar hou, of ze nu met voorkennis heeft gehandeld of niet.'

'O, ja,' stem ik in. 'Ik ben ook dol op haar. Waar vind ik die lijst van haar?'

'Haar boek, haar website, haar tijdschrift… Malle Molly.' Maggie lacht naar me.

Had ik maar een notitieboekje meegenomen naar deze brunch! Tegen de tijd dat we weggaan, hebben we te veel koffie gedronken, te veel eieren gegeten en een bijna ongezonde hoeveelheid aardappelen… Om maar niet te spreken van al die wachtende vaste klanten die iedere keer met een vernietigende blik onze kant opkijken omdat we er alle tijd van de wereld voor nemen. We lopen naar buiten en omhelzen elkaar en nemen afscheid. Daarna gaan we allemaal onze eigen kant op – ook dat is zo fijn aan deze nostalgische ontbijtplek; het ligt voor ons allemaal heel centraal, want inmiddels wonen we in alle hoeken van de stad.

Mijn hoofd tolt van alle informatie die ik de afgelopen twee-enhalf uur heb verzameld. Ik loop langs een paar huizenblokken en kom een kiosk tegen. Daar koop ik mijn eerste tijdschrift over bruiloften, aanbevolen vanwege *Martha Stewart's Weddinglist.*

26

De handleiding

Ik ren naar huis met het tijdschrift beschermend onder mijn arm gestopt. Ik lijk wel een tiener die zijn eerste *Playboy* naar zijn slaapkamer smokkelt. Als ik veilig binnen ben en op mijn bed met de bloemensprei zit en de deur op slot heb gedaan, durf ik eindelijk naar de omslag te kijken, en ik sta helemaal versteld van de prachtige taart omringd door perfecte bloemen. Er gaat een vlaag van opwinding door me heen en ik sla het tijdschrift open. Ik ga haar wereld binnen.

De wereld van Martha Stewart, natuurlijk. Het wordt heel snel duidelijk dat de vrouw, of in ieder geval haar personeel, de MacGyver van alle bruiloften is. Je hebt alleen maar haarspelden, knopen en floss? Geen probleem! Je kunt er een paar prachtige en heel aparte *boutonnières* van maken. Heb je bloemen gekocht op een boerenmarkt en heb je breed lint? *Voilà*, corsages! Ik word helemaal betoverd door dit onovertroffen niveau van creativiteit. Ik ben altijd een fan geweest van Martha, heb menig idee van haar gestolen voor mijn huis, maar ik zie nu dat alles wat met bruiloften te maken heeft haar sterke kant is, haar roeping.

Eindelijk kom ik bij een ernstig uitziend (maar smaakvol) uit-vouwgedeelte. Ik begin met de eerste kolom van dingen die je moet doen. Alle belangrijke dingen staan erin. Leg een datum vast (hoera, een vinkje), boek de locatie en huur een cateringbedrijf, een bloemist, een diskjockey of band in etc. Ik heb het gevoel dat Martha trots op me zal zijn dat ik in dit vroege stadium al iets kan afvinken. Daar komt bij dat ik mijn moeder deze middag tref om bij het Plaza te gaan kijken, dus misschien kan ik een tweede vinkje zetten voordat de dag voorbij is. Ik lees alle andere dingen die ik moet doen door, en naarmate ze dichter in de buurt komen van de bruiloft, worden ze steeds specifieker. Het mag dan vreselijk opwindend zijn, ik word er ook ontzettend nerveus van omdat ik me nooit heb gerealiseerd hoeveel details en verantwoordelijkheden er zijn. Ik heb me altijd afgevraagd waarom mijn verloofde vriendinnen zo gespannen waren voor hun grote dag – ik heb altijd gedacht dat je gewoon komt opdagen in een prachtige witte jurk. Ik heb me vergist!

Tegen de tijd dat ik het tijdschrift neerleg tolt mijn hoofd van alles wat ik moet doen. Ik kleed me om in een zo-hoort-een-Plaza-bruid-eruit-te-zien ensemble.

27

Molly in het Plaza

Ik arriveer vijf minuten voor de afgesproken tijd, want zeer in tegenstelling tot al mijn vrienden en mij, weet ik zeker dat als mijn moeder een tijdstip noemt, ze precies dat tijdstip bedoelt of iets ervoor. Daarom hoef ik maar dertig seconden te wachten voordat ze voor het hotel uit een taxi springt.

'Ben je met de trein gekomen?'

'We hebben op dit moment maar één auto, weet je nog wel?'

O ja, dat was ik vergeten. Logan is nog steeds niet terug verhuisd naar Connecticut en dat geldt dus ook voor de groene Explorer. Toch vind ik het vervelend dat mijn moeder met de trein moest en dat ze daarna op het Grand Central een taxi moest nemen. Het is zo'n gedoe.

'Viel het mee?' vraag ik.

'Natuurlijk! Ik ben geen oude vrouw – zo af en toe kan ik best van een ritje met de trein genieten.'

Ah, mijn moeder, de vrouw die van citroenen een heerlijke limonade kan maken (p.s.: alleen een oude vrouw zou 'genieten' van een treinreis).

'Ben je opgewonden?' vraagt ze aan me.

'Erger nog.'

'Ik ook,' bekent ze en pakt mijn hand als we de treden op lopen van het zeer chic uitziende hotel.

Dankzij de hulp van het vriendelijke en zeer servicegerichte personeel van het Plaza, vinden we al snel het kantoor van de huwelijkcoördinator van het hotel, Marion Lantz. Marion ziet er precies uit zoals je dat van een huwelijkcoördinator van het Plaza mag verwachten. Ze is vriendelijk en heeft klasse en het klopt gewoon helemaal. Haar mantelpakje van St. John heeft een prachtige roze tint die heel 'bruidsachtig' aandoet maar toch professioneel is en haar haar ziet eruit alsof ze net uit de kappersstoel is opgestaan. Er zit ook een steen om haar vinger die zo groot is als de rots van Gibraltar en aan beide kanten ervan bevinden zich ringen rondom bezet met edelstenen die minstens net zo indrukwekkend zijn. Voordat we de kans krijgen om onszelf voor te stellen, begroet Marion ons hartelijk bij onze naam.

'Mevrouw Harrigan, en natuurlijk onze prachtige bruid Molly! Welkom in het Plaza. Kan ik jullie iets te drinken aanbieden? Espresso, Perrier, champagne?'

Mams en ik giechelen als schoolmeisjes en besluiten dat champagne heel fijn zou zijn. Zonder ook maar iets te zeggen, springt Marions assistente, Ashley (aan wie we worden voorgesteld als ze terugkeert met de drankjes en een bordje met in chocolade gedoopte aardbeien), op vanachter haar bureau en verdwijnt. Ashley is een jongere, enigszins hippere versie van Marion. Ik voel instinctief aan dat Martha deze meiden zou goedkeuren.

Marion vraagt ons plaats te nemen bij haar bureau en controleert eerst de data voordat we aan onze rondleiding door de balzalen gaan beginnen.

'Welnu,' begint ze, 'mevrouw Harrigan, u vertelde me door de telefoon dat Molly volgend jaar op 30 juni in het huwelijk wil treden. Dat is binnen tien maanden, en meestal zijn we twee jaar van tevoren volgeboekt,' zegt ze en mijn hart zakt in mijn schoenen. 'Maar gelukkig heeft de bruid die de Grand Ballroom de afgelopen achttien maanden bezet heeft gehouden onlangs haar verloving verbroken en ze heeft de ruimte deze ochtend geannuleerd. U hebt geluk vandaag!'

O, jeetje – ik heb echt geluk vandaag! Mijn hart slaat van opwinding een slag over.

'Fantastisch!' stemt mijn moeder in.

'Welnu,' vervolgt Marion (ik kom er al snel achter dat Marion heel vaak 'welnu' zegt), 'deze balzaal is geschikt voor vierhonderd gasten, maar kan natuurlijk aangepast worden voor een kleinere bruiloft. De kosten bedragen ongeveer 250 dollar per persoon; dat hangt natuurlijk af van de keuze in voorgerechten en meer van dat soort zaken. Hebt u al een lijst gemaakt, zodat we weten over welke aantallen we spreken?'

Ik stik bijna in die 250 dollar per persoon. Niet dat ik zoveel mensen ken of van plan ben een enorme bruiloft te organiseren, maar het betekent wel dat ik al 1250 dollar kwijt ben voor slechts mijn kleine familie. Om maar niet te spreken van Bryan, mijn grootouders of Justin! Ik probeer heel snel uit te rekenen welk deel van mijn huwelijksfonds gereserveerd moet worden voor het hotel, als ik mijn moeder iets hoor zeggen waar ik nog meer van moet slikken.

'Dat klinkt uitstekend. Molly's vader en ik hebben een voorlopige lijst opgesteld en we denken dat we over ongeveer tweehonderd gasten praten.'

Dat klinkt uitstekend!? Ongeveer tweehonderd gasten! Ik kan niet meer ademhalen.

'Mama?' Ik stik er bijna in.

Ze glimlacht lief naar me. 'We zullen die lijst samen rustig doornemen, lieverd. Maar het maakt me niet uit hoeveel gasten jij en Justin willen uitnodigen. Ik vind het prima.'

Ik heb het gevoel alsof iemand met een stok of zo tegen mijn hoofd heeft geslagen. Mijn moeder die kortingsbonnen uitknipt en Ziploc-zakjes hergebruikt, knippert niet eens met haar ogen bij het vooruitzicht 50.000 dollar te moeten betalen voor alleen de locatie, het eten en de drankjes. Ik vraag me werkelijk af hoe ze zich zou opstellen als ik Nana's geld voor de bruiloft niet had.

'Welnu,' Marion staat op, 'zullen we even naar de balzaal gaan kijken?'

'Absoluut,' stemt mijn moeder in. Ze staat op en trekt mij mee.

We volgen Marion, die op de hielen wordt gevolgd door Ashley met een klembord (een heel mooi klembord, natuurlijk) en lopen door het hotel terwijl zij de details aanwijst en wat historische feiten over ons uitstort. Ik kan nu wel toegeven dat mijn liefde voor het Plaza voortkomt uit mijn favoriete jeugdboek, *Eloise*, over een klein meisje dat hier woont met haar kindermeisje.

Eindelijk arriveren we bij de Grand Ballroom. Marion vertelt ons dat we vandaag maar even kunnen kijken omdat de zaal wordt ingericht voor een bruiloftsreceptie die over enkele uren zal plaatsvinden, maar dat we daardoor wel het geluk hebben de zaal in de juiste vormgeving te zien. Met veel dramatiek opent ze de dubbele deuren, en wat ik voor me zie, herinnert me aan de religieuze ervaring bij Tiffany.

De ruimte is magnifiek. Nee, dat is zelfs nog te zwak uitgedrukt. Er is niet eens een woord dat dit kan beschrijven. Marion legt mijn moeder uit dat de bruiloft deze avond voor tweehonderdvijfenzeventig gasten is, dat de bruid voor iedereen biefstuk van de haas heeft besteld omdat nog maar weinig mensen vegetariër zijn en dat de glanzende witte dansvloer in het midden standaard is voor het Plaza, maar niet voor andere hotels. Ik vang maar stukjes en beetjes op want ik ben in trance en kijk met ontzag om me heen.

'Het is werkelijk fantastisch, vind je niet?' fluistert Ashley tegen me – de eerste en enige woorden die ze uitspreekt na haar aanvankelijke hallo.

Ik knik instemmend en kijk naar haar. Als ik wat beter kijk, zie ik dat ze van ongeveer mijn leeftijd is met een opvallend lege ringvinger. Ik kan me voorstellen hoe moeilijk het moet zijn om iedere dag Marions Mount Everest-achtige ring te zien, en ik zie dat ze met hetzelfde ontzag en verlangen naar de ruimte kijkt als ik.

'Nou, wat denk je ervan?' vraagt mijn moeder, en mijn trance wordt verbroken.

'Ik vind het prachtig,' fluister ik, want Marion en Ashley hoeven niet te weten hoe prachtig ik het vind.

'Ik ook,' beaamt ze en ze richt zich daarna tot Marion. 'Wat moeten we doen om deze ruimte voor Molly vast te leggen?'

Ik draai me net op tijd om om Marion stralend te zien glimlachen als ze het klembord van Ashley overneemt.

'Laten we een reserveringsovereenkomst tekenen!' zingt ze.

We volgen haar terug naar haar kantoor terwijl ze de details van een reserveringsovereenkomst opdreunt. Waar het op neerkomt, is dat we een bepaald bedrag betalen dat niet wordt vergoed en dat zij de ruimte dan voor ons vasthouden.

Op dit moment komt mijn opwinding gierend tot stilstand. Ik kan het hotel betalen van het huwelijksfonds van mijn Nana – het zal een behoorlijk deel ervan opslurpen, maar ik heb het geld. Maar met mijn persoonlijke rekening is het op dit moment anders gesteld. Vanwege Justins salaris blijft er veel minder over dan normaal en ik heb niet genoeg geld voor de aanbetaling.

En weer flikt mijn moeder iets waar mijn broek van afzakt... Ze ondertekent heel vrolijk de reserveringsovereenkomst, schrijft een cheque uit voor het Plaza en maakt alvast een volgende afspraak met de lieftallige Marion.

'Maak je geen zorgen, we zoeken dat geld later wel uit,' stelt ze me zachtjes gerust terwijl Marion haar agenda doorneemt met Ashley.

Marion vertelt ons dat we bij de volgende afspraak een complete gastenlijst moeten meebrengen. Ze lijkt wel een huwelijkslerares die ons huiswerk opgeeft. Ze staat er ook op dat we haar ogenblikkelijk bellen als er vragen zijn of als we ons ergens bezorgd over maken. We schudden elkaar allemaal de hand en mams en ik lopen door de lobby en zeggen niets tegen elkaar tot we weer buiten op de stoep staan.

Zodra we ver genoeg van het keurige hotel zijn verwijderd, beginnen we te gillen en te huilen en te knuffelen en we maken zelfs een paar kleine sprongetjes. Eindelijk trekt mams zich terug en kijkt me in de ogen.

'We houden zoveel van je, Molly. Je verdient dit allemaal.'

Even voel ik een steek van schuld, maar die gaat snel voorbij want ze omhelst me weer en we dansen nog een tijdje samen op de stoep in Manhattan.

Eyes on the prize, houd ik mezelf voor. *Je gaat trouwen in het Plaza!*

28

Molly maakt een lijst

Ik geef mijn moeder een afscheidskus als ze op Fifth Avenue in een taxi stapt en ik beloof haar dat Justin en ik onmiddellijk aan onze lijst gaan werken. Ik besluit door Central Park naar huis te lopen omdat het nog steeds lekker warm is en het pas over een paar uur donker wordt. Tijdens mijn wandeling denk ik aan de lijst en wie er allemaal op zullen staan.

Natuurlijk de gebruikelijke kandidaten. Mijn vrienden van de universiteit, een paar mensen van de middelbare school met wie ik nog steeds contact heb, en nog een enkeling van de lagere school. Plus mijn familie en de mensen waar ik mee samenwerk. Laat duidelijk zijn dat ik graag iedereen die ik ooit heb ontmoet zou willen uitnodigen om de vreugde van deze heuglijke dag met mij te delen, maar omdat er een klein en aanhoudend stemmetje achter in mijn hoofd me in herinnering brengt dat dit huwelijk niet echt is, probeer ik mijn lijst onder controle te houden.

Daarna denk ik aan Justin en zijn kant van het middenpad. Wie gaat daar zitten? Het spreekt voor zich dat hij zijn vrienden en familie niet uitnodigt. Zij zouden meteen weten dat het een schijnvertoning is. Dat is een enorm probleem waar ik nog niet bij stil heb gestaan. Ik loop en denk, ik loop en denk, en voordat ik het in de gaten heb sta ik voor het gebouw waar ik woon en heb ik nog steeds geen benul.

Als ik door de deur naar binnen loop, hangt er een verrukkelijke geur in mijn huis. Het ruikt zoals iets zou ruiken dat in mijn keuken wordt bereid, maar omdat ik zelf niet kook, ben ik er niet helemaal zeker van. Ik kijk om het hoekje en zie Justin en Logan in mijn kleine keukentje het avondeten klaarmaken.

'Hoi, Molly!' Logan begroet me met een blijheid in zijn stem die ik in geen tijden heb gehoord.

'Hé, Loge, wat zit er in je pannen?'

'Haha, dat is een verrassing.'

'Hé hallo, schatje,' zegt Justin en buigt zich naar me toe en plant een kus op mijn hoofd (ja, zo klein is mijn keuken – iemand hoeft zich maar te buigen en bestrijkt daarmee de hele ruimte). 'Hoe was het Plaza?'

'Verbijsterend. Mama heeft een aanbetaling gedaan!'

Ze juichen allebei omdat dit enorme detail nu geregeld is. Justin schenkt een glas wijn voor me in uit een fles waar hij en Logan al de nodige glazen uit hebben gehaald, en ik ga op een krukje naast het aanrecht zitten om hun alles te vertellen over Marion en Ashley en de Grand Ballroom. Het begint allemaal heel echt te voelen en heel opwindend.

Tijdens het diner (een verrukkelijk feest van heerlijke eigengemaakte paella) blijft de wijn rijkelijk vloeien en we praten over wie er op de lijst moet staan en ik vraag de jongens wat ik met Justins lege lijst aan moet.

'Ik zou aan zijn kant kunnen gaan zitten,' biedt Logan met dubbele tong aan.

'Dat kan niet! Daar komt bij dat je bruidsjonker bent,' breng ik hem in herinnering.

We hebben echt te veel wijn op om hier serieus over te discussiëren, maar we drammen gewoon door, ondanks het gegiechel en gehik. Het besluit dat we eindelijk nemen is dat Justin zijn kant kan opvullen door mensen uit te nodigen voor een soort van *Tony and Tina's Wedding*. *Tony and Tina's Wedding* was een fenomeen uit de jaren negentig, een interactief toneelstuk met het publiek. De 'acteurs' blijven de hele tijd in hun rol en de rol van het 'publiek' is gast te zijn. Misschien is het echt de wijn die praat, maar om kwart over één 's ochtends lijkt het echt een briljante oplossing.

29

Ze controleert hem twee keer

De volgende dag gaan Justin en ik naar Starbucks, wat een beetje gênant is omdat we daar nu beroemd zijn en ze altijd applaudisseren als we binnenkomen. Ik krijg altijd een gratis pompoenscone, wat, begrijp me niet verkeerd, natuurlijk geweldig is en het is mijn favoriet... Maar eens in de zoveel tijd wil ik wel eens iets anders. We gaan aan ons favoriete tafeltje zitten met mijn laptop tussen ons in en stellen onze 'officiële' lijst samen.

Volgens Martha moet je eerst de datum, de locatie en de gastenlijst bepalen. Omdat Marion het daarmee eens schijnt te zijn, kunnen we maar beter aan de slag gaan. Ik heb mijn ouderwetse Filofax-adressenboekje bij me en Justin zijn chique, hightech Palm Pilot.

Ik begin met al mijn vrienden. Ik zet iedereen op de lijst die me heeft uitgenodigd voor een bruiloft, en dat zijn ongeveer al mijn vrienden, want die zijn allemaal al getrouwd. Bij Brads naam aarzel ik even. Ondanks de huidige situatie wordt hij heus wel uitgenodigd – hij is een speciale vriend en een erelid van onze familie – maar ik hoop eigenlijk dat er een manier is om hem uit te nodigen zonder Claire. Justin houdt vol dat ik dat kan vergeten, en daarom geef ik het op en schrijf de twee namen erbij. Na mijn vrienden volgen mijn familieleden. Ik weet zeker dat de lijst van mijn moeder qua Harrigans en Nelsons (haar kant van de familie) completer is, en daarom kunnen we de hare met die van mij vergelijken om zeker te stellen dat we niemand zijn vergeten, maar het is in ieder geval een begin. Tot slot noteer ik de mensen van mijn werk die erbij moeten zijn. Het hoofd van mijn school, mijn medeleraren van de derde klas, en nog een paar andere medewerkers. Dat is het wat mij betreft. Ik tel ze allemaal bij elkaar op en kom op vierentachtig. Niet slecht.

Dan zet Justin zijn kleine apparaatje aan en loopt de namen door van zijn vrienden (en familie?) en hij bekijkt wie er naar dit 'toneelstuk' zou gaan. Hij begint met vrienden van zijn werk, want die zijn meer homo/hetero dan zijn vrienden van de universiteit. Vervolgens zet hij er wat vrienden bij van de universiteit die dit toneelstuk goed zouden aanvoelen en die geen grapjes zullen maken over de bruidegom die homo is. Tot slot denkt hij aan zijn familie. Hij is ervan overtuigd, denkt hij, dat zijn broer en schoonzus zouden komen. Zijn ouders zijn een ander geval. Om te beginnen zijn ze nog niet helemaal op hun gemak met zijn seksualiteit, en daarom weet hij niet hoe ze zich zouden gedragen als ze hem een heterorol zouden zien spelen. Bovendien: zouden ze helemaal uit Kansas komen om een toneelstuk te zien? Ik word nerveus bij de gedachte hun namen op de lijst te zetten, maar ook bij de gedachte hun namen níét te noteren. Hoe moet ik in vredesnaam aan mijn familie uitleggen waarom Justins familie niet is uitgenodigd? We besluiten hun namen op de lijst te laten staan en bekijken later wel of we de uitnodiging versturen of niet. Zijn lijst komt op tweeëndertig en dat brengt het totaal op een indrukwekkende honderdzestien.

Hoewel honderdzestien gasten 29.000 dollar kosten bij het Plaza, waar ik misselijk van word, word ik er niet zo misselijk van als toen mijn moeder er tweehonderd voorspelde. Dit is een grote hap uit Nana's huwelijksfonds, maar er blijft genoeg over voor de belangrijkste dingen, zoals mijn jurk. Na onze vierde en vijfde latte nemen we de lijst nog een keer door en stellen vast dat alle belangrijke mensen erop staan. Daarna verlaten we Starbucks en zijn verrast dat we bijna vier uur binnen zijn geweest.

Justin moet terug naar zijn appartement om zich te verkleden voor zijn werk en daarom nemen we op de stoep afscheid van elkaar. Ik doe mijn tas open en wil hem het geld geven voor het 'afspraakje' van vandaag. Maar hij steekt zijn hand op.

'Nee, vandaag niet,' zegt hij.

'Maar...'

'Nee, vrienden breng ik niets in rekening, en we zijn nu vrienden.'

'Je bent echt een goede vriend,' zeg ik en geef hem een stevige knuffel.

30

Huwelijkscentrale

Volgens de instructies van mijn moeder ga ik maandagmorgen vroeg naar school om de fax van de administratie te gebruiken om onze lijst naar haar toe te faxen. Ik heb alles heel netjes verwerkt en ik moet toegeven dat ik erg trots ben op mijn lijst. Nadat Justin en ik gisteren weggingen uit Starbucks heb ik de lijst nog twee keer gecontroleerd en ik heb hem ook nog eens na laten kijken door Logan om zeker te stellen dat we niemand over het hoofd hebben gezien.

Tijdens de lunch bel ik mijn moeder thuis, omdat ze met ingang van dit schooljaar nog maar halve dagen werkt.

Er wordt opgenomen met: 'Huwelijkscentrale!'

'Mama! Neem je de telefoon echt zo op?' Ik giechel.

'Absoluut. Ik heb je lijst ontvangen. Maar weet je, Molly, het zou veel eenvoudiger zijn als je de lijst naar me e-mailt, zodat ik hem samen kan voegen met de mijne, zodat ik alles wat beter kan indelen.'

Hè? Samenvoegen? *Beter* indelen? Wie is deze vrouw en waarom vond ze mijn perfect ingedeelde lijst niet perfect genoeg?

'O, best,' antwoord ik een beetje sullig.

'Maar het ziet er goed uit, hoor,' zegt ze bemoedigend. 'Netjes, hoor, wat je vrienden en collega's betreft. Ik ga alleen je familielijst verwijderen, want die van mij is completer. Welnu, is dit Justins volledige lijst of geeft hij me nog wat meer namen door?'

Zei mijn moeder net 'welnu'? Begint ze een tweede Marion te worden?

'Eh, dat zijn al zijn namen. Het grootste deel van zijn familie woont in Kansas en hij heeft nou niet bepaald veel contact met hen.'

'Aha, nou, waarom geef je me niet het telefoonnummer van zijn moeder, zodat ik haar kan bellen om naar haar lijst te vragen?'

'Nee!' Ik schreeuw een beetje te snel en te luid.

'Wat?'

'O, nee, sorry, mama, niet jij. Een van de kinderen op de speelplaats wilde net een hap zand in zijn mond stoppen. Eh, wat Justins moeder betreft, zij heeft niet zoveel op met bruiloften en zo hecht zijn ze nou ook niet. Dit is zijn definitieve lijst. Maak je er maar geen zorgen over.'

'O, nou, oké,' zegt mams, ze klinkt een beetje verward en teleurgesteld. 'Ik dacht alleen dat ze er misschien wel bij betrokken wilde worden.'

'Dat weet ik en het is ontzettend lief van je. Maar zo zit ze niet in elkaar.'

Bah... meer leugens. Het is net zoals Shakespeare zegt: '*O, wat weven we een ingewikkeld web als we voor het eerst bedriegen.*' Ik weet niet precies wat hij heeft gezegd, maar dit komt er aardig bij in de buurt.

Mams en ik zijn het eens (nou ja, mama stelt het voor en ik zeg oké) dat zij de lijst deze week afmaakt en dat we elkaar het volgende weekend in de stad treffen om op zoek te gaan naar uitnodigingen en jurken. Het gaat nu allemaal heel erg snel, maar mama houdt vol dat het geen zin heeft om te wachten, en daarom ga ik ermee akkoord.

Nadat we hebben opgehangen, voel ik me vreselijk overweldigd. Ik weet dat Jamie op dit moment ook pauze heeft en daarom bel ik haar mobiele telefoon.

'Heb je mama onlangs nog gesproken?' vraag ik nadat we elkaar begroet hebben.

Jamie lacht. 'Zit ze weer op de "huwelijkscentrale"?'

'Ja! Deed ze dat ook toen jij ging trouwen?'

'Ik kan niet geloven dat je dat niet meer weet. Ze wisselde "huwelijkscentrale" af met "met de moeder van de bruid".'

We lachen om onze moeder. We realiseren ons allebei hoe blij we met haar mogen zijn en dat het geweldig is dat ze zo opgewonden en betrokken is, maar we hebben allebei ook de behoefte om iets scherps in haar te steken.

'We gaan komend weekend jurken passen. Zin om mee te gaan?'

'Dat lijkt me enig, maar Bryans zus is in de stad.'

'O,' zeg ik, teleurgesteld dat ik nu geen buffer heb, maar ik probeer het te verbergen, want anders gaat Jamie zich schuldig voelen. 'Amanda of Marisa?'

'Marisa en haar huidige vriendje.'

'Ach, het zal leuk zijn om haar weer te zien. Doe haar de groeten. Goed,' ga ik verder omdat ik verlang naar een ander gespreksonderwerp, 'hoe gaat het met Stootkussen?'

'We hebben vanmiddag een afspraak met de dokter om uit te zoeken of Stootkussen een jongen of een meisje is!'

'O, mijn god! Wat spannend.'

'Ik weet het. Het gaat allemaal zo snel... Ik word zo dik. Het is...'

Ik hoor een luid gefluit op de achtergrond. De lunchpauze op Jamies school is voorbij. Ik kijk naar de klok – ik heb nog vijf minuten. We nemen afscheid van elkaar en ze belooft me te bellen zodra ze weet of ik een nichtje of een neefje krijg.

Dan rinkelt de bel van mijn school en de kinderen stromen weer naar binnen. Ze zijn nogal rumoerig van hun tijd buiten en ik haal diep adem en bereid me voor op een zware middag.

31

Molly's moeder wordt gek

Later die week kom ik thuis en tref Logan aan achter een enorme stapel dikke tijdschriften.

'Logan?' roep ik.

'Ik zit hier achter, Molly. Mama heeft je deze huwelijkstijdschriften gestuurd.'

Mijn arme kleine salontafel torst maar liefst vijfentwintig zware tijdschriften. Alleen al de portokosten zijn hoger dan wat al die tijdschriften bij elkaar hebben gekost en mama is gelukkig zo lief geweest om een kort briefje op de omslag van een bijzonder dikke *Modern Bride* te plakken.

Op het briefje staat:

Molly,
Neem deze tijdschriften door en zie wat ideeën op te doen over de stijl van de bruidsjurk waar we naar op zoek moeten gaan.

Ik bekijk de stapel van boven tot beneden en loer er dan overheen en zie Logan op de bank zitten met een van de tijdschriften in zijn hand.

'Deze stijl vind ik wel aardig,' zegt hij, en hij steekt een foto omhoog van een lange, rechte jurk die Cindy Crawford en enkele anderen geweldig zou staan.... Werkelijk, je zou minstens een meter tachtig lang moeten zijn en zo dun als een potlood. Ik heb geen tijd om te reageren want de telefoon gaat. Het is mams die wil weten of haar pakket gearriveerd is en of haar 'opdracht' me duidelijk is.

'Er horen ook doosjes bij te zitten met gekleurde paperclips,' legt ze uit.

Ik kijk op de tafel en daar liggen ze: een doosje geel, een doosje groen en een doosje roze.

'Gebruik die om de pagina's aan te duiden met jurken die je leuk vindt. Roze voor favoriet, geel voor misschien en groen voor ik weet het niet.'

'Oké,' knik ik.

Gelukkig piept de andere lijn, en na nog wat andere instructies te hebben gekregen over het negeren van lengte en kleur omdat ze misschien ook in een andere uitvoering te krijgen zijn, sluit ik het telefoongesprek met mijn moeder af.

Jamie zit op de andere lijn.

'De hemel zij dank! Ik had mama aan de lijn.'

'Haha,' lacht ze. 'Heb je vandaag de tijdschriften gekregen?'

'Je wist dat dat ging gebeuren?'

'Natuurlijk. Dat zijn allemaal leuke dingen die bij het plannen van een bruiloft horen. En je dacht nog wel dat dat allemaal aan jou voorbij zou gaan.'

Ik heb inderdaad altijd gedacht dat het aan mij voorbij zou gaan, maar tot dusverre is het alleen maar hard werken geweest! Als Jamie wist wat ik echt aan het doen was met deze bruiloft, zou ze me voor krankzinnig verklaren, en daar zou ze best wel eens gelijk in kunnen hebben.

'Goed,' zeg ik, 'om in de stijl te blijven van een huwelijk: wordt het een bloemenmeisje of een ringdrager?'

'Het is een bloemenmeisje!' krijst Jamie in de telefoon en ik krijs terug.

Dan schreeuw ik door de kamer heen: 'Logan! Je krijgt een nichtje!'

180

Jamie stopt met gillen. 'Is Logan daar? Heb je het hem verteld?'

'Ja, hij is hier.'

'Ik wilde het hem zelf vertellen,' pruilt ze.

Eh, ik vergat even om wie dit gaat.

'Wacht maar, praat zelf maar even met hem,' zeg ik snel en ik geef de hoorn aan een gretige Logan, die inmiddels naast me is gaan staan.

Ik grijns van oor tot oor bij de gedachte dat er een nichtje onderweg is. Ik kan niet wachten tot ze er is! Terwijl Logan met Jamie op de achtergrond zit te praten, pak ik het tijdschrift dat boven op de enorme stapel ligt en begin erdoorheen te bladeren. Het ding bestaat voor ongeveer tachtig procent uit advertenties. Ik probeer me mama's kleurcodes te herinneren als ik foto's zie van prachtige jurken en afschuwelijke jurken en alles wat daartussen zit. Eerlijk gezegd begin ik een beetje in slaap te doezelen. Op de achtergrond hoor ik Logan tegen Jamie zeggen: 'Wacht even,' en hij beantwoordt de andere lijn.

'Hé, Molly,' roept hij naar me. 'Mama zegt ook dat je een datum moet plannen voor je verlovingsfeest en dat ze voor het eind van de week een gastenlijst van je wil hebben.'

Dan schakelt hij weer over naar Jamie en blijft kletsen.

Verlovingsfeest? *Dat* bedoel ik nou. Al dat georganiseer is heel veel werk – het wordt een keertje tijd dat iemand iets leuks voor míj organiseert. Van dit berichtje krijg ik weer energie en ik pak het volgende tijdschrift en ga aan het werk.

32

Er gebeurt iets waanzinnigs

Precies in het midden van al de huwelijksgekte gebeurt er iets waanzinnigs. Herinner je je Kevin nog? De knappe bruidsjonker die er debet aan was dat ik de ochtend na Maggies bruiloft met de metro naar huis moest, gehuld in mijn lavendelkleurige vloek? Nou, ik ook niet, maar hij wist nog wel wie ík was en herkende me bij de kassa in D'Agostino!

Naar het schijnt heet hij Evan en niet Kevin, maar hij is nog steeds zo knap als ik dacht dat hij was tijdens die nacht dat ik een tekort aan Jack Daniel's veroorzaakte in heel Manhattan. Gelukkig kocht ik alleen wat appels, brood en keukenpapier (ik zou erin gebleven zijn als het tampons waren geweest en Ben & Jerry's, wat vaak het geval is) toen hij enthousiast mijn naam riep en vanaf de andere kant van de supermarkt naar me zwaaide alsof we vrienden waren die elkaar een eeuwigheid niet hadden gezien.

Uiteindelijk hebben we een uur staan praten bij de diepvriesproducten en de verlovingsring aan mijn linkerhand viel hem helemaal niet op. Dat kwam vermoedelijk doordat ik mijn hand zorgvuldig in de zak van mijn jas hield, maar volgens mij was het een kwestie van geluk – of misschien het lot – want hij vroeg of ik die vrijdag met hem uit wilde! Zou het niet krankzinnig zijn als hij de 'ware' zou blijken te zijn? Misschien was ik toch niet zó dronken op Maggies bruiloft Zou dat geen verrukkelijk verhaal zijn om aan de kleinkinderen te vertellen?

Wat lastig is met afspraakjes als je 'verloofd' bent, en soms ook teleurstellend, is dat je het voor iedereen geheim moet houden. Daarom heb ik als een echte puber tegen Justin en Logan gezegd dat ik de hele avond bij Lauren zit en dat ze niet moeten bellen omdat we een hele serie trouwfilms gaan bekijken. Tegen Lauren, en tegen al mijn andere vriendinnen heb ik gezegd dat Justin en ik een romantisch avondje hebben gepland. Goed, alles is geregeld en ik schrik maar een heel klein beetje van het feit dat ik zo goed ben geworden in liegen. Ik vind het eerder heel indrukwekkend.

Om acht uur zie ik er fantastisch uit in een zwarte leren broek, mijn favoriete kasjmier trui en mijn puntige zwarte laarzen. Ik let erop mijn verlovingsring achter te laten in het bovenste laatje van mijn juwelendoos – ik ben klaar voor mijn avondje met Evan. Ik was bang dat mijn kleding wat achterdocht zou oproepen bij Justin en Logan, maar het is me gelukt de voordeur uit te glippen zonder hen te zien. In plaats van breeduit voor de televisie te zitten, waren ze in Logans kamer met de deur dicht. Wat een mazzel!

Als ik aankom bij de bar die Evan voorstelde, ben ik vreselijk opgelucht dat het daar binnen een beetje donker is en niet te druk… Het laatste wat ik vanavond wil, is iemand tegenkomen die ik ken. Hij staat al op me te wachten en even heb ik vlinders in mijn buik omdat hij er vanavond nog beter uitziet dan toen hij de vorige dag voor de Lean Cuisines stond. Ik drink samen met hem een drankje voor het diner, maar breng mezelf in herinnering dat ik niet zo dronken mag worden als de eerste keer dat we elkaar ontmoetten. Ik nip van een glas witte wijn terwijl hij twee importbiertjes drinkt en we praten over koetjes en kalfjes.

Hij is rustig en gemakkelijk om mee te praten. En hij is grappig en ook interessant. Voordat ik het in de gaten heb, raken we nauwelijks het eten aan en datzelfde geldt voor het dessert. Ik weet het, het is niets voor mij om voedsel aan mijn neus voorbij te laten gaan, maar ik ben veel te opgewonden om te eten! Hij betaalt de rekening, hoewel ik oprecht aanbied hem te trakteren, en we lopen snel het restaurant uit en komen dan plotseling op de stoep tot stilstand. De seksuele chemie tussen ons is veel te groot om nog langer te onderdrukken en ik ben vreselijk opgelucht als hij me vastpakt en me meetrekt naar een steegje naast het restaurant om me helemaal wezenloos te kussen. We staan daar een potje te flikflooien voordat we onze wellust voldoende onder controle hebben om te beseffen hoe gênant het is om elkaar in een steegje te lijf te gaan.

'Laten we naar jouw flat gaan,' zeg ik met de meest sexy stem die ik heb. Ik denk dat we allemaal weten dat niets aan mij sexy is, maar misschien kan ik hem nog een tijdje voor de gek houden. Ik weet wat je denkt, en ja, je hebt gelijk... Ik ben een enorme slet, maar heb je enig idee hoe lang het geleden is? O ja, mijn fantasieseksleven is geweldig, maar ik ben een mens en kan wel een wip gebruiken.

'Dat kan niet. Ik heb een kamergenoot – laten we naar jouw flat gaan,' stelt hij me teleur.

Verdomme. 'Ik heb ook kamergenoten,' kreun ik. Het heeft geen zin om uit te leggen dat mijn kamergenoten mijn homoseksuele nepverloofde en mijn jongere broer zijn.

En weet je wat hij dan zegt? 'Laten we naar een hotel gaan.'

En weet je wat Molly de slet zegt? 'Oké.'

Ik schaam me slechts een minuut als we ons om elf uur inschrijven zonder enige bagage, want enkele minuten later gooit Evan me op het bed en we beginnen elkaars kleren uit te trekken. Het is niet de beste seks die ik ooit heb gehad, maar ook zeker niet de slechtste, en als iemand net zo lang droog heeft gestaan als ik, vraag je niet om Fiji-water als je Arrowhead (of misschien zelfs kraanwater) aangeboden krijgt. Snap je wat ik bedoel?

Als we klaar zijn, lig ik daar als een echte man te berekenen hoe lang ik moet blijven. Let wel, hij heeft voor de kamer betaald, maar ik ben bang dat als ik een hele nacht weg blijf, de vragen niet van de lucht zullen zijn. De opluchting is groot als Evan minder dan dertig minuten later opstaat en zijn kleren weer aantrekt.

'Ik wou dat ik de hele nacht kon blijven, Molly, maar ik heb een hond,' legt hij uit.

Oef! 'Ik heb een kat!' roep ik om hem gerust te stellen en uit te leggen dat ik ook naar huis moet.

Hand in hand lopen we het hotel uit. Onze hersens werken weer normaal en we glippen langs de receptie. Dit was toch wel een gênante vertoning. Voor het hotel blijven we staan.

'Molly, je bent geweldig. Ik wil je terugzien,' zegt Evan, en hij ziet er met zijn verwarde haar zo sexy uit dat ik in de verleiding kom om hem weer mee te sleuren naar de hotelkamer.

Maar in plaats daarvan ben ik een dame en zeg slechts: 'Dat zou ik leuk vinden.'

'Ben je zondag vrij?'

Even vraag ik me af waarom hij zaterdag, de officiële 'afspraakjes'-avond overslaat, maar wat kan mij dat schelen? Hij vraagt me uit... Het is alsof hij zegt, *ik bel je wel.*

'Ja,' zeg ik.

'Geweldig. Laten we ergens gaan lunchen.'

Lunch? Eh... lieverkoekjes worden niet gebakken.

'Lunch lijkt me geweldig.'

33

Eindelijk een witte jurk

Ik ben een heel lief meisje geweest, ik heb alle tijdschriften van mijn moeder doorgenomen. Het was niet eenvoudig. De eerste zes waren leuk, daarna werd het een uitputtingsslag. Praktisch elke minuut dat ik niet op school was of werk deed voor school, zat ik door die tijdschriften te bladeren. Voor het ongeoefende oog (Justin en Logan) leek het niet op werk, maar geloof me, dat was het wel. Ik heb nauwelijks de tijd gehad om de gastenlijst voor mijn verlovingsfeest samen te stellen en een datum uit te kiezen voor begin december.

Maar goed, het was uiteindelijk wel de moeite waard, want als mijn moeder de komende zaterdagmorgen vroeg naar me toe komt, heb ik een heel goed idee van het soort bruidsjurk dat ik wil, en het maakt niet uit dat het dezelfde soort jurk is die ik al wilde hebben voordat ik alle huwelijkstijdschriften doornam die dit jaar zijn gepubliceerd (en misschien ook vorig jaar). Mams neemt de tijdschriften door en kijkt naar de dingen die ik heb aangegeven, en het doet me genoegen wat goedkeurende knikjes te zien.

'Oké, goed gedaan. Welnu, zullen we dan maar gaan?'

Ik zweer je dat mijn moeder steeds meer op Marion begint te lijken en als je denkt dat 'welnu' al heel irritant is als Marion het zegt, stel je dan eens voor hoe het voelt als het uit de mond komt van je eigen moeder. Maar wacht even, het wordt nog beter – ze haalt een hele waslijst tevoorschijn van bruidssalons in Manhattan waar we vandaag een *afspraak* hebben. Sinds wanneer heb je een afspraak nodig om te gaan winkelen? Ik stel mijn moeder deze vraag en ze vertelt me dat Marion heeft gezegd dat winkels waar je een afspraak moet maken, de enige winkels zijn die de moeite van een bezoekje waard zijn. Bah – ik begin een hekel te krijgen aan Marion.

Mams en ik stoppen even ergens voor een kop koffie, en hoewel ik omkom van de honger, mag ik van haar niet eten voordat ik alle jurken heb gepast. Ik word gekweld door hongerpijnen als ik naar haar lange lijst kijk en me realiseer dat ik de hele dag dus niets te eten krijg! Ik hoop en bid dat sommige van deze bruidssalons hapjes aanbieden, net zoals Marion dat deed tijdens onze afspraak in het Plaza, als we tot staan komen voor de eerste winkel op onze lijst, de Bridal Suite.

We drukken op een kleine bel om binnengelaten te worden. Ik zweer je, deze winkel wordt beter beveiligd dan een juwelier. Een tot in de puntjes verzorgd meisje dat Emily heet, begroet ons vriendelijk, maar wel nadat ze eerst heeft gecontroleerd of we wel een afspraak hebben. Emily bekijkt me van top tot teen, en voor het eerst van mijn leven voel ik me niet op mijn gemak in Gap. Had ik maar Gucci aangetrokken.

'Welnu,' zegt ze ijzig, 'had u een bepaalde stijl in gedachten?'

Ik wil net uitleggen wat ik wil als mijn moeder me in de rede valt.

'Ik zou haar graag in iets strapless willen zien, denkt u niet?'

Emily knikt alsof het haar niets kan schelen of ik in strapless ga of niet. Zelfverzekerd loopt ze naar de rekken met jurken en haalt daar een paar mogelijkheden uit.

'Je bent een maatje 36,' zegt ze over haar schouder. Ze vraagt het niet eens.

'Of 38,' zeg ik snel. Ik wil er niet uitzien als een opgepropte worst.

187

Ze draagt een stapel jurken naar wat volgens mij een paskamer is en vertelt mijn moeder plaats te nemen in een pluchen stoel die naast een soort van kleine verhoging staat, en vertelt mij dat ik met haar mee moet komen. Aangekomen in de kleedkamer staat ze te wachten tot ik in haar aanwezigheid mijn kleren uittrek. Als het tot me door begint te dringen dat ze echt niet weggaat, trek ik mijn kleren uit en ik baal ervan dat ik geen mooier ondergoed heb aangetrokken... Maar wie kon dit nou weten?

'De beha ook,' beveelt ze.

Ik doe mijn beha uit, want dat wordt me door dit vreemde meisje dat me als een havik in de gaten houdt, opgedragen, en voordat ik iets kan bedenken om mezelf te bedekken, wikkelt ze me letterlijk in een strapless beha/korsetachtige combinatie.

'Voor een bruidsjurk moet je de juiste foundation dragen,' vertelt ze me.

Daarna geeft ze een paar snelle instructies hoe ik in de eerste enorme jurk moet duiken die knopen op de rug heeft.

'Welke maat schoenen draag je?'

'Negenendertig.'

Emily zet een paar hooggehakte witsatijnen pumps voor me neer, veel gedragen, en ik stop er mijn blote voeten in, want dat is kennelijk de bedoeling.

'Prachtig,' zegt ze zonder enige warmte in haar stem.

Ik loop naar buiten, naar waar mijn moeder zit, en stap op de kleine verhoging die in het midden staat van drie grote spiegels. De ogen van mijn moeder vullen zich met tranen als ze mij in die jurk ziet. Ik draai me om en kijk naar mezelf, want ik heb geen idee hoe de jurk eruit ziet, en ook ik krijg tranen in mijn ogen. Dan, gedurende een fractie van een seconde, vraag ik me af of Evan deze jurk ook goed vindt staan... Is dat niet raar?

Dit is hem, dit is de jurk. Hij is magnifiek. Het is precies waar ik van heb gedroomd. Hij is van glanzend wit satijn, met een eenvoudig lijfje en een prinsessentaille. Daarna loopt hij uit naar de grond en hij heeft een kleine en bescheiden sleep. Dit is perfect. Mama huilt, ik huil en Emily kijkt ons kritisch aan.

'Die ruglijn werkt niet voor jou,' verklaart ze autoritair. Het klinkt als een nagel over een schoolbord.

'Omdat je borsten klein zijn, heb je een ruglijn nodig die recht is, niet een die hol is.'

Ik draai me met een ruk om en probeer een glimp op te vangen van mijn rug, maar ik kan het niet goed zien. Ik vrees dat ik de nare Emily zal moeten geloven. Mams haalt haar neus op en zegt dan: 'Ze heeft gelijk. Trek hem uit.'

Ik ga terug naar de kleedkamer om me weer uit te kleden in bijzijn van de lieftallige Emily. Het is de eerste jurk in de eerste winkel en ik ben nu al doodop.

Aan het eind van de dag ben ik tot de conclusie gekomen dat Emily eigenlijk een van de wat vriendelijker vrouwen is die in de bruidscouture werken, zoals zij dat graag willen noemen. Ze hebben me te dun genoemd, te kwabbig, en een van de vrouwen stelde zelfs voor om mijn borsten voor de grote dag te laten vergroten! Een andere vrouw begroette me niet eens en zei meteen: 'Jij kunt geen wit dragen'. Hoewel mijn droomjurk natuurlijk altijd wit is geweest. Een andere vrouw durfde te beweren dat ik strapless kon gaan, maar dat ik daar spijt van zou krijgen. Om maar niet te spreken van de *twee* winkels die ons onmiddellijk wegstuurden omdat ze negen maanden tijd veel te krap vonden! Deze mensen zijn wreed en krankzinnig.

Halverwege de dag gaat mijn moeder overstag en staat me toe een kleine salade te nuttigen. Ik dacht echt dat ik het zou begeven, en hoewel een kleine salade normaal gesproken niet genoeg is, geeft het me in mijn halfdode staat weer een klein beetje energie. Maar wat me vooral gaande houdt, is mijn wens dit zo snel mogelijk af te wikkelen en mama weer terug te sturen naar Connecticut. Eindelijk arriveren we bij Barney's, onze laatste stop van deze dag.

Ik ben altijd een grote fan geweest van Barney's – niet zozeer wat het winkelen betreft, want ik kan me maar weinig artikelen veroorloven, maar vanwege het feit dat ze midden in hun winkel een restaurant hebben, en nog een goed restaurant ook. We gaan met de roltrappen omhoog naar de bruidssalon en worden daar begroet door een vriendelijke dame van ongeveer de leeftijd van mijn moeder. Ze stelt zichzelf voor als Helen en biedt ons koffie en 'madeleines' aan. Ik ben gek op 'madeleines', ik ben gek op koffie en nu ben ik ook gek op Helen!

Ik maak een mentale notitie om haar toe te voegen aan de gastenlijst – barst, misschien laat ik haar wel bruidsmeisje zijn in plaats van Jamie – als Helen me meeneemt naar de prachtige paskamer. Ze wacht beleefd voor de deur tot ik me heb uitgekleed, hoewel ik er vandaag aan gewend ben geraakt om als bruidsvee behandeld te worden, en ik vind het heerlijk om weer als mens benaderd te worden. Dan wordt het zelfs nog beter: ik vind dé jurk... míjn jurk. Hij is nog veel magnifieker en mooier dan alles wat we vandaag hebben gezien. Het lijfje is eenvoudig, simpel en elegant. Om mijn taille zit een brede sjerp die aan de achterkant eindigt in een strik. De sjerp is zo lang dat de uiteinden helemaal tot op de grond hangen en een kleine sleep vormen. De A-lijn is perfect en hij is vol genoeg zonder er vooroorlogs uit te zien, en de ruglijn is recht (sinds onze afspraak met Emily ben ik me erg bewust geworden van mijn rug). Dit is de jurk, ik weet het gewoon, en als ik naar haar kijk, weet ik dat mijn moeder het ook weet.

'Dit is hem,' zeggen we op exact hetzelfde moment tegen elkaar.

'Dat dacht ik wel,' zegt Helen wijs.

Mama staat op en omhelst me, we huilen weer en daarna kleed ik me weer om in mijn gewone kleren. Samen omhelzen we Helen en huilen we weer. Al met al was het winkelen voor een bruidsjurk nou niet bepaald hoe ik me dat in al mijn fantasieën had voorgesteld, maar ik neem me heilig voor mijn geluk niet te laten bederven door de beledigingen van de helft van alle bruidssalons in Manhattan. Ik kan niet wachten tot ik weer thuis ben om het aan Justin te vertellen. Ik vraag me af of het kwaad kan om je homoseksuele nepverloofde te vertellen hoe je bruidsjapon eruitziet.

34

Afspraakje nummer twee

Hoe opwindend het gisteren ook was om eindelijk mijn droom-jurk te vinden en zo, een deel van mij was er niet bij. Een deel van mijn hoofd kan niet ophouden met aan Evan te denken en de opwinding van ons tweede afspraakje. Ik zal niet liegen en geef toe dat ik best een beetje teleurgesteld en verrast was toen hij een lunch voorstelde, maar morgen is een schooldag en mis-schien is het daarom wel beter zo.

De hele zondagmorgen maak ik me druk over wat ik moet aan-trekken voor een lunch en wat ik tegen Justin moet zeggen. Uit-eindelijk besluit ik een camelkleurige trui aan te trekken met een niet te lage V-hals, met daaronder een extreem lage spijkerbroek en een overduidelijk lege ringvinger, en ik ga Justin vertellen dat ik naar de 99 Cents Store ga. Ik heb iets moeten verzinnen waar hij niets mee te maken wil hebben. Bij hetero's kun je elke win-kel noemen en ze doen alles om eronderuit te komen, maar met een homo is de kans erg groot dat ze altijd mee willen. De 99 Cents Store is de uitzondering op de regel – een zichzelf respec-terende homo wil daar nog niet eens dood worden aangetroffen.

Als ik mijn kamer uit kom en in een rechte lijn naar de voor-deur wil lopen, bots ik meteen tegen Justin en Logan aan, die hetzelfde aan het doen zijn. Justin draagt een grote vlieger en dat leidt gelukkig lang genoeg af om snel mijn linkerhand in de veel te kleine kontzak van mijn spijkerbroek te stoppen. Ik zie er een beetje raar uit, maar mijn vinger is in ieder geval verborgen.

'Waar ga jij naartoe?' vraagt hij aan me.

'O, ik moet een paar boodschapjes doen,' leg ik uit. 'In de 99 Cents Store!' voeg ik er snel aan toe om zeker te zijn van zijn desinteresse.

'Leuk ensemble voor de 99 Cents Store,' merkt Logan op.

'Dit? Bedankt... Ik heb een graai in de kast gedaan.' Dat lijkt me een goed antwoord, maar om de aandacht helemaal van me af te wenden, zeg ik: 'En waar gaan jullie naartoe?'

'We gaan vliegeren,' vertelt Logan en Justin knikt een beetje schaapachtig.

'Lijkt me leuk,' zeg ik, terwijl ik de deur openhoud voor Logan, Justin en hun vlieger. Op straat hou ik een taxi aan.

Terwijl ik in de taxi stap, vraagt Justin me waarom ik een taxi neem naar de 99 Cents Store, en ik flap er snel uit dat mijn laarzen pijn doen en trek dan snel de deur van de taxi dicht. Terwijl we wegrijden draai ik me om en zie de jongens rommelen met hun vlieger. Als ik niet beter wist, zou ik denken dat ze een stel zijn.

Als de taxi voor het restaurant stopt, staat Evan buiten op me te wachten – wat een heer. Hij begroet me met een warme omhelzing en een kus op mijn wang. Ik zweer het je, elke keer dat ik hem zie is hij nog knapper dan de keer daarvoor. Vandaag heeft hij zijn steile zwarte haar weggestopt onder een versleten groene Dartmouth-hoed, wat de nadruk legt op zijn ogen. Verder draagt hij een witte polo met een spijkerbroek die goed laat zien hoe gespierd hij is.

'Hoi,' zeg ik en probeer wederom mijn meest sexy stem op te zetten.

'Hallo,' zegt hij – de zijne is precies goed.

'Klaar voor de lunch?' zeg ik en ik maak aanstalten om het restaurant in te lopen.

Hij pakt mijn arm en trekt me terug. 'Ik had een ander idee,' zegt hij, terwijl hij een sleutel ophoudt en naar het hotel aan de andere kant van de straat wijst.

Mijn eerste instinct is ja. God, ja! Mijn tweede instinct is nee. Zo'n soort meisje ben ik niet. Uiteindelijk gaat instinct een er met de prijs vandoor. Het is duidelijk dat dit geen eenmalig avontuurtje is – dit gaat echt in de richting van een relatie, dus er is geen reden om niet romantisch te zijn – daar komt bij dat we erna wel kunnen lunchen.

Uiteindelijk lunchen we helemaal niet... We komen het grootste deel van de middag niet eens ons bed uit. We laten wat eten bezorgen op de kamer, maar we doen niet eens moeite om ons aan te kleden. Het lijkt wel iets uit een film... Het is moeilijk te geloven dat ik hier in deze hotelkamer ben met een ongelooflijk knappe vent die gek op me is en vreselijk naar me verlangt.

Als de zon eindelijk ondergaat, realiseren we ons dat het tijd is om terug te gaan naar ons echte leven. Evan geeft me op straat nog een laatste kus voordat hij een taxi voor me aanhoudt. Terwijl ik in de taxi klim, zegt hij: 'Ik bel je.'

'Oké,' stem ik in.

Natuurlijk belt hij me, ik bedoel, onze relatie is nagenoeg een feit. Oké, stop, ik weet wat je denkt – ik ben verloofd. Nou, ik mag dan verloofd zijn, maar ik ben nog steeds alleen, en dit zou echt de 'ware' kunnen zijn!

35

Het lang verwachte verlovingsfeest

De volgende drie maanden vliegen voorbij. Mama is veranderd in een soort van huwelijksnazi, dus elke keer als ik niet aan het werk ben of mijn uiterste best doe om haar telefoontje te ontlopen (ik dank je, ISDN) moet ik weer over iets nadenken wat met de bruiloft te maken heeft. Het is een heleboel werk geweest, hoewel ik het meeste erg leuk heb gevonden, en vanavond zien we daarvan het eerste resultaat. De eerste keer dat ik eindelijk de bruidservaring krijg waar ik naar verlangde: ons verlovingsfeest.

Justin en ik hebben erover gepraat en we hebben besloten dat een kleiner verlovingsfeestje beter zou zijn, want dat zou verklaren waarom hij zelf niet veel gasten heeft uitgenodigd. We kozen voor dit feestje de eerste week van december en toen was het nog een eeuwigheid van ons vandaan, maar hier zijn we dan. Het gaat vanavond gebeuren.

Tot mijn grote verbazing en teleurstelling zocht Evan na onze middag in het hotel geen contact meer met me. Ik liet me niet uit het lood slaan en belde hem, maar het duurde bijna een hele week voordat hij terugbelde. Toen hij me terugbelde, was het vrijdagmiddag – hij had zich moeten realiseren dat ik nog op school zou zijn. Toen liet ik nog een berichtje voor hem achter en werd wederom niet teruggebeld. Een hele week niet, en toen zelfs een hele maand niet, twee maanden, en toen... Je snapt hem wel. Hij belde nooit meer terug. Tijdens de eerste maand raakte ik in paniek. Misschien was hij onder een trein gekomen of op straat vermoord, maar na heel wat zoektochten op het Internet kwam ik er eindelijk achter dat hij nog leefde en het goed maakte. Hij had alleen geen belangstelling meer voor mij. Natuurlijk voelde ik me vreselijk gekwetst, maar omdat ik de reden voor mijn wanhoop met niemand kon delen, kwam ik eroverheen en ik denk nog maar een of twee keer per week aan hem.

Logan is permanent bij me ingetrokken en Justin is zo'n regelmatige verschijning op de bedbank geworden dat we de meeste dagen niet eens de moeite nemen om hem weer in te klappen. Hoewel er momenten zijn dat ik de privacy en rust mis die Tiffany en ik maanden met elkaar hebben gedeeld, ben ik overwegend erg blij met 'mijn jongens' (zoals ik ze ben gaan noemen). Behalve vanavond, als ik echt de badkamer nodig heb om me op te tutten voor het feest. Het is een stel zwijnen.

Op mijn bed ligt mijn prachtige verlovingsoutfit. Ik vond dat het een van die keren was om volledig uit mijn dak te gaan en daarom hebben Justin en ik drie opeenvolgende zaterdagen rondgerend in New York, op zoek naar de perfecte jurk, die we uiteindelijk hebben gevonden in een trendy boetiek in Soho. Het is een knielange strapless jurk van crèmekleurig satijn met een A-lijn. Rondom het lijfje en de zoom zitten zwarte, satijnen banden en om mijn middel bevindt zich een zwarte, satijnen sjerp. Hij ziet er fantastisch uit met hoge zwarte satijnen sandalen. Justin en ik vonden allebei dat iets wits op zijn plaats was, maar niet te wit, want dat zou de aandacht wegnemen van mijn feitelijke bruidsjurk. Het enige nadeel is dat het buiten ijskoud is en dat de enige jas die warm genoeg zal zijn de zwarte wollen jas is die ik elke dag draag. Wat ik eigenlijk wilde hebben was een enkellange zwarte fluwelen jas, maar de jurk was al zo duur, dat ik de rest van de maand op rantsoen sta, en daarom zat een nieuwe jas er niet in. Nana's huwelijksfonds kan nou eenmaal niet aan alle huwelijkswensen voldoen. Justin en ik zijn van plan om vroeg naar het feestje te gaan zodat ik de jas kan afgeven bij de garderobe voordat iemand me erin ziet.

Logan komt eindelijk de badkamer uit geslenterd. Hij ziet er eigenlijk net zo uit als toen hij erin ging en ik schiet als een bliksemschicht achter hem langs naar binnen. Ik hoop dat hij van zijn lange douche heeft genoten, want ik moet me nu rot haasten om op tijd klaar te zijn. Gelukkig pompt er door al die opwinding voldoende adrenaline door mijn aderen, dus het is geen enkel probleem om mijn haar te wassen en er conditioner in te doen, mijn benen te scheren, bikinilijn (waarom, in vredesnaam?) en oksels, en alle andere dingen die je onder de douche moet doen, en dat in een recordtijd.

Ik spring onder de douche vandaan en wikkel een enorm absorberende handdoek om mijn hoofd voordat ik mijn warmste ochtendjas aantrek en naar mijn slaapkamer loop. Ik doe mijn deur dicht, zet mijn 'Huwelijksgeluiden'-cd op, een afdankertje van Maggie, en ga op mijn bed zitten om mijn teennagels vuurrood te lakken. Ze zien er werkelijk fantastisch uit en ik blijf een paar minuten liggen om me even te ontspannen en zing mee met Bette Midler. 'We're going to the chapel and we're gonna get ma-a-arried, going to the chapel and we're gonna get ma-a-arried...'

Natuurlijk is het maar van korte duur, want er wordt op de deur van mijn slaapkamer geklopt.

'Molly,' roept Logan. 'Mama is aan de telefoon.'

'Oké, bedankt,' zeg ik, terwijl ik naar de rand van het bed rol en de ouderwetse telefoon opneem die naast mijn bed staat.

Ik moet toegeven dat weer samenwonen met mijn broer een verrukking is. Natuurlijk hebben we allebei gebrek aan privacy en kibbelen we wel eens ouderwets als broer en zus, maar over het algemeen vind ik het heel prettig om hem om me heen te hebben.

'Hoi, mam.'

'Good Golly Miss Molly! Ben je klaar voor je grote avond?'

'Bijna,' lieg ik.

'We rijden zo de stad in – ik wilde alleen weten hoe het met je gaat.'

'Bedankt, mama. Het verloopt allemaal heel voorspoedig hier. Zeg tegen papa dat hij rustig moet rijden en dan zien we jullie zo wel.'

'We houden van je, lieverd.' KLIK.

Ik rol weer op mijn rug en glimlach terwijl Bette op de achtergrond zingt... Op dit moment is verloofd zijn echt zo geweldig als ik me dat altijd heb voorgesteld – zolang ik dat kleine stemmetje achter in mijn hoofd maar blijf negeren dat me vraagt wat ik in godsnaam aan het doen ben.

Op de een of andere manier lukt het Logan, Justin en mij om op het afgesproken tijdstip het huis te verlaten, en we arriveren vijf minuten voor de aanvang van het feestje bij het restaurant waar mijn ouders een aparte ruimte hebben gereserveerd. Nu heb ik mooi even de tijd om mijn jas af te geven. Ik weet dat mijn ouders al binnen zijn omdat mama me sinds ik onder de douche uit ben nog drie keer met haar mobiele telefoon heeft gebeld. Ze is bezig de laatste puntjes op de i te zetten met de manager van het restaurant en papa zit in de bar naar football te kijken. Die man is ongelooflijk... Het is heel bijzonder dat hij altijd op plekken komt waar een televisie staat waarop je naar sport kunt kijken.

Heb je zin om te raden wie er op hetzelfde tijdstip arriveren als wij, en wie er op de stoep staan als we uit onze taxi stappen? Goed geraden – Claire Reilly (en Brad). Van alle mensen die me niet mochten zien in mijn informele, niet bij mijn jurk passende wollen jas, is Claire de eerste. Om het nog erger te maken, weet je wat zij aan heeft? Een enkellange fluwelen jas! Je kunt het gewoon niet winnen van dat meisje. Ik begroet haar zo hartelijk als ik kan en sla een beetje ongemakkelijk mijn armen om Brad heen voordat ik snel naar binnen loop om de jas te lozen en mijn jurk te showen, die net zo magnifiek is als de jas dat níét is.

Brad en Claire lopen achter me aan en dat kreng begint zowaar te jammeren dat ze het koud heeft en dat ze haar jas wil aanhouden. God, ik haat haar… Misschien kan ik een barkeeper zo gek krijgen om in haar drankje te spugen. Maar voordat ik nog meer snode plannen kan smeden, komt mijn moeder de zaal uit gevlogen en vliegt me om mijn nek.

'Good Golly Miss Molly!' roept ze terwijl ze me op armlengte afstand houdt en mijn jurk bewondert.

Ik glimlach een beetje zelfvoldaan in de richting van Claire. Waarschijnlijk moet ze die stomme jas aanhouden omdat haar jurk oerlelijk is.

Justin staat achter me en reikt om me heen om mijn moeder even te omhelzen, en dan kijkt ze een beetje ongemakkelijk naar Logan, die half achter Justin staat, en begroet hem. Het is duidelijk dat de verstandhouding tussen Logan en mijn ouders niet honderd procent is, maar ik weet dat alle partijen hun best doen.

'Hoi, Baby Boy,' zegt ze zachtjes. Het is haar bijnaam voor hem.

'Hoi, mams,' zegt hij dankbaar en hij buigt zich voorover om haar te omhelzen.

Justin en ik kijken elkaar aan en glimlachen. Als mams Logan loslaat, wat heel erg lang lijkt te duren, slaat ze snel haar armen om Claire en Brad heen (ik heb haar nog steeds niet verteld wat er allemaal aan de hand is met hem – ik weet dat het haar van streek zal maken). Daarna dirigeert ze iedereen naar de feestzaal.

De zaal is prachtig. Om te beginnen is het een mooi restaurant, maar ze hebben de zaal voorzien van een soort van sterrenhemel. Het is zo mooi en romantisch dat het me de adem beneemt. Ik sta de zaal nog steeds met open mond te bewonderen als Jamie binnenkomt. Ze moet over drie weken bevallen en is zo rond als een tonnetje. Zelfs nu ze helemaal in het zwart is gekleed, is ze zo enorm dat ik ervan schrik – ik snap nu dat haar angst om in haar broek te plassen reëel is.

'Kate is gigantisch geworden,' verkondigt ze en wijst naar haar buik en mijn nichtje erin, die de naam Kate Anne Harrigan-Hope zal krijgen.

'Goddank... Ik dacht dat jij het was die zo dik was geworden,' zegt Logan en iedereen begint te lachen.

De gasten arriveren een voor een, en voordat ik het in de gaten heb, is het feestje in volle gang. Deze avond maakt al het werk en de waanzin van het plannen van een huwelijk de moeite waard. Ik amuseer me prima. Het is heerlijk om op een feestje te zijn waar je iedereen kent en iedereen aardig vindt (behalve een) en waar iedereen zo aardig is tegen mij en Justin. Was het elke dag maar zo. Daar komt bij dat de tafel in de hoek die helemaal vol staat met cadeaus nou niet bepaald iets is waar je naar van wordt. Toch?

Het eten is fantastisch, de drank vloeit rijkelijk en de muziek is geweldig. Ik dans het grootste deel van de avond, en niet alleen met Justin, maar met al mijn vriendinnen en hun echtgenoten of verloofdes. Later die avond stap ik eindelijk van de dansvloer af en plof neer op een barkruk, waar ik een glas sodawater achterover sla om mijn dorst te lessen, als er op mijn schouder wordt getikt. Ik draai me om en zie Brad daar staan.

Ik neem aan dat hij daar staat om afscheid te nemen, maar dat is niet zo. Hij vraagt me ten dans en brengt me daarmee zo aan het schrikken dat ik alleen maar: 'Oké,' kan zeggen.

Hij leidt me de vloer op en op dat moment wordt het liedje 'Just The Way You Look Tonight' gedraaid. Dat geloof je toch niet? Ik kijk om me heen naar Justin, en als we elkaar zien, halen we even onze schouders op en ik begin de dans met Brad. Eerlijk gezegd was ik vergeten dat Brad een goede danser is en het voelt goed om weer in zijn armen te liggen. Ik druk me een beetje tegen hem aan en ben bijna verrast hoe goed het aanvoelt. Ik heb niet durven toegeven dat ik hem mis. Dat mocht ik niet eens van mezelf denken. Toch voel ik me nog steeds gekwetst en ik ben boos op hem.

'Weet je zeker dat Claire dit wel goed vindt?' vraag ik, en probeer de zelfvoldaanheid in mijn stem te verbergen.

'Ze is naar huis gegaan. Ze was moe.'

Interessant... Ze is naar huis gegaan en heeft hem achtergelaten. Dat kan onmogelijk haar keus zijn geweest en dat zal haar allesbehalve gelukkig hebben gemaakt. Deze informatie werkt een beetje verzachtend.

'Ik heb je gemist,' beken ik hardop.

'Ik heb je zo ontzettend gemist, Molly.'

We doen even een stap terug en kijken elkaar in de ogen. Het voelt zo goed aan om in zulke bekende ogen te kijken. Het is hetzelfde gevoel als thuiskomen.

'Wat ging er toch fout?' vraag ik lamlendig.

'Ssst... Ik ben gek op dit liedje,' zegt hij.

Ik reis vier maanden terug naar zijn verlovingsfeest toen we op exact hetzelfde liedje dansten en hij precies hetzelfde zei. Niet te geloven wat er sindsdien allemaal is veranderd. We dansen in stilte door tot het liedje ten einde komt. Zodra ik de muziek hoor vervagen, vind ik het eigenlijk heel jammer dat het voorbij is.

'Ik realiseer me dat sommige dingen die je over Claire hebt gezegd, waar zijn,' zegt Brad, voordat hij me loslaat en zonder me aan te kijken. Ik ben met stomheid geslagen en weet niets te zeggen. 'Maar ik hou van haar en we hebben eraan gewerkt,' voegt hij er star aan toe, alsof hij dat deel uit zijn hoofd heeft geleerd.

'Daar ben ik blij om,' zeg ik op effen toon.

'Ik moet gaan.' Na die woorden geeft hij me een kus op mijn voorhoofd en wendt zich in de richting van de deur. Hij stopt even om mijn moeder en mijn zus een kus te geven, geeft Logan een knuffel en Justin krijgt een koele handdruk. Ik sta nog steeds in shock op de dansvloer. De voorkant van mijn lichaam voelt opeens heel koud aan, terwijl het juist lekker warm was toen we dansten.

Als ik vele uren later in de taxi zit, sta ik nog steeds versteld van mijn gesprek – als je het tenminste een gesprek kunt noemen – met Brad. Ik vertel het verhaal maar liefst drie keer aan Justin en Logan om er grip op te kunnen krijgen, maar zij weten er ook niets van te bakken.

Afgezien daarvan was de avond zelf er een uit een sprookje. Alles was perfect en geweldig. Je kunt je moeilijk voorstellen dat de avond die over zes korte maanden plaats gaat vinden, nog magischer wordt dan deze. Maar misschien zijn die maanden niet zo kort en zal die avond niet zo magisch zijn, probeer ik mezelf in herinnering te brengen…. Maar helaas luister ik de laatste tijd niet zo goed.

36

De echte bedrieger

Ik ben nu echt in de wolken. Eindelijk ben ik aangekomen bij de leuke dingen van het plannen van een huwelijk. Ondanks Claires beperkingen hebben Brad en ik een plek gevonden waar we vrienden kunnen zijn. Justin is inmiddels mijn beste vriend geworden en ik denk niet meer na over de wijze waarop Evan me een blauwtje heeft laten lopen.

Justin is zelfs 'officieel' bij me ingetrokken. Natuurlijk heeft hij de huur van zijn eigen appartement niet opgezegd omdat hij na het huwelijk niet bij me kan blijven, maar het leek ons zinnig om dit te doen, want anders was iemand misschien achterdochtig geworden. Daarom hebben we zijn naam toegevoegd aan het antwoordapparaat en de brievenbus, en hij is naar de Pottery Barn gegaan om wat snuisterijen in te slaan die elke hetero volgens hem in huis heeft. Ik kon het niet over mijn hart verkrijgen om hem te vertellen dat a) hetero's niet eens weten wat snuisterijen zijn en dat ze die gewoonweg niet hebben, en b) zelfs al zouden ze die hebben, dan zou hij nog met het verkeerde thuiskomen.

De zaterdag na ons verlovingsfeest zijn Justin en ik bij D'Agostino om de ingrediënten in te slaan voor een speciaal verjaardagdiner voor Logan. Logan ontspant zich die dag in een kuuroord, met de complimenten van ons, en ik loop als een bediende achter Justin aan terwijl hij erachter probeert te komen hoe hij een vetvrije lasagne moet maken (Logans favoriete gerecht).

Terwijl hij het vetgehalte van de diverse deegwaren bestudeert, beveelt hij me achtenhalf ons vetvrije ricotta te halen en me dan meteen weer bij hem te melden.

'Aye, aye, kapitein.' Ik salueer voordat ik me naar de zuivel-producten begeef.

Het duurt even voordat ik er precies achter ben wat ik nodig heb, want geen enkel merk heeft een verpakking van achtenhalf ons in de aanbieding, en daarom moet ik uitzoeken of het voor-deliger is om kleine pakjes te kopen die samen achtenhalf ons zwaar zijn, of een grotere verpakking en daar maar een deel van te gebruiken. Eindelijk ben ik eruit en ik stop de spullen in mijn mandje en draai me op mijn hielen om om naar de deegwaren toe te lopen, maar het pakt iets anders uit.

Ik knal tegen Evan aan. Vanwege mijn lengte knal ik natuur-lijk eerst met mijn hoofd tegen zijn harde borst en realiseer me pas wie het is als ik omhoogkijk, recht in zijn groene ogen. We zien er allebei uit als herten die verblind worden door felle kop-lampen. Aan de ene kant voel ik me boos en gekwetst omdat hij nooit meer heeft gebeld, maar aan de andere kant koester ik de hoop dat deze reünie precies is wat we nodig hebben om het vonkje weer aan te wakkeren.

'Eh, Molly, hoi,' mompelt hij op hetzelfde moment dat ik mompel: 'Goh, Evan, hoi.' Dan lachen we allebei een beetje vreemd en staren elkaar aan.

'Zo, eh, hoe gaat het met je?' vraagt hij.

'O, ik – met mij gaat het prima. En met jou?'

'Geweldig.'

Deze uitwisseling van woorden wordt gevolgd door een vreemd geknik. Ik probeer iets te verzinnen wat ik kan zeggen, maar voor-dat ik dat doe, neemt een derde persoon deel aan dit gesprek.

'Schatje, heb je mijn aardbeienyoghurt gevonden?' roept een stem ergens achter Evan vandaan.

De angst in zijn ogen neemt zienderogen toe als hij zich met een ruk omdraait.

'Ik heb het net gevonden, schat!' krijst hij op angstige toon.

Terwijl hij dit zegt, komt de liefhebster van de aardbeien-yoghurt er net aan. Ze kijkt naar Evan, daarna naar mij, en glimlacht dan vriendelijk.

'Hoi, ik ben Jenny,' zegt ze, terwijl ze hartelijk haar hand uitsteekt.

Op dit moment komt Evan weer bij zinnen en dat doet hij alsof zijn leven ervan afhangt. Binnen een fractie van een seconde heeft hij het voor elkaar. 'Jenny, dit is Molly. Molly is een vriend van Maggie, de vrouw van Pete, en we hebben elkaar op hun huwelijk ontmoet.'

'O, wat enig.' Jenny knikt enthousiast. 'Ik vond het zo jammer dat ik hun grote dag moest missen.'

Wacht even, ik ben in de war. Wie is dit meisje? Kennelijk staar ik haar een beetje eigenaardig aan, want ze vraagt me of het wel goed met me gaat.

'Wie ben jij?' vraag ik en doe mijn best niet te beschuldigend te klinken.

Ze giechelt even. 'Ik ben Jenny. Evans verloofde.'

Ik giechel ook... En dan realiseer ik me wat ze heeft gezegd. Evans verloofde? Ik breek mijn gegiechel abrupt af en staar Evan en Jenny met open mond aan. Jenny ziet er geweldig uit. Ze heeft een prachtig figuur, zongebruinde huid en een waterval van donkere krullen. Vergeleken met haar voel ik me een muis. Haar stem is echt sexy... Ze probeert niet sexy te klinken maar brengt daar niets van terecht. Al zou ze het willen, dan nog zou ze niet kunnen ophouden met sexy te klinken. Net als ik besef dat ik al veel te lang heb gestaard zonder iets te zeggen, hoor ik Justin van ergens in de supermarkt mijn naam roepen – iets te uitbundig, als je het mij vraagt.

Ik doe mijn ogen even dicht en bid dat hij me niet vindt, wat hij natuurlijk wel doet. Hij gaat achter me staan en vlijt zijn hand om mijn middel, en schakelt vlekkeloos over van beste homo-vriend naar verloofde.

'Hoi,' zegt hij tegen Evan en Jenny. 'Ik ben Justin, Molly's verloofde.'

Ik kijk schaapachtig naar hun gezichten... Evans gezicht krijgt dezelfde uitdrukking als het mijne kort daarvoor, maar hij herstelt zich sneller dan ik.

'Leuk je te ontmoeten – ik ben Evan. Dit is mijn verloofde, Jenny.'

'Waarvan kennen jullie elkaar?' vraagt Justin vrolijk.

'Evan is een vriend van Maggies echtgenoot, Pete,' antwoord ik snel.

'O, fantastisch. Waren jullie allebei op hun huwelijk?' vraagt hij aan hen.

'Evan was bruidsjonker,' legt Jenny uit. 'Helaas zat ik dat weekend vast in Californië.'

'Jij zat dat weekend vast in Californië?' herhaal ik. Dat betekent dat Evan tijdens onze eerste ontmoeting al verloofd was. Wat een schoft!

'Ja, door mijn baan word ik vaak op pad gestuurd.'

'Te gek,' zegt Justin. 'Wat doe je?' Hij heeft geen idee.

'Nou, ik ben vertegenwoordiger, maar ik ben met verlof omdat onze grote dag voor de deur staat,' vertelt Jenny vrolijk aan Justin alsof ze elkaar al jaren kennen. 'Hoe lang zijn jullie al verloofd en wanneer is de grote dag?'

'We zijn al verloofd... eens kijken... sinds september en we trouwen in juni.'

'Je bent al verloofd sinds *september*?' vraagt Evan en kijkt me recht in de ogen.

'Dat klopt... Hoe lang ben jij al verloofd?'

'*Oktober*,' zegt hij nadrukkelijk en wil kennelijk duidelijk maken dat ik eerder verloofd was dan hij.

'Nou, gefeliciteerd,' zeg ik koeltjes. 'Leuk je ontmoet te hebben, Jenny. Je hebt een geweldige vent te pakken.' Ik draai me om en loop weg. Ik heb het gevoel dat ik elk moment kan over-geven terwijl Justin netjes afscheid neemt en zegt hoe leuk het was om hen ontmoet te hebben.

Niet te geloven, hè? Hij had al die tijd al een vriendin! Dat arme kind was vermoedelijk aan het werk in Californië toen hij me helemaal kapot neukte in een hotelkamer in New York. Goed, misschien heb ik mijn homoseksuele nepverloofde bedro-gen, maar dat kun je niet vergelijken met wat híj heeft gedaan.

Ik stop even zodat Justin me kan inhalen, en als hij dat doet, knijp ik even dankbaar in zijn arm. Wat een geluk dat ik hem heb en dat ik me niet meer druk hoef te maken over engerds als Evan.

37

Het plannen van een huwelijk,
het plannen van een feestje

Volgens Martha (en Marion) dienen we zes maanden voor de huwelijksdatum het volgende geregeld te hebben: de precieze trouwdatum, gereserveerde locaties voor de ceremonie en de receptie, een complete gastenlijst met bijbehorende adressen, de namen van de bruidsmeisjes en bruidsjonkers, en dat mijn bruidsjurk in bestelling is. Vol trots kan ik melden dat er overal vinkjes achter mogen.

Helaas zegt ze dat ik ook: de bruidstaart besteld moet hebben, het cateringbedrijf geboekt moet hebben, net als de muziek voor de ceremonie en de receptie, de fotograaf en de videograaf, dat ik het vervoer tijdens de huwelijksdag geregeld moet hebben, dat de uitnodigingen en bedankbrieven in bestelling moeten zijn, dat ik de kalligraaf geboekt moet hebben, dat ik de kleding voor de bruidegom moet reserveren, dat ik de kleding van de bruidsmeisjes en bruidsjonkers uitgekozen moet hebben, dat ik lingerie gekocht moet hebben, dat ik kleine presentjes gekocht moet hebben, dat ik cadeautjes moet uitkiezen voor het trouwgezelschap, dat ik hotelreserveringen heb gemaakt voor gasten van buiten de stad, en dat ik een bloemist heb ingehuurd.

Ze zegt niet veel over hoe je dit allemaal voor elkaar moet zien te krijgen, vooral als je tegelijkertijd een babyfeestje probeert te organiseren en je kerstcadeautjes in huis probeert te halen. Jamies feestje vindt binnen een week plaats en ik loop rond als een kip zonder kop.

Maar op de een of andere manier lukt het me, met de hulp van mijn moeder en Justin, een privéruimte te reserveren in een van Jamies favoriete restaurants, Isabella's, en de uitnodigingen te versturen aan de tweeënveertig personen die op haar lijst staan. Ik heb de negenendertig personen die het *rsvp*-kaartje hebben teruggestuurd netjes bijgehouden en dat is ongeveer alles wat ik heb gedaan. In de komende tweeënzeventig uur moet ik cadeautjes bedenken, een menu samenstellen, de tafelversiering regelen en een taart bestellen. Misschien kan ik de bruidstaart en de taart voor het babyfeestje tegelijkertijd bestellen en twee vliegen in een klap slaan?

Op woensdag zit ik tijdens de lunch aan de telefoon met mijn moeder en probeer een paar van deze details op de rit te krijgen. We worden het maar niet eens over de twee salades die geserveerd moeten worden. Ik houd het bij de Chinese kipsalade en Classic Cobb (Jamies favoriet en de mijne). Mama wil per se een vegetarische selectie aanbieden en een keuze in pasta's. Ik zweer het je, ik heb haar erbij betrokken om het wat gemakkelijker voor mezelf te maken (en goedkoper), maar zij maakt het met elke stap voorwaarts steeds moeilijker. Maar door haar bemoeienissen ben ik inderdaad een stuk goedkoper uit en daarom zal ik haar krankzinnigheid wel moeten verduren. Eindelijk, na met zijn tweeën telefonisch met het restaurant vergaderd te hebben (wie moeders ooit toegang heeft gegeven tot techniek dient neergeschoten te worden) bieden we drie keuzes aan. De Chinese kipsalade, de Cobb, en een pasta *alla Checca* (pasta *en* vegetarisch, dank je, Nathan van Isabella's). Net als we de strijd willen aangaan over cadeautjes, word ik gered door mijn eigen lunchbel.

Gedurende de volgende drie uur die gevuld worden met boekverslagen, dingen van alledag en discussies met leerlingen die alleen maar geïnteresseerd zijn in de kerstman, menora's en skivakanties, probeer ik mijn haren niet uit mijn hoofd te trekken.

Eindelijk heeft de laatste nanny het enige nog overgebleven kind opgehaald en ik heb tot morgenochtend acht uur de tijd om voor de volle honderd procent aan Jamies feestje te denken, met als enige pauze mijn lange en nog niet volledige lijst van kerstcadeautjes.

Ik pak me dik in voor mijn korte wandeling naar huis en denk onderweg aan kleine cadeautjes. Kleine cadeautjes voor babyfeestjes zijn lastiger dan je denkt. We weten allemaal dat Jamie heel pietluttig is, een typische Jan Brady, en ze is heel gevoelig wat haar tijd in de schijnwerpers betreft omdat zij zwanger is en ik 'alleen maar verloofd'. Ik weet dat als ik iets traditioneels uitzoek, ze teleurgesteld zal zijn over mijn gebrek aan creativiteit, maar gebrek aan tijd en geld is wat me ervan weerhoudt om uitgerekend datgene te kopen wat volgens haar ideaal zou zijn. Wie heeft ooit geweten dat het plannen van een babyfeestje zoveel stress op kan leveren? Om maar niet te spreken van het feit dat mijn stoute hersens maar aan bruiloftscadeautjes blijven denken in plaats van aan cadeautjes voor het babyfeest.

Als ik mijn appartement in loop, zie ik Logan op de bank zitten. Hij leest een boek – wat vergeleken met televisiekijken natuurlijk een hele verbetering is. Hoewel hij niet meer zo terneergeslagen is als enkele maanden geleden, is hij nog steeds niet gemotiveerd om iets te doen, behalve het verhuizen van wat er over is van zijn spullen van zijn kamer thuis naar de tweede slaapkamer van mijn appartement – oeps, ons appartement – ik word vaak gecorrigeerd.

'Mama heeft vier berichtjes voor je achtergelaten,' vertelt hij me.

Echt mama... Ze weet precies wanneer ik wegga van school en dat is precies de reden waarom ik mijn telefoon heb uitgezet, want ik wilde nadenken tijdens mijn wandeling van school naar huis. Arme Logan.

'Bedankt. Ik zal haar terugbellen. Nog leuke ideetjes voor cadeautjes voor Jamies babyfeestje?'

Nee.

Ik had niet anders verwacht.

Ik val op mijn bed neer en probeer snel wat suggesties te bedenken voordat ik mijn moeder terugbel. Helaas schiet me niets te binnen wat goed genoeg is voor Jamie. En ik kan ook niets bedenken wat goed genoeg is voor de bruiloft. Maar voordat ik de kans krijg om het nummer te draaien, gaat de telefoon en ik weet dat zij het is.

'Waar heb je gezeten?' vraagt ze.

'Sorry, ik ben naar huis gelopen,' antwoord ik oprecht.

'Je telefoon stond niet aan.'

'De batterij was leeg,' lieg ik. Het is echt heel vreselijk als je ziet hoe goed ik de laatste vier maanden ben geworden in liegen.

'Heb je de lijst van dingen die je voor zaterdag nog moet doen?'

'Ja,' antwoord ik ellendig, en besef hoe moeilijk het zal zijn om het voor elkaar te krijgen.

'Goed. Ik vertrouw jou de cadeautjes, de tafelschikking en de bruidstaart toe.'

Wat! Dat vertrouwt ze me allemaal toe? Van alle mensen zou uitgerekend mijn moeder moeten weten hoe onbetrouwbaar ik ben!

'Heb je al een idee voor de cadeautjes?'

'Werkelijk, Molly, ik heb niet veel tijd gehad om daarover na te denken. Ik probeer een bruiloft te plannen, weet je. Ik moet hollen, liefje… Ik had Marion vijftien minuten geleden al moeten bellen, maar ik zat te wachten op jouw telefoontje.' KLIK.

Oké. Nu hebben we echt een groot probleem. 1) Ik ben de bruid… waarom denkt ze dat zij de bruiloft aan het plannen is? En 2) Wat moet ik met die dingen voor Jamies feestje? Ik raak in paniek en doe wat elk meisje zou doen – ik bel mijn homoseksuele nepverloofde.

Zoals altijd is hij er voor mij. Nou ja, hij is niet hier, want hij is op zijn werk, maar hij belooft meteen na zijn dienst naar 'huis' te komen (Justin noemt mijn appartement nu ook zijn huis – alsof ik een pension beheer!) en eten uit het restaurant mee te nemen en al zijn ideetjes voor cadeautjes... De cavalerie komt eraan. Ik kijk op mijn lijst. Op naar het volgende punt.

Goddank, Marion heeft me een lijst gegeven van door het Plaza 'goedgekeurde' verkopers, waaronder bloemisten in Manhattan die werken volgens de hoge standaard van het hotel. Ik blader door de informatie die ze me heeft gegeven en ik zie dat een van de bloemisten zich slechts enkele huizenblokken van mijn appartement vandaan bevindt. My Secret Garden – die is voor mij! Ik kijk op de klok en de kans is groot dat ze nog steeds open zijn, en daarom trek ik al mijn buitenspul weer aan en ga op pad om de bloemen te regelen, terwijl ik wacht tot Justin thuiskomt om het probleem met de cadeautjes voor me op te lossen.

Ik heb zoveel plezier in het bestellen van de bloemen voor Jamies feestje dat ik niet eens in de gaten heb hoeveel tijd er is verstreken, tot mijn mobiele telefoon overgaat. Het is Justin.

'Ik sta hier met eten en jij bent er niet,' zegt hij bij wijze van grapje.

'O, nee! Ik kom eraan. Hou het warm!'

Ik leg aan de bloemist uit dat mijn verloofde op me staat te wachten. Ik voel me altijd net een frivool schoolmeisje als ik het woord 'verloofde' gebruik. Ik regel de aanbetaling voor de bloemen en spreek een tijdstip af om ze op te halen en een tijdstip om weer terug te komen om de bloemen uit te kiezen voor de bruiloft.

'Neem je verloofde mee,' is haar instructie.

'Goed idee!' stem ik in, wetend dat Justins smaak in bloemen net zo indrukwekkend zal zijn als zijn smaak in andere dingen.

Ik ben sneller terug dan verwacht en voeg me bij de jongens. Ze hebben niet op me gewacht en zitten aan de gefrituurde Ahi Rolls en Saporos.

'Goed nieuws!' roep ik uit. 'De cadeautjes zijn geregeld (Iris

212

deed de briljante suggestie om kleine potjes te maken waar roosjes in zijn geplant. Zo kan elke gast een potje meenemen)… en
we kunnen ons vanavond eindelijk ontspannen!'

Ze juichen en we storten ons op het eten.

38

Het proeven van de bruidstaart

Als ik de volgende ochtend wakker word, gaat er maar één gedachte door mijn hoofd: GHIV. Goddank, Het Is Vrijdag! Hoewel mijn weekend allesbehalve rustig zal zijn, ben ik nog steeds blij dat deze krankzinnige week tot een eind komt. Daar komt bij dat de vrijdagen op mijn school altijd halve dagen zijn, en dat betekent dat ik me vanaf één uur volledig kan concentreren op de taart voor Jamies feestje (en ik hoop ook die voor mijn bruiloft).

Ik schuifel slaperig door de zitkamer in de richting van de keuken om koffie te zetten. Het is zo zwaar om op deze koude ochtenden uit bed te komen. Wat me gaande houdt, is het feit dat ik over een week twee weken vakantie heb. Terwijl mijn leerlingen zich verheugen op skivakanties in Canada en tropische cruises, verheug ik me op wat meer vrije tijd en mijn eigen kleine kerstboom, hoewel dat dit jaar niet zo eenvoudig zal zijn, want zoveel ruimte is er tegenwoordig niet meer.

Altijd als ik langs Justin loop, beweegt hij, en tegen de tijd dat ik weer terug schuifel, met mijn ogen iets verder open dankzij een enorme beker koffie, zit hij rechtop in bed.

'Goedemorgen,' zeg ik zacht.

'Morgen,' gromt hij.

Ik zweer het je, hij is de vreselijkste ochtendmens die ik ooit heb ontmoet.

'Koffie in de keuken.'

'Goed.'

Ik stap de badkamer in en doorloop mijn ochtendroutine. Elke ochtend doe ik dezelfde dingen. Eerste stop: koffie. Tweede stop: douche. Als ik uit de douche stap, sla ik een handdoek om mijn haar en ga terug naar mijn kamer om mijn bed op te maken en mijn kleren klaar te leggen. Daarna keer ik terug naar de badkamer om mijn tanden te poetsen, vochtinbrengende crème aan te brengen, deodorant op te doen en mijn haar te föhnen, en een beetje make-up op te doen om de kinderen niet te laten schrikken. Dan ga ik weer terug naar mijn kamer, kleed me aan en ga naar mijn werk. Op weg naar buiten grijp ik iets te eten in de keuken, hoe uitgebreid dat is hangt af van hoe snel ik mijn ochtendroutine heb afgewikkeld.

Maar vandaag ga ik lekker snel en daarom heb ik tijd om een vetarme Pop Tart te roosteren voordat ik de kou in ga. Justin loopt de keuken in om aan zijn derde beker koffie te beginnen.

'Ik ga vandaag achter een taart aan voor Jamies feestje en hopelijk ook voor onze bruiloft. Zin om mee te gaan?'

'Echt niet, Molly! Ik mag deze week geen koolhydraten. Dus ik kan geen taarten gaan proeven.'

'Ach ja, dat was ik vergeten... Geen koolhydraten. Heb je nog verzoeknummers wat de bruidstaart betreft?'

Niet dat hij er iets van zal eten, maar ik probeer aardig te zijn.

'Iets met weinig koolhydraten als ze dat hebben.'

'Juist,' zeg ik, en denk: *ik dacht het niet!*

Ik ga de deur uit met alle wol om me heen die ik bezit. Het is dit jaar echt heel koud... Of misschien is het hetzelfde. Elke winter denk ik, *dit is de koudste winter ooit*, en elke zomer denk ik, *dit is de heetste zomer ooit*. Wie weet? Tijdens het lopen is mijn hoofd een maalstroom van gedachten. Gedachten over de bruiloft, het babyfeestje, Jamie, Justin, en waar mijn hoofd het meest bij stilstaat: Brad.

Ik heb hem niet meer gesproken sinds onze dans op het verlovingsfeest toen het erop leek dat we weer een beetje terug konden naar normaal. Ik hoopte dat hij me de afgelopen week zou bellen, maar dat heeft hij niet gedaan. *Wat maakt het uit!* denk ik als ik mijn mobiele telefoon pak en zijn nummer intoets. Laat ik maar de wijste partij kiezen... Ik krijg hem toch niet aan de lijn.

'Hallo?' antwoordt hij. Waarom krijg ik iedere keer als ik een antwoordapparaat verwacht een mens aan de lijn? Wat is dat toch?

'Hoi, met Molly.'

'Hoe gaat het?' vraagt hij warm, maar niet zo warm als vroeger... Of ben ik hier net zo gevoelig voor als voor het weer?

'Goed hoor, druk met de bruiloft, de organisatie van het babyfeestje, afronden van school. Wat voer jij allemaal uit?'

'Ongeveer hetzelfde, maar zonder het babyfeestje en de school. En ja, ik doe precies wat een verwaande coördinator die Bliss heet me opdraagt te doen voor het huwelijk.'

'Haha, wat zijn jouw taken?'

'Nou, ik heb de maat laten nemen voor een smoking. Twee keer, want de maten waren niet goed volgens Claire en Bliss, en achteraf waren ze dat wel. En ik moet de taart uitkiezen omdat Claire geen geraffineerde suiker eet, en ik moet de band uitkiezen. Volgens mij is dat alles wat ze me toevertrouwen.'

'Hé, jouw lijst klinkt niet veel anders dan de mijne, alleen heet mijn verwaande coördinator mams.'

We lachen samen en het voelt even aan als vroeger.

'Dus jij moet ook achter een taart aan? Goh... Wat een verrassing.'

'Nou ja, ik ben wel een beetje een connaisseur.' Ik wacht even, hopend dat ik Brad hiermee niet kwets. 'Eigenlijk ga ik deze middag al taarten proeven... Heb je zin om mee te gaan?'

Hij wacht even en ik heb er spijt van dat ik het heb gevraagd, maar dan zegt hij: 'Dat lijkt me enig!"

'Fantastisch. De school gaat uit om kwart over twaalf. Dan bel ik je.'

'Geweldig. Tot straks.' KLIK.

Wauw. Ik kan niet geloven dat hij ja heeft gezegd. Wat een leuke, blijde, geweldige verrassing. Dit is hoe het organiseren van een bruiloft moet zijn. Niet met een veel te overheersende moeder of een homoseksuele nepverloofde, maar met een beste vriend. Ik ben helemaal in de wolken om samen met Brad mijn bruidstaart uit te gaan kiezen – en de taart voor het feestje – oef... ik mag de taart voor het feestje niet vergeten!

Gelukkig vliegt de dag voorbij, en voordat ik het in de gaten heb, zijn de kinderen weg voor het weekend en pak ik al mijn spullen bij elkaar. Ik spring op als er op de deur van mijn klaslokaal wordt geklopt. Ik verstar helemaal van de zenuwen en vraag me af wie dat is en hoe lang hij me zal afhouden van de middag waar ik zo naar uitkijk.

'Kom binnen.'

Je zult niet geloven wie het is. Brad. Met zijn grote, twinkelende grijns staat hij in de deuropening van mijn klaslokaal.

'Wat doe jij hier?'

'Ik wilde je verrassen.'

'Nou, dat is je gelukt. Een heel prettige verrassing,' beken ik, terwijl ik naar hem toe loop en mijn armen even om hem heen sla.

Brad wacht tot ik de rest van mijn spullen bij elkaar heb gezocht, wat de laatste tijd meer met bruiloften te maken heeft dan met schoolzaken, en daarna gaan we op pad naar de Cakery Bakery aan de Upper West Side. Marion heeft hen aanbevolen (het is door het Plaza 'goedgekeurd') en Bliss heeft er ook haar goedkeuring aan verleend, dus volgens ons zijn we in goede handen. Tijdens de pauze vanochtend heb ik even gebeld, en hoewel ze niet erg blij waren met mijn verzoek op het laatste moment, wilden ze toch een afspraak maken voor deze middag. Poeh!

Brad en ik nemen de bus door het park en lopen dan het korte stukje van de halte naar de Cakery Bakery met haar leuke voorgevel. We gaan naar binnen en komen er al snel achter dat deze bakkerij net zo charmant is als haar naam. Elke oppervlakte van de vloer tot aan het plafond lijkt in een andere kleur te zijn geschilderd, sommige effen, andere met een patroon. Het oogt zo ontzettend druk, maar het werkt. Achter de toonbank staat een hippe edoch moederlijke vrouw die volgens mij dezelfde vrouw is die ik deze ochtend aan de telefoon had.

'Hoi,' zeg ik, 'Ik ben Molly. We hebben een afspraak om wat bruidstaarten te proeven.'

'O! Fantastisch,' zegt ze, alsof mijn aanwezigheid een complete maar ook blijde verrassing voor haar is. 'Ik ben Annabelle. Waarom gaan jullie niet zitten, dan laat ik jullie het een en ander proeven.'

Annabelle loopt de achterkamer in en roept over haar schouder: 'Kijk de plaatjesboeken door.'

Brad en ik pakken elk een van de 'boeken' op, die meer lijken op overvolle fotoalbums, en beginnen te kijken. Het blijken echte fotoalbums te zijn. Er zitten honderden en honderden foto's in van gelukkige echtparen die in bruidstaarten snijden die vermoedelijk door Annabelle en het personeel van de Cakery Bakery zijn gemaakt. Brad en ik zijn in vorm en we brengen meer tijd door met grapjes maken over de bruidsparen dan dat we naar de taarten kijken.

We zitten bijna te huilen van het lachen over een bruidegom met een afschuwelijke hangsnor als Annabelle weer terugkomt. Ze heeft tientallen kleine stukjes taart bij zich en tientallen bakjes met saus, wat volgens haar de verschillende soorten vulling zijn. Elk klein stukje cake smaakt anders. Ze beveelt ons een paar populaire combinaties aan, zoals een bananencake met een vulling van praliné, of worteltjestaart met een vulling van roomkaas, maar ze zegt dat wat haar betreft niets onmogelijk is en dat we het haar moeten vertellen als we nog andere cakes of vullingen willen proberen.

'Wauw!' roep ik uit als ik een heel stuk cake in mijn mond prop. Ik kom er iets te laat achter dat het pistache is.

'Molly! Je hoort de cake te proeven, niet helemaal op te eten. Hier, probeer deze eens,' zegt Brad en geeft me een vierkantje chocoladecake gevuld met frambozenmousse.

'O, mijn god. Ongelooflijk. Probeer eens,' en ik stop de andere helft van het vierkantje in zijn mond.

We roepen O en A en verwennen onze monden met allerlei verbijsterende combinaties. Eerlijk waar, we hebben er nog niet een gevonden die niet werkt. We dachten dat citroen en chocola geen goede... Maar het smaakt echt heel goed.

'Hier komen we nooit uit!' roep ik uit.

'Vergeet niet,' roept Annabelle, 'dat je elke laag van de taart anders kunt maken.'

'Dat is briljant,' zegt Brad.

Na een tijdje zijn we nog steeds niet dichter in de buurt gekomen van een besluit, maar we hebben zoveel suiker gegeten dat we bijna zitten te stuiteren in onze stoelen. Dat is het moment waarop een van ons, en ik weet niet zeker wie – oké, ik was het – besluit dat we ook hoe-smeer-ik-taart-in-je-gezicht moeten oefenen.

'Ik denk niet dat Claire hiervoor gaat,' bekent Brad, terwijl ik chocoladecake met een vulling van aardbeien in zijn gezicht duw.

'Haha, Justin ook niet,' zeg ik en even voel ik een steek omdat mijn bruiloft nooit zo ver zal komen. Natuurlijk zal iedereen op de receptie zijn en van de taart eten... Dat is mijn plan, maar ik snij die taart niet aan met Justin en ik duw hem ook niet in zijn gezicht. Er gaat een vlaag van verdriet door me heen, maar dat duurt niet lang want Brad duwt een stuk pompoencake met een vulling van kaneel in mijn gezicht terwijl hij hysterisch lacht.

Tegen de tijd dat Annabelle naar ons toe komt, zitten we onder de cake en de vulling en we schamen ons kapot. Zij lacht alleen maar.

'Echt waar,' zegt ze luid om ons gegiechel te overstemmen, 'jullie zijn het leukste paar dat ik in tijden heb gezien.'

We kijken haar geschrokken aan.

'We zijn geen stel!' spuugt Brad.

'We zijn vrienden!' voeg ik eraan toe.

Annabelle staart ons een seconde aan... Ze is verward en wij voelen ons niet op ons gemak. 'Echt waar? Eh, o... Het spijt me. Nou, heeft een van jullie een keus kunnen maken?'

'Jee, weet je,' stamel ik. Ik wil daar weg en ik wil niet naar Brad kijken. 'Ik denk dat ik vandaag de taart voor het feestje van mijn zus bestel en dat ik later terugkom om mijn bruidstaart te bestellen.'

'Ik ook,' zegt Brad, 'maar niet de taart voor het feestje. Mijn zusje geeft geen feestje. Eigenlijk heb ik niet eens een zus. Ik moet nu gaan.'

'Oké,' zegt Annabelle en snapt er nu helemaal niets meer van.

Ik spreek af om morgenochtend vroeg een citroencake op te halen met een vulling van frambozenmousse, met een roze buitenkant en de volgende tekst: 'We kunnen niet wachten tot Kate er is'. Ik betaal Annabelle zo snel ik kan. Daarna lopen Brad en ik de Cakery Bakery uit en lopen door de straat. Eindelijk stoppen we en kijken elkaar aan en nemen allebei het onuitgesproken besluit hier zo luchtig mogelijk mee om te gaan.

'Wat raar, hè, dat ze dacht dat wij een stel waren,' zeg ik. Ik probeer zo normaal mogelijk te doen, maar ben me er pijnlijk van bewust dat Claire zal ontploffen als ze hoort wat er vandaag is gebeurd.

'Heel vreemd,' stemt Brad in. 'Goed, hoe dan ook, ik moet nu gaan.'

'Ik ook!'

Na een snelle, wat onbeholpen knuffel lopen we in tegengestelde richting door de straat... Helaas gaan we allebei de verkeerde kant op, dus een paar passen later moeten we ons alweer omdraaien, en als we elkaar passeren zeggen we nogmaals weifelend: 'Dag.'

Ik kan er niets aan doen, maar ik voel me heel teleurgesteld als ik de bus neem naar huis. Het voelde zo goed aan om Brad weer in mijn leven te hebben, maar het incident over onze vermeende relatie baart me zorgen. Ik vrees dat het hem ervan zal weerhouden onze vriendschap weer op te bouwen en dat ik hem dus weer kwijt ben. Misschien is het maar goed dat ik de hele avond bezig zal zijn met het schrijven van namen op kleine metalen potjes, waar de bloemist het pièce de milieu van zal maken; de gasten kunnen de potjes dan na afloop meenemen. Het gaat laat worden vanavond.

39

Een lange hete douche of een babyfeestje?

Als de wekker de volgende ochtend afloopt is het vreselijk koud en ontzettend donker. Ik geef er met mijn vuist een mep op en vervloek mezelf omdat ik vergeten ben het alarm tijdens het weekend uit te zetten. Ik draai me om en kruip diep onder mijn dekbed totdat ik me opeens met een schok herinner dat het vandaag de dag van Jamies feestje is! Ik breek bijna mijn nek als ik uit bed spring en over de negenendertig gemerkte metalen potjes struikel die me tot de dageraad wakker hebben gehouden.

Ik doe het lampje naast mijn bed aan, en als de aanvankelijke blindheid wat is afgenomen, pak ik er een op vanonder mijn voet en bekijk hem aandachtig. Ik vind echt dat het vele werk de moeite waard is geweest want ze zien er enig uit. Slaperig verzamel ik alle potjes, die om zes uur afgeleverd moeten worden bij My Secret Garden, zodat de miniroosjes erin gepot kunnen worden en ze allemaal op tijd klaar zijn voor het feest. Ik reik onder mijn bed naar een boodschappentas die groot genoeg is om ze allemaal in mee te nemen. Ik maak er keurige stapels van, zodat ze in de grote Restoration Hardware-tas passen waar ik ooit het huwelijkscadeau in heb gestopt dat ik voor mijn vriendin Elizabeth had gekocht. Het was maar een kussen, een van de weinige dingen op haar cadaulijst van Restoration Hardware die ik me kon veroorloven, maar hij zat wel in een grote doos, en dat vond ik leuk. Ik doe mijn best om mezelf en negenendertig blikken bloempotjes zo geruisloos mogelijk het appartement uit te krijgen, zonder Justin te wekken... Dat is geen eenvoudige taak, maar gelukkig slaapt hij altijd erg vast.

Ik loop over de donkere trap naar beneden en ben verbaasd als ik op straat sta dat de zon zich al laat zien. Ik overweeg een (hopelijk) warme taxi aan te houden om naar My Secret Garden te gaan, dat zich twee huizenblokken verderop bevindt, maar doe dat niet omdat ik hoop dat de koude lucht me wakker zal maken omdat het er vandaag niet in zit dat ik terug mag keren naar mijn warme flanellen lakens.

Om klokslag zes ben ik bij de bloemist, en ik kan me niet herinneren dat ik ooit zo vroeg ben opgestaan en zo actief was, behalve misschien om ergens heen te vliegen, of vroeg te landen met een vlucht die de avond ervoor is vertrokken. De bloemist, Iris (ja, ik heb een bloemist gevonden die de naam van een bloem heeft), is zo vrolijk en wakker alsof het al tien uur 's ochtends is en niet pas zes uur.

'Hallo, lieverd!' zingt ze bijna, als ik mezelf en mijn emmertjes de winkel in sleep.

'Hoi, Iris, hier zijn de emmertjes.'

Ik geef haar de tas en ze haalt er een uit om mijn werk te bekijken. Ik hoop dat ze ze leuk vindt, want eerlijk gezegd heb ik me de pokken gewerkt. Alle namen staan er in leuke roze letters op, met aan het eind van de letters kleine stipjes. Daarna heb ik kleine roze, lavendelkleurige en gele roosjes om elke naam heen geschilderd.

'Goh, ben jij niet het snoezigste wat ik ooit heb gezien?' vraagt ze als ze mijn werk bewondert.

Ze weet het niet, maar door haar is mijn hele dag weer goed. Nu heb ik echt de energie die nodig is om alles in de volgende paar uur voor elkaar te krijgen.

'Dank je! Dus ze worden om elf uur vanochtend door de bezorger bij het restaurant afgegeven?'

'Absoluut – ik heb hier alle informatie en je mobiele nummer, voor het geval dat.'

Iris is vrij snel gewend geraakt aan mijn nogal paranoïde manier van doen, maar ze lijkt geen moeite te hebben om met een krankzinnige samen te werken. En dat is maar goed ook, want ik kom volgende week terug om de bloemen voor de bruiloft te bestellen en in mijn hoofd ben ik al vier keer van gedachten veranderd sinds ik haar twee dagen geleden heb ontmoet.

'Dank je, Iris. Tot volgende week, oké?'

'Ja. Geniet van het feest.'

Ik maak aanstalten om naar buiten te lopen. 'Je zei toch dat je mijn mobiele nummer hebt, hè?'

'Ja, Molly. Dat heb ik. Ga nu maar,' zegt ze lachend.

Ik draai me om en loop de deur uit. Nu moet ik naar de andere kant van de stad om de taart op te halen bij Cakery Bakery en hem af te leveren bij het restaurant. Daarna ga ik naar huis om me klaar te maken voor het feest. Ik vind dat een ritje naar de andere kant van de stad een warme taxi meer dan waard is.

Ik schiet even bij Dean & Deluca naar binnen om een latte te halen – ik weet het, mijn fans bij Starbucks zouden intens verdrietig zijn, maar op dit moment wil ik niet echt een beroemdheid zijn – en houd daarna een taxi aan. De warme cafeïnerijke drank doet wonderen, en tegen de tijd dat ik voor de Cakery Bakery uit de taxi stap, hoor ik weer bij de levenden.

Ik zie meteen dat Annabelle 's ochtends meer op mij lijkt dan op Iris. Ze ziet er chagrijnig uit en houdt een beker Starbucks-koffie in haar linkerhand terwijl ze met haar rechter door de bestelformuliertjes bladert.

'Ah, hier heb ik hem,' zegt ze, en haalt het formulier ertussenuit. 'José!' krijst ze de achterkamer in. 'Breng de taart voor het babyfeestje van Molly Harrigan naar voren.'

Hij brult een of ander antwoord dat alleen zij kan verstaan en ze vertelt me dat ik een paar minuutjes moet wachten en dat ik even moet gaan zitten. Daar ben ik helemaal voor. Terwijl ik wacht, blader ik weer door het album met de taarten. Zonder Brad is het veel gemakkelijker om aandacht te besteden aan de taarten en serieus na te denken over wat ik precies wil bestellen voor mijn bruiloft.

De sculpturen die ze creëren van meel, suiker en water, zijn ongelooflijk. Ik bekijk de traditionele taarten in lagen met verse en gesuikerde bloemen. Sommige zelfs met vers en gesuikerd fruit. Er zit er een tussen die ik heel erg mooi vind, met beeltenissen gemaakt van chocola. En dat is nog maar het begin. Eentje lijkt op een aantal opgestapelde cadeautjes, een andere ziet eruit als een berg cadeautjes van Tiffany in blauwe doosjes met witte linten! Weer een andere is gemaakt van kleine cakejes, om maar niet te spreken van die ene die eruitziet als een boot. Zo te zien hebben die mensen hun bruiloft gevierd op een cruiseschip.

Dit zijn niet de witte torens die ik normaal gesproken zie. Sommige zijn wit, maar deze zijn elegant en hebben veel krulwerk of lintjes gemaakt van gesmolten suiker. Er zijn ook chocoladetaarten, roze taarten, blauwe taarten, roep het en zij maken het. En er zijn ook verschillende vormen! Rond, vierkant, rechthoekig en allerlei combinaties. Wie heeft ooit geweten dat er zoveel mogelijkheden zijn? Van het proeven gisteren weet ik dat deze taarten heerlijk smaken… Het is moeilijk te geloven dat ze er ook zo verbluffend uit kunnen zien. Ik kijk kwijlend naar een heel aparte chocoladetaart in vier lagen met gesuikerde frambozen en roze roosjes als Annabelle mijn trance verbreekt.

'Oké, Molly, hier is je taart.'

Ik loop naar de toonbank, waar ze een grote, roze doos voor me openhoudt. Deze taart is van alle taarten in het boek mijn favoriet! Het is een grote, felroze cirkel met lichtroze roosjes erop geschilderd en met de woorden *We kunnen niet wachten tot Kate er is*, er in turkoois opgeschreven. Mijn zus zal hem prachtig vinden en daarom ben ik er helemaal weg van.

'Fantastisch, Annabelle. Dank je.'

'Natuurlijk, liefje. We zien je over een paar weken om de jouwe

te bestellen. Als je wilt kun je er dezelfde roosjes op laten maken.'
'Echt waar? Misschien?' O, jee, nog een keus erbij!

Ik draag de taart, die niet alleen groter maar ook veel zwaarder is dan ik had verwacht, de bakkerij uit en weet een taxi aan te houden door met mijn been in de lucht te schoppen zonder onderuit te gaan en de taart op straat te laten vallen. De taxi rijdt snel door de bijna lege straten naar het restaurant, dat slechts een paar kilometer verderop ligt, waar hij me eruit laat zonder aan te bieden de deur voor me open te doen. Ik schop de deur dicht met mijn voet en hij sjeest weer weg. Dan probeer ik de instructies van de manager van het restaurant op te volgen om de leveranciersingang te vinden waar iemand de taart van me over zal nemen om hem in hun koelkast te stoppen. Dit geloof je niet, maar ik kan de deur niet vinden. Ik loop drie keer heen en weer, de zwaarste taart van de wereld torsend, en het levert helemaal niets op. Eindelijk, tijdens mijn vierde wandeling, herinner ik me dat hij zei dat ik een kleine trap op moest lopen aan de zijkant van de hoofdingang. Oef, misschien moet ik ginkgo biloba of zo gaan slikken… Ik kan niets meer onthouden. Tegen de tijd dat ik boven aan de trap sta, ben ik bang dat ik flauw ga vallen. Ik schop zachtjes tegen de deur, omdat ik geen hand vrij heb om te kloppen, en sta daar te zweten onder al die lagen wol en het gewicht van de taart tot Nathan, de manager van het restaurant, eindelijk de deur open doet.

'Ah, Molly met de taart,' zegt hij.

Ik geef de doos dankbaar aan hem en loop nog een keer het schema door van de lunch, terwijl ik langzaam weer op adem kom. Hij lijkt kalm en heeft zo te zien alles onder controle, en daarom ga ik naar huis om me om te kleden zodat ik hier over een paar uur weer terug ben. Als ik op straat sta, kijk ik op mijn horloge… niet te geloven, het is pas acht uur! Ik voel me alsof ik al een hele dag achter de rug heb. Ik heb drie uur de tijd om thuis te komen en me om te kleden. Tijd zat, misschien zelfs tijd voor een tukje? Ik geeuw bij de gedachte aan mijn bed en besluit dat een tukje de beste optie is. Ik spring in een taxi, en voor ik het in de gaten heb, ben ik thuis. Het appartement ziet er precies zo uit zoals ik het heb achtergelaten – de beide jongens liggen te slapen – ze hebben niet eens gemerkt dat ik weg was. Slaperig loop ik naar mijn kamer, pel de wol af en klim weer in bed.

De dag verloopt zelfs beter dan ik had gepland. Alles wat ik 's ochtends moest doen verliep zo snel en gladjes dat ik zowaar een heel uur kan slapen! Natuurlijk maakt het het gebrek aan slaap niet goed, maar het zal ongetwijfeld helpen. Er is maar één probleem… terwijl ik in slaap doezel, denkend aan wat ik aan moet trekken voor Jamies feestje, vergeet ik helemaal de wekker te zetten.

Ik word wakker uit een droom, waarin ik met een van de taarten die ik in het boek van de Cakery Bakery zag aan het dansen ben op de muziek van 'Just The Way You Look Tonight', als Justin me heen en weer schudt en schreeuwt.

'Molly! Je hebt je verslapen! Je had de emmertjes naar de bloemist moeten brengen en de taart op moeten halen. O, mijn god! Logan! Ze ligt nog te slapen!'

Het lukt me mijn ogen te openen en Justin aan te kijken en ik ben bijna verbaasd dat hij niet een levensgrote taartman is en ik neem even de tijd om zijn woorden te verwerken.

'Wacht, nee, het is oké. Ik ben opgestaan en heb dat allemaal vanochtend al afgewikkeld. Hoe laat is het nu?'

'Tien uur!' zegt Justin met paniek in zijn stem.

Ik schiet meteen overeind.

'Zei je tien?'

'Ja!'

'O, mijn god! Ik heb me verslapen. Ik moet me klaar maken. Het feestje begint over een uur aan de andere kant van de stad.'

Justin springt net snel genoeg opzij om niet door Orkaan Molly geplet te worden als ik door mijn kamer hol om god-weet-wat bij elkaar te grissen voordat ik de badkamer in vlieg en onder de douche stap.

Ik was me zo snel als de bliksem en besluit zelfs om deze keer niet mijn haar te wassen, dat aan de vette kant is, en ik kan alleen maar hopen dat het de mensen niet zal opvallen. Mijn haar niet wassen bespaart me een goede twintig minuten en die kan ik goed gebruiken. Ik doorloop mijn gebruikelijke routine, maar vandaag wel met de snelheid van een straaljager. Op dit moment ga ik even iets langzamer om mijn make-up aan te brengen, want dat heb ik ooit te gehaast gedaan en toen heb ik een kind dat bang was voor clowns de stuipen op het lijf gejaagd.

Ik vlieg mijn slaapkamer in en ren nerveus naar mijn kast want ik heb geen idee wat ik aan moet trekken. Is het je ooit opgevallen dat de dagen dat je te laat bent het lastigst zijn om kleren uit te kiezen? Als ik nergens heen moet, trek ik bij de eerste poging al iets leuks uit de kast. Als ik ergens heel snel moet zijn, trek ik altijd een knalroze legging en een groen topje uit de kast. Ik kijk naar mijn kleren en kreun.

'Molly!' roept Justin uit de andere kamer. 'Je kleren liggen al op het bed.'

Ik draai me om, en op mijn bed, precies zoals ik dat gedaan zou hebben, alleen leuker, ligt de perfecte kleding voor Jamies feestje. Een winterwitte coltrui van kasjmier – meer een soort van koker eigenlijk, die ik vorig jaar kerst cadeau heb gekregen van mijn moeder, wat het een win-win situatie maakt, want de trui is prachtig en ze zal heel gelukkig zijn als ze mij erin ziet. Hij heeft de trui gecombineerd met een knielange, camel en winterwitte geruite rok, maar de ruit is heel vaag. Tot slot mijn bruine knielaarzen. Laat me je vertellen dat dit de reden is waarom ik zogenaamd met deze jongen trouw.

'Ik hou van je!' roep ik naar hem.

'Dat weet ik,' antwoordt hij.

Ik trek de kleren aan en ben zo blij dat ik niet de 'Wat moet ik in godsnaam aan'-dans doe die ik meestal doe als ik aan de late kant ben, en loop naar de deur. Maar voordat ik er ben, gaat de telefoon. Ik neem snel op.

'Hallo?'

'Molly, met mama. Er is een ongeluk op de snelweg gebeurd, en daarom ben ik wat later.'

'Geen probleem,' zeg ik. 'Het feestje begint pas om halftwaalf – we hebben alleen afgesproken om er om elf uur te zijn om onszelf de tijd te geven het een en ander te controleren.'

Die marge van een halfuur is de enige reden waarom ik niet helemaal uit mijn dak ga en in mijn trainingspak naar het feestje ga.

'Maar ik heb mijn kaart thuis laten liggen, dus ik moet ergens stoppen om een nieuwe te kopen,' jammert mama.

'Mam, geef haar die kaart toch een andere keer.'

'Welnu, Molly, hoe moet ze weten welk cadeautje van mij is als er geen kaartje bij zit?'

Deze vraag levert twee problemen op. 1) dat verdomde 'welnu' van Marion – het stelt zo weinig voor, maar het irriteert me mateloos, en 2) het cadeau. Was het de bedoeling haar een cadeau te geven? Is dat feestje niet genoeg? Hebben we een tastbaar en ingepakt geschenk nodig? De paniek steekt de kop weer op.

'Mama! Ik moet gaan – kom maar zo snel mogelijk.' KLIK.

Ik hoor mama iets zeggen als ze ophangt, maar het enige wat ik kan bedenken is 'geschenk'. Ik schreeuw naar de jongens dat ik hen daar wel zie (Jamie is zo hip dat er jongens én meisjes mogen komen), pak mijn tas en jas en trek hem aan terwijl ik de trap af ren en dan naar de stoeprand, waar ik de eerste taxi aanhou die ik zie.

'Pottery Barn Kids op Broadway en Sixty-seventh!' gil ik naar de chauffeur, die zich wezenloos schrikt en het gaspedaal onmiddellijk intrapt.

Ik gooi een enorme fooi door het kleine raampje en spring uit de taxi. Dat doe ik niet om hem te bedanken voor zijn geweldige service, maar eerder omdat ik niet wil wachten op het wisselgeld. Ik ren de winkel in en kijk om me heen. Ik heb geen idee. Geheel kenmerkend voor de Pottery Barn word ik snel benaderd door een vriendelijke medewerkster.

'Help!' gil ik naar het arme meisje, dat daar waarschijnlijk alleen werkt als vakantiehulp omdat ze twee weken vrij heeft van de universiteit. 'Ik heb een cadeau nodig voor het babyfeestje van mijn zus!'

'Heeft ze zich hier ingeschreven?' vraagt het meisje, dat haar best doet om kalm te blijven, hoewel ik haar de stuipen op het lijf heb gejaagd.

'Dat weet ik niet!'

'Laten we even kijken,' zegt ze, terwijl ze naar een computer loopt die er hetzelfde uitziet als de honderd computers waar ik voor heb gestaan om cadeaus voor de verloving, voor het vrijgezellenfeestje en voor het huwelijk uit te kiezen. 'Wat is de naam van je zus?'

'Jamie Harrigan-Hope,' zeg ik en begin het te spellen, maar voordat ik bij de tweede R ben zegt de redder van de Pottery Barn al dat ze haar heeft gevonden en drukt een lijst af.

Wie heeft ooit geweten dat je je ook voor babycadeautjes kunt inschrijven? Ik weet niet of ik wel blij moet zijn met deze informatie. Ik loop de lijst door. Had ik maar genoeg tijd om al die leuke dingen die Jamie voor Kate heeft uitgekozen te bekijken.

'Aha! Stootkussentjes. Ik neem de stootkussentjes,' vertel ik het meisje.

'Wil je ze niet eerst zien?'

'Nou, ik heb ontzettend veel haast.'

'Oké,' zegt ze en de bangheid komt weer terug. 'Ze liggen hier,' zegt ze, en gaat me voor naar een grote, open kast en haalt daar een paar schattige roze geruite en enigszins gewatteerde stootkussentjes uit voor een wiegje.

'Perfect, schattig – wil je ze inpakken?'

'We hebben een speciale verpakking die-'

Voordat ze de verpakking kan beschrijven, zeg ik: 'Ik neem het!' en knal meteen mijn creditcard op de toonbank.

Terwijl ik wacht tot het trillende meisje de spulletjes heeft ingepakt, vul ik het bijbehorende kaartje in. *Stootkussentjes voor Stootkussen, liefs tante M.* Perfect. Ik pak het pakje aan, trek het lintje door mijn kaart en zit binnen enkele seconden weer in een taxi, op weg naar het restaurant.

Ik kom aan om tien over elf. Goddank, drie minuten eerder dan mijn moeder. Het restaurant heeft alles perfect gedaan, met witte tafelkleden en roze servetten. Iris heeft het pièce de milieu en de emmertjes met de namen erop keurig neergezet. Alles is perfect. Het geren, de paniek, de waanzin, het was het allemaal waard als Jamie door de deur naar binnen loopt, met die bijzondere zwangerschapsgloed om haar heen, en de tranen haar in de ogen schieten bij zoveel perfectie.

Jamie is in haar element. Haar liefde voor de schijnwerpers helpt haar zelfs nog meer te schitteren en het feestje verloopt perfect. Iedereen is helemaal weg van de taart. En terwijl Jamie de negenendertig schattigste cadeautjes die ik ooit heb gezien in ontvangst neemt, denk ik dat ze die van mij het leukst vindt, want het is het enige cadeautje waarbij ze huilt. Het is een prachtige middag. Oef. Nu kan ik weer verder met de organisatie van de bruiloft... En, o ja, de kerstcadeautjes.

40

Op mijn tenen tussen de tulpen door
(en de witte aronskelken en hortensia's)

Het is vrijdagmorgen, de laatste schooldag voor de kerstvakantie, en ik denk dat ik er deze keer meer naar heb uitgekeken dan mijn leerlingen. Maar ik mag graag denken dat ik mezelf wat beter kan beheersen dan zij dat doen. Ik heb een klaslokaal vol stuiterende achtjarigen. Verleden week konden ze alleen nog maar aan de kerstman denken, dus veel hebben ze niet geleerd. Gelukkig verwacht niemand dat ze vandaag nog veel zullen opsteken.

Vanwege het begin van de vakantie, is deze vrijdag nog korter dan normaal. Ik doe nog een laatste spellingtest (een gemakkelijke, want ik wil geen Grinch zijn), want dat doe ik elke vrijdag, maar daarna volgt er een vakantiefeestje en daarna is iedereen vrij. Ik besluit het ontzettend gemakkelijk te maken voor de kinderen en doe een test van twintig woorden die allemaal gerelateerd zijn aan de vakantie. Wat kan ik zeggen? Ik begin ook in de juiste stemming te komen.

Hoewel ze allemaal mopperen als ik zeg dat het tijd is om een stuk papier en een potlood te pakken, worden ze uiteindelijk allemaal rustig en doen de oefening. Daarna laat ik ze kerstkaarten inkleuren terwijl ik de oefeningen van een cijfer voorzie. Sommige leerlingen, al zijn ze pas acht jaar oud, zijn heel gevoelig en zouden de hele vakantie van streek zijn als hun cijfer te laag uit zou vallen. Dat wil ik natuurlijk niet! Over het algemeen genomen zijn de resultaten niet zo goed als ik had verwacht, en dat ondanks de makkelijke woorden, maar als ik opkijk en zie hoe nerveus ze zijn, begrijp ik wat ze doormaken. De kans is groot dat ik het woord 'cadeaus' op dit moment ook verkeerd zou spellen.

De bruiloft komt snel dichterbij en baby Kate heeft zelfs nog meer haast. Hoewel ze pas over een week wordt verwacht, heeft Jamies dokter tegen haar gezegd dat ze al drie centimeter ontsluiting heeft en dat de baby elk moment geboren kan worden. Ik ben zo onder de indruk van Jamie dat ze heeft besloten door te werken tot de vakantie... Maar die plasangst van haar moet nu helemaal niet meer te harden zijn.

Ik deel de resultaten uit, en hoewel er fors wordt gekreund, kan ik zien dat het niemand veel kan schelen. Ze willen het feestje, en weet je wat? Ik ook! Tegen tienen proppen ze allemaal kleine cakejes in hun mond en kerstkoekjes en koosjere Chanoeka-chocolaatjes. Ik heb medelijden met de nanny's die de hele middag met deze kinderen moeten optrekken nu ze werkelijk stijf staan van de suiker.

Om halftwaalf zijn alle drukke kinderen opgehaald en ik ben aardig opgewonden over de stapel cadeautjes die enkele ouders (maar overwegend nanny's) op mijn bureau hebben laten vallen toen ze hun pupillen ophaalden. Een van de meest krankzinnige (lees: te gekke) dingen van het werken op een privéschool is dat de ouders tijdens de feestdagen altijd enorm veel over hebben voor de leraren van hun kinderen. Van waar ik zit zie ik nu al drie pakjes waar ik heel blij van word!

Ik stop zoveel mogelijk cadeautjes in mijn tas en verberg de rest onder mijn bureau om ze later op te halen. Dan ga ik weg om Justin te treffen voor de lunch. Ik heb het gevoel dat ik de laatste tijd nauwelijks tijd voor hem heb gehad. Dat zal hem waarschijnlijk niet zoveel kunnen schelen, maar mij wel, en ik wil hem betrekken bij de bruiloft en daarom gaan we lunchen om weer het een en ander door te nemen.

Ik tref hem in de California Pizza Kitchen... Vraag me niet waarom, maar ik vind dat een heerlijke plek. Brad stak altijd de draak met me en het kostte een hele tijd om Justin over te halen om daar naartoe te gaan, maar om de een of andere reden, hoewel ik in hart en nieren een meisje uit New York ben en zeer loyaal aan de New Yorkse pizza, verlang ik af en toe naar een Barbecue Chicken Pizza. Ik zei al: vraag me niet waarom. Natuurlijk arriveer ik als eerste en regel een tafel voor ons en zit al op mijn derde punt te kauwen als Justin eraan komt.

'Good Golly Miss Molly,' zegt hij lachend. 'Wanneer ben je van plan om naar de voorstad te verhuizen?'

'Hè?' vraag ik met mijn mond vol brood.

'Ze zijn daar gek op fastfoodketens... Je zult je daar thuis voelen.'

'Hou je mond,' zeg ik, terwijl ik nog een hap neem.

Ik word gestraft voor mijn liefde voor de CPK als Justin klaagt over het menu, maar eindelijk een salade vindt (bah, gezonde mensen kunnen zo vervelend zijn) die acceptabel is. We bestellen en ik haal mijn bruiloftsmap tevoorschijn. Ja, ik ben een van die bruiden geworden met een map. Volgens Maggie *en* Alex hoor je zo'n map te hebben. Het is de wet, of zoiets.

'Goed, bloemen... na de lunch gaan we naar Iris.'

'Ik vind het zo leuk dat je een bloemist hebt gevonden die Iris heet.'

'Ik weet het – ik ook. Oké, ik zit aan rozen te denken.'

'Saaaaaai. Iedereen denkt aan rozen. Laten we eens aan aronskelken denken.'

'Aronskelken,' herhaal ik.

'En lelietjes-van-dalen voor je boeket zodat het lekker ruikt. We moeten ook aan hortensia's denken en tulpen.'

'Kijk, daarom wilde ik je mee hebben.'

Justin en ik eten onze lunch, en hoewel hij klaagt dat het eten erg slecht is, eet hij alles tot en met het laatste blaadje sla op. Daarna gaan we naar Iris. Het is ons plan om eerst de bloemen te bestellen en daarna onze kerstinkopen te doen. We lopen de koude straat op, en ik kan er niets aan doen, maar ik heb het heerlijk warm. Ik vind Manhattan tijdens de kerst nog veel leuker dan op elk ander tijdstip van het jaar. Het is er heerlijk druk en ik weet dat een heleboel mensen daar gek van worden, maar ik vind het verrukkelijk.

We arriveren bij My Secret Garden en Iris staat al vrolijk op ons te wachten. Ze stelt zichzelf voor aan Justin en we gaan aan de slag. Het is net alsof zij en Justin één paar hersens hebben en ik er niet bij ben. Iris had al besloten dat rozen veel te gewoon voor ons waren en zat ook aan hortensia's te denken. Gelukkig hou ik van hortensia's, hoewel niemand dat aan me vraagt. Daarna gaan we verder – gaan zíj verder – met de boeketten.

'Welke kleur is je jurk, Molly?' vraagt Iris voordat ze er erg in heeft, zich meteen realiserend dat ik daar in Justins bijzijn niets over kan zeggen.

'O, dat maakt niet uit, hij is wit,' vertelt Justin haar en ze gaan door.

Ze besluiten dat mijn boeket alleen uit witte hortensia's zal bestaan. Iris laat Justin een voorbeeld zien van hoe de bloemen eruit zullen zien, en hoewel niemand om mijn mening vraagt, denk ook ik dat het er geweldig uit zal zien. Ik heb bruiloften in de tuin altijd heel charmant gevonden (eigenlijk dacht ik dat de mijne ook in de tuin zou plaatsvinden) en het gevoel dat Iris en Justin proberen te creëren zal in iets dergelijks resulteren in het Plaza! Daarna gaan ze verder met het boeket van het bruidsmeisje.

'Welke kleur draagt Jamie?' vraagt Justin aan mij.

'Dat weet ik niet – dat mag ze wat mij betreft zelf uitzoeken.'

'Néé!' roepen Iris en Justin tegelijkertijd.

Oké, het is kennelijk heel belangrijk dat Jamie een jurk draagt die bij het 'gevoel' van die dag past. Justin zegt dat het geweldig zou zijn als haar jurk wit is, net als de mijne, met een blauwe sjerp. Dan kan Logan een das dragen van dezelfde kleur als de sjerp. Ik heb nooit gedacht aan een witte bruidsmeisjesjurk, maar in alle eerlijkheid, het klinkt geweldig. De bloemenliefhebbers kiezen een boeket van blauwe hortensia's voor Jamie en zoeken dan met gemak de andere bloemen uit, terwijl ik er als een klein meisje bij zit. Maar ik vind het oké, hoor. Dat hij een perfecte smaak heeft wat bloemen betreft, is weer zo'n voordeel van een homoseksuele nepverloofde. Iris neemt me even terzijde en vertelt me dat Justin de meest betrokken bruidegom is die ze ooit is tegengekomen en dat hij daarom een goede vangst is. Ik heb geen keus en begin te lachen – ja, en óf hij een goede vangst is. Tuurlijk, aan de ene kant wil ik dat hij als de andere bruidegoms is en dat hij me niet voor de voeten loopt – ik bedoel, ik betaal hem een heleboel geld om *mij mijn* droombruiloft te laten hebben, maar aan de andere kant, het is veel gemakkelijker om met mijn enorme (en mogelijk afschuwelijke) leugen om te gaan als ik me niet zo druk hoef te maken en het praten aan iemand anders kan overlaten.

41

Kerstinkopen

Als ik later die middag in een zeer drukke Bloomingdale's achter Justin aan loop en hij allerlei perfecte suggesties doet voor cadeautjes voor al mijn vrienden en geliefden, vertel ik wat Iris over hem heeft gezegd. Dat hij rood wordt tot in zijn haarwortels is nogal zwak uitgedrukt. Eerlijk, het geeft hem een nieuwe dosis energie, en enkele minuten later kiest hij een prachtige kasjmier sjaal en handschoenen uit voor mijn moeder.

Sommige mensen op mijn lijst zijn heel gemakkelijk, zoals mijn moeder, en sommige zijn echt heel lastig, zoals Logan. Ik doe echt mijn uiterste best om het perfecte cadeau voor hem te vinden. Perfecte cadeautjes geven is een dwangimpuls van mij, het is zelfs een obsessie. Voor mams waren het de handschoenen, want de vorige week stak ze op Jamies feestje haar duimnagel door het puntje van haar oude, wollen handschoen. Ik wist dat ze het gaatje gewoon dicht zou naaien als ze weer thuis was, maar deze gloednieuwe handschoenen zijn de perfecte manier om praktisch te zijn, waar ze altijd op staat, maar ook om haar te verwennen, waar ík op sta.

Ik neem het warenhuis met een stofkam door, zoekend naar iets wat Logan in het appartement kan neerzetten waardoor het ook een beetje zijn thuis wordt, maar niets spreekt me aan. Dat neem ik terug. Niets spreekt me aan wat leuk zou zijn voor

Logan, maar er zijn een heleboel dingen die mij aanspreken en die ik dolgraag op mijn cadeaulijst zou willen zetten. Acht jaar na de universiteit en ik gebruik nog steeds de goedkope troep die ik me als student kon veroorloven. Al mijn vrienden hebben deze dingen allang vervangen door artikelen op hun cadeaulijst, en daarom eet je in hun huis van Villeroy & Boch-borden en serveer ik het eten op aanbiedingen van Target. Waarschijnlijk ben ik de enige die dat belangrijk vindt, maar toch.

Ik ben nog steeds aan het zoeken op de huishoudelijke afdeling... Justin begon zich te vervelen en is naar de herenafdeling gegaan. Je weet dat je te lang aan het winkelen bent als een homo het niet meer leuk vindt. Net als ik op het punt sta deze dag af te sluiten, gaat mijn mobiele telefoon.

'Good Golly Miss Molly!' schreeuwt mijn moeder door de telefoon. 'Je zuster is aan het bevallen!'

Mijn hart slaat een slag over, misschien zelfs vier of vijf, en eindigt ergens halverwege mijn keel.

'Jamie is aan het bevallen?' herhaal ik.

'Ja, wij zijn al in de stad. Kom naar het ziekenhuis toe. De kraamafdeling is op de vijfde verdieping.'

'De vijfde verdieping,' herhaal ik als een robot. 'We zijn onderweg.'

Ik ren de huishoudelijke afdeling af en vlieg over talrijke trappen naar beneden omdat ik geen geduld heb om op de lift te wachten. Eindelijk vind ik Justin in de paskamers van de herenafdeling. Hij past een leren broek aan. (Niet vragen, maar ik maak een mentale notitie dat die broek een mogelijk kerstcadeau kan zijn.)

'Jamie is aan het bevallen!' krijs ik.

'O, mijn god!' reageert hij en begint om zich heen te slaan als een vis op het droge. Hij probeert de leren broek uit te trekken en zijn gewone merkspijkerbroek weer aan te trekken. Eindelijk is hij klaar en we verlaten Bloomingdale's alsof het pand in brand staat. We houden zo snel mogelijk een taxi aan (een week voor

Kerstmis zijn er maar weinig taxi's te vinden) en even vervloek ik de drukte waar ik normaal gesproken zo dol op ben.

Het voelt aan als enkele uren, maar in werkelijkheid arriveren we slechts enkele minuten later bij het ziekenhuis en rennen naar binnen alsof *wij* moeten bevallen. We treffen mijn familie aan in een prettige, maar hoofdzakelijke lege wachtkamer op de vijfde verdieping.

'Waar is ze? We zijn toch niet te laat, hè?' vraag ik ademloos aan mijn moeder als we naar haar toe rennen. Mijn vader en Logan, die van de flat hiernaartoe is gekomen, wat iets dichterbij is dan Bloomingdale's, zitten strak van de zenuwen op de kleine mauvekleurige wachtkamerstoeltjes.

'Nog niet, maar ze heeft al de hele dag weeën, dus het kan elk moment zover zijn!'

'Waarom zijn we niet eerder gebeld?'

'Ze had deze week zoveel valse weeën, en toen een uur geleden haar vliezen braken, realiseerde ze zich niet dat het echt zover was. Toen de vliezen braken dacht zij natuurlijk dat ze in haar broek had geplast, maar gelukkig had Bryan in de gaten wat er aan de hand was.'

Terwijl Justin en ik bij mijn familie gaan zitten om op de nieuwste Harrigan (Harrigan-Hope) te wachten, kan ik niet anders dan lachen om mijn zus. We zitten en wachten bijna een hele week. Oké, niet echt een week, maar het voelt wel zo. In de tussentijd zijn Bryans ouders gearriveerd en we worden met zijn zevenen ontzettend rusteloos, tot een uitgeputte Bryan ons vier uur later komt vertellen dat Kate is gearriveerd.

'Ze is geweldig!' Hij straalt een warmte en persoonlijkheid uit die we zelden bij Bryan Hope zien. 'Ze is zo mooi – ze lijkt als twee druppels water op Jamie. Ze is groot en gezond – acht pond, een ons. Je kunt haar op de babyafdeling zien.'

We springen allemaal op en proberen te lopen, maar in werkelijk rennen we bijna over elkaar heen om als eerste bij het raam van de babyafdeling te zijn. Je kunt haar moeilijk missen, want ze lijkt echt op Jamie. Ik heb altijd gedacht dat het onzin was als ouders zeiden dat een baby op de dag van de geboorte op de ene ouder of de andere leek, want volgens mij zien alle baby's er hetzelfde uit, maar Kate is anders. Ze lijkt een oude ziel te hebben. Ze heeft Jamies wipneus en volle lippen, en daar komt bij dat ze in tegenstelling tot alle andere baby's die daar liggen te slapen, aandachtig om zich heen kijkt om er zeker van te zijn dat niemand iets krijgt wat zij niet krijgt – wat haar moeder ook zou doen. Onder haar roze dekentje en kleine roze mutsje ziet ze er werkelijk fantastisch uit. Ze ligt in een kleine plastic wieg met een roze papiertje tegen het voeteneind geplakt, waar 'Harrigan-Hope, Kate Anne' op staat. Haar naam is met de hand geschreven en dat maakt haar helemaal officieel. Mijn nichtje is gearriveerd. Mijn moeder heeft een kleindochter, Logan is oom... En daarom doen we wat Harrigans altijd doen: we barsten in tranen uit terwijl mijn vader zachtjes zijn hoofd schudt. Maar vandaag glinsteren er ook tranen in zijn ogen.

42

Te veel afleidingen

Ik hoef je niet te vertellen dat de vakantie van twee weken die ik volledig aan de planning van de bruiloft had willen wijden, iets anders uitpakte. Het is gewoon onmogelijk om aan muziek- bandjes en fotografen te denken nu Kate op de wereld is. Ik heb bijna mijn hele vakantie doorgebracht in Jamies huis, starend naar een slapende baby, starend naar een drinkende baby, starend naar een baby die naar mij staart. Ze is ongelooflijk.

Ik heb ook verbijsterd naar Jamie gestaard. Ik heb me nooit gerealiseerd dat ze een geboren moeder is. Ze gaat zo natuurlijk om met Kate. Er is maar één ding waar ze voortdurend over ge- rustgesteld wil worden, en ik herhaal *voortdurend*. Haar angst om in ieders bijzijn in haar broek te plassen is vervangen door de angst dat Kate een lelijke baby is en dat zij het niet ziet. Ze is ervan overtuigd, en dat is vermoedelijk waar, dat alle moeders denken dat hun baby's prachtig zijn, en het maakt niet uit dat ze in werkelijkheid meer op aapjes lijken. Gelukkig voor haar is Kate echt een uitzonderlijk mooie baby, maar dat moeten we Jamie minstens vijfentwintig keer per dag vertellen.

Nu is het oudejaarsdag, mijn vakantie is al voor driekwart voorbij, en ik moet nu echt wat aan mijn bruiloft gaan doen. Ik heb mezelf verboden naar Jamies flat te gaan. Feitelijk heb ik me- zelf verboden om het appartement eerder te verlaten dan voor het feestje vanavond bij Alex en Steve. Op dit moment zit ik voor de televisie en kijk naar video-opnames van bandjes voor bruiloften en partijen. Dat probeer ik althans, want zo af en toe heb ik de neiging om zelfmoord te plegen. Marion heeft me uitgelegd hoe belangrijk het is een band te vinden die ervaring heeft met de rol van ceremoniemeester, want zij horen het hele gebeuren op sleeptouw te nemen en dat is nog belangrijker dan de muziek. Ze heeft me een stapel videobanden gegeven van bandjes die door het Plaza zijn goedgekeurd, maar tot dusverre was er bij elke band wel een muzikant met een hangsnor en vertolkten ze allemaal 'Part Time Lover' en 'Still the One'. Ze zien er allemaal zo mallotig uit dat Adam Sandler in *The Wedding Singer* op een echte bink begint te lijken.

'Bah,' grom ik ellendig.

De laatste tijd veroorzaakt alles wat met de bruiloft te maken heeft een harde en zeer onbehaaglijke knoop in mijn maag. Ik begin me al snel te realiseren dat het plannen van een bruiloft niet alleen maar uit leuke dingen bestaat… Niet eens de helft bestaat uit leuke dingen, en als je dan ook niet echt verliefd bent, is het vaak een grote teleurstelling. Soms, meestal tijdens momenten als deze, vraag ik me af of ik wel het juiste besluit heb genomen.

'Verman je,' beveel ik mezelf. *'Eyes on the prize…'*

Ik denk heel hard na over waarom ik dit doe – en ik moet nu heel snel aan iets positiefs denken!

'Kate in de jurk van een bloemenmeisje,' is wat me uiteindelijk te binnen schiet.

Ik haal diep adem en besluit dat haar zoete babygeur precies is wat ik nodig heb om me uit deze depressie te halen, en daarom zet ik de rest van mijn huwelijksplannen van me af en ga naar mijn nichtje toe.

Natuurlijk breng ik weer veel te veel tijd met haar door en daarom moet ik me weer vreselijk haasten om op tijd klaar te zijn voor het feestje van Alex en Steve. Maar het was absoluut de moeite waard om me te haasten… De baby hoefde alleen maar *Ah-goo* te doen, en mijn depressie was verleden tijd. Mijn kleding voor vanavond ligt al klaar… Eigenlijk heb ik het speciaal aangeschaft met behulp van mijn homo-modeteam, Justin en Logan. Het is een mouwloze zwarte satijnen jurk en de glittertjes lopen in krullen om mijn hele lichaam heen. De jurk heeft een rode zoom en ik ben me helemaal te buiten gegaan aan een paar rode satijnen schoenen om het geheel te completeren. Ze zijn heel erg hoog, puntig, en met heel veel bandjes, en ik kan er niet echt goed op lopen, maar ze staan me geweldig. Er bestaat een reële kans dat ik dood zal vriezen als ik van de taxi naar het huis moet lopen, maar dat risico wordt wel beperkt door de enkellange fluwelen jas die Justin me voor de kerst cadeau heeft gedaan.

Waarom het deze keer zo lang duurt voordat ik klaar ben, is omdat Justin en Logan ook hebben besloten dat mijn haar vanavond moet krullen. Dit is lastiger dan het klinkt, want hoewel mijn haar altijd krullerig opdroogt als ik het niet föhn, kan ik niet de deur uit als het nog nat is, want dan bevriest het en het laten kroezen brengt ook een groot risico met zich mee. Ik heb elk product dat ik heb erin gesmeerd, en ik gebruik bijna alle soorten gereedschap die ik kan verzinnen. Eindelijk wordt het wel leuk – dat of het valt zomaar uit – duim voor me.

Justin draagt de zwarte leren broek die ik hem voor de kerst heb gegeven. Eigenlijk is de broek een beetje nichterig, vind ik, maar hij staat Justin erg goed en ik weet dat hij er erg blij mee is, en dat maakt mij weer blij. Hij draagt er een donkerrood overhemd op en zwarte instappers van Prada, en hoewel ik weet dat hij voor mij of iemand anders van mijn geslacht geen belangstelling heeft, ziet hij er toch verdomd sexy uit.

Logan, ons 'vijfde' wiel voor de avond, ziet er ook fantastisch uit. Kennelijk helpt Justin hem zijn gevoel voor mode te ontwikkelen, want hij heeft er nog nooit zo goed gekleed uitgezien. Hij draagt een grijze flanellen broek en een zwarte kasjmier trui

243

met een ronde hals, die duidelijk laat zien dat hij ook wat bezoekjes aan de sportschool heeft toegevoegd aan zijn drukke schema van op de bank televisiekijken en op de bank lezen. Verder draagt hij dezelfde instappers van Prada als Justin. Ik zweer het je, ze zijn de homoversie van de Bobbsey Twins.

Het feest is al in volle gang als we naar binnen gaan. Geloof het of niet, maar vele hoofden draaien zich om en kijken naar mij, want ik word geflankeerd door de twee best geklede mannen. Het is een goed gevoel. We verbreken de formatie en Justin en Logan gaan drankjes halen, terwijl ik op zoek ga naar mijn vrienden. Voordat ik iemand kan vinden loopt er een kelner langs met een dienblad vol ijskoude wodka in kleine maatglaasjes en ik neem er twee... Wat maakt het uit? Het is oudejaarsavond. De eerste bekende die ik zie is Brad. Ik haal diep adem, en terwijl ik naar hem toe loop, hoop ik dat hij alleen is.

'Hé, vreemdeling!' Ik begroet hem hartelijk.

Hij draait zich om en staart me even aan voordat hij eindelijk binnensmonds mompelt: 'Molly. Wauw.' En dan: 'Hallo,' op een normaal volume. Ik moet wel glimlachen.

Voor de derde keer in onze vriendschap – de eerste was de dag dat we elkaar ontmoetten en de tweede was tijdens die beruchte nacht in ons eerste jaar – valt het me op hoe knap Brad is. Hij draagt een blauw hemd dat zijn twinkelende ogen accentueert en er gaat even een tinteling door me heen. Misschien komt het omdat ik hem maar zo zelden zie dat ik vergeet hoe hij er eigenlijk uitziet. Toen we altijd in elkaars gezelschap waren, was zijn knappe uiterlijk gemakkelijker te negeren. Het viel me toen niet altijd op.

'Je ziet er geweldig uit,' zeg ik.

'Nee, jij ziet er geweldig uit.' Ik glimlach en er gaat weer een tinteling door me heen. Die verdomde wodka toch. 'Zo, waar is meneer Molly?' vraagt hij.

Eigenlijk voel ik me een beetje in de steek gelaten door de gedachte dat we daar allebei met iemand anders zijn, en in mijn geval voelt dat wel heel bijzonder vanwege het feit dat hij honderd procent nep is.

'Bij de bar met Logan. Hoe zit het met Claire?' vraag ik en houd mijn adem in.

'Zij is naar Aspen in Colorado gegaan voor een skivakantie met haar familie.'

Halleluja! Dit gaat een leuk feestje worden!

'Waarom ben jij niet gegaan?' vraag ik, hopend dat hij zich bevrijd heeft uit haar slechte klauwen, maar wetend dat hij helemaal niet van skiën houdt.

'Werk,' antwoordt hij op effen toon.

We kletsen even over koetjes en kalfjes, als Alex naar me toe komt om me te begroeten. Zoals altijd ziet ze er met haar blanke sproeterige huid en haar natuurlijke zwarte haar geweldig uit. Alex heeft al de nodige wodka achter haar kiezen en we moeten vreselijk om haar lachen.

Ik vind het heerlijk om al mijn vrienden zo gezellig bij elkaar te zien en zo mooi opgedoft. Ik moet toegeven dat we aardig zijn terechtgekomen. De wodka, en later de champagne, vloeit rijkelijk en iedereen amuseert zich kostelijk. Het voelt aan alsof we er pas een paar uur zijn als Steve met een paar glazen klinkt en ons vertelt dat het tijd is om naar het grote scherm van hun televisie te kijken, want op Times Square kan de bal elk moment vallen.

In een door wodka gevoed waas wend ik me naar de televisie en op dat moment komt Justin achter me staan en fluistert iets in mijn oor.

'Molly, om middernacht zullen we elkaar moeten kussen.'

Mijn hart maakt een luchtsprong – ik had niet aan dit belangrijke detail gedacht, maar hij heeft gelijk. Alle paren kussen elkaar bij het begin van het nieuwe jaar en verloofde stellen doen dat vermoedelijk met meer hartstocht dan andere, en omdat ik mijn mond voorbij heb gepraat en iedereen heb verteld dat we het elke dag doen, rekenen ze er waarschijnlijk op dat wij hier voor het vuurwerk gaan zorgen. Ik knik instemmend en iedereen begint terug te tellen van tien. Het komt goed, zeg ik tegen mezelf… Het zal leuk zijn om iemand te hebben die ik kan kussen.

'3-2-1-Gelukkig Nieuwjaar!'

En terwijl ik 'Auld Lang Syne' op de achtergrond hoor, neemt Justin me in zijn armen en we delen onze eerste kus. Hij kan absoluut verschrikkelijk goed zoenen, maar het is een van de smerigste ervaringen van mijn hele leven. Alsof ik gedwongen word om te tongzoenen met mijn broer. We laten elkaar weer los en ik zie dat we er allebei van walgen. Maar dat zetten we snel weer van ons af en ik draai me om en kus mijn broer (op zijn wang, natuurlijk) en hij schudt Brad de hand en dan verwisselen we van plaats en dan omhelst hij Logan en dan geven Brad en ik elkaar een kus (op de wang, natuurlijk). Daarna pak ik nog een glas champagne van het dienblad van een voorbijlopende kelner en neem een grote, overwinnende slok.

43

Het registreren van de cadeaulijst

Anderhalve maand later is het moeilijk te geloven dat het alweer
bijna Valentijnsdag is en dat het huwelijk over vierenhalve
maand plaatsvindt. Mijn trots over het afwikkelen van alle punten op de zes-maanden-van-te-voren-lijst is helemaal verdwenen,
want ik heb nauwelijks een begin kunnen maken met de vier-
maanden-van-tevoren-lijst. In overweging nemend dat ik over
korte tijd aan de twee-tot-vier-maanden-van-tevoren-lijst moet
beginnen, begin ik aardig nerveus te worden.

Ik moet het vervoer regelen voor de trouwdag zelf (ik weet
niet precies wat dat inhoudt, maar Martha zegt dat ik dat moet
doen), de uitnodigingen bestellen en de kalligraaf om ze te adres-
seren, mijn cadeaulijst registreren (hoera!), de juiste kleding voor
Jamie en Logan zien te vinden – die Justin al een tijd geleden
heeft uitgezocht – de cadeautjes uitkiezen en accommodatie reserveren voor de gasten van buiten de stad.

Hoewel Justin het de laatste tijd ontzettend druk heeft gehad,
heeft hij beloofd me mee te nemen naar Bloomingdale's om onze
cadeaulijst te registreren, en dat doen we dan in de vorm van een
afspraakje op Valentijnsdag. Hij heeft me gewaarschuwd dat het
niet te laat mag worden, want hij heeft Logan beloofd dat hij
hem mee zal nemen naar zijn eerste 'Gay Valentine's' in een
homobar. Omdat ik de oudere zus ben, heb ik hem vriendelijk

verzocht mij vooral geen details te verstrekken over dit avontuur.

Ik probeer heel enthousiast te blijven over mijn Valentijnsdag, maar aan de ene kant voel ik me vreselijk ellendig – het is fantastisch om 364 dagen per jaar een homoseksuele nepverloofde te hebben, maar op Valentijnsdag is het waardeloos... Het wordt me echt onder mijn neus gewreven dat ik alleen ben. Maar ik probeer me op de bruiloft te concentreren en hier niet over na te denken.

'*Eyes on the prize*,' zeg ik tegen mezelf als ik de kleren klaarleg. 'Cadeaulijst registreren, feestje voor de toekomstige bruid, de bruid zijn.' Maar het wordt elke keer moeilijker.

Toch weet het nadenken over de bruiloft me een beetje op te vrolijken. Hé, ik mag dan alleen zijn, ik ben in ieder geval een aanstaande bruid. Als Justin op de bel drukt ben ik klaar met aankleden en daarom loop ik meteen naar beneden. We besluiten dat een stuk pizza een prima maaltijd is voor Valentijnsdag, want de restaurants rekenen belachelijke prijzen voor benedenmaatse en hartvormige ravioli. Daarna gaan we naar een vrij lege Bloomingdale's, dat op Valentijnsdag om zeven uur is gevuld met nerveus kijkende mannen die op het laatste moment nog een cadeautje kopen voor hun echtgenote of vriendin.

Als we naar boven gaan, naar de huishoudelijke afdeling, denk ik aan Tiffany's... Ik had mijn lijst graag daar willen registreren, maar voor het eerst was mijn moeder het niet met Marion eens en ze zei dat het echt veel beter was om dat bij Bloomingdale's te doen, omdat ze daar een groter assortiment hebben en verschillende prijscategorieën. Hoe graag ik mijn appartement ook had willen vullen met kristal van Tiffany, ze heeft gelijk... Toen mijn vrienden Elizabeth en Anthony trouwden was het goedkoopste op hun lijst een kristallen onderzetter van 250 dollar, wat me de nodige problemen heeft bezorgd.

Daarom lopen we tussen alle uitgestalde borden en glazen door naar de afdeling Bruiloftsregistratie, waar we door een medewerkster van Bloomingdale's, die heel ironisch Tiffany heet, in de computer worden gezet. Als ze onze namen, de trouwdatum en het bezorgadres heeft genoteerd, vertelt ze ons snel hoe we de scanner moeten gebruiken en laat ons dan los in de winkel. Zo'n ding vasthouden geeft een ongelooflijk gevoel van macht! We gaan meteen aan de slag. Martha is zo aardig geweest om een richtlijn te publiceren in haar tijdschrift, dus ik haal hem uit mijn tas en we volgen haar instructies tot op de letter op. Ze beveelt aan te beginnen met porselein, dus beginnen we met porselein. Ik heb al jaren porselein voor anderen gekocht dus heb een aardig idee van wat ik wil. Simpel, elegant, platina randje – dat besluit is zo genomen. Hup, naar de volgende.

We scannen als een stel idioten en zoeken keukengerei uit voor mij en keukengerei voor Justin – we scannen zelfs een paar cadeautjes voor Logan. We kiezen twee sets handdoeken uit; roze Ralph Lauren-handdoeken voor mij en saffierblauwe voor Justin. Mijn hoofd tolt van alles wat we hebben uitgekozen en gescand… Misschien dat de straling van die scan mijn hersens beïnvloedt. Daarna, als ik bijna over mijn eerste vermoeidheid heen ben, zegt Justin dat het tijd is om naar Logan te gaan, en daarmee is mijn Valentijnsdag opeens voorbij.

We nemen een taxi terug naar mijn appartement, maar Justin loopt niet eens mee naar de deur, want een enthousiaste Logan komt de trap al af gerend zodra de taxi voor de stoeprand tot stilstand komt en we wisselen snel van plaats. De taxi rijdt snel weg met twee zwaaiende jongens achter het raam en ik ga in mijn eentje naar boven. Als ik binnen ben, verwissel ik mijn trui voor een oud en vaak gedragen sweatshirt en ik pak de halve liter Ben & Jerry's die ik eerder die dag uit de vriezer heb gehaald. Daarna gaan Tiffany en ik tijdens onze dubbele afspraak met Ben & Jerry naar superromantische films uit de jaren tachtig kijken. Het lijkt verdacht veel op al mijn vorige Valentijnsdagen, maar het gaat wel. Echt waar.

Ik heb werkelijk geen idee waarom alleen zijn op Valentijns-dag dit jaar zoveel moeilijker is dan voorheen. Ik heb me verloofd, nota bene! Over enkele maanden vindt mijn droombruiloft plaats! Dat moet toch genoeg zijn om me door deze wenskaartloze dag heen te slepen, maar in plaats daarvan maakt het dat alleen maar erger. Weer voel ik die harde knoop in mijn maag die me eraan herinnert dat ik een leugen leef en dat het belangrijk is om samen te zijn met iemand van wie je houdt. Alleen een bruid zijn is niet genoeg. Ik haal diep adem en stop een grote, met chocola gevulde hap in mijn mond... Misschien had ik twee halve liters Ben & Jerry's moeten kopen.

44

Het versturen van de uitnodigingen

Ik ben nauwelijks hersteld van Valentijnsdag, als het opeens tijd is om de uitnodigingen te versturen. Gedurende de laatste twee weken heb ik al mijn vrije tijd doorgebracht in mijn appartement en heb de hele tijd uitnodigingen en een *rsvp*-kaart in een prachtige gekalligrafeerde 'binnenenvelop' gestopt om die daarna in een 'buitenenvelop' te stoppen. Het is een hele klus. Geloof me, het is moeilijker dan het klinkt. Nu het einde nabij is, lijkt die knoop in mijn maag bij elke lik en elk 'Love'-postzegel alleen maar te groeien. Zoals Kates met de hand geschreven naam op haar ziekenhuiswiegje haar officieel maakte, maken deze prachtig bedrukte uitnodigingen mijn huwelijk, mijn *ne*phuwelijk, officieel.

Ik moet bekennen dat ik nu inzie dat mijn plan niet zo doordacht is als ik aanvankelijk, nu al maanden geleden, heb gedacht, toen Justin de verlovingsring van mijn Nana in een scone stopte. Ik kijk naar mijn linkerhand met de prachtige verlovingsring en voor het eerst vraag ik me af wat Nana ervan zou vinden als ze wist wat ik aan het doen was. Nee, dat lieg ik… Ik heb daar wel vaker over nagedacht, maar ik wist mezelf altijd weer snel te overtuigen dat mijn Nana, de grootste liefhebber van huwelijken, heel erg blij voor me zou zijn. Nu krijg ik het gevoel dat dat vermoedelijk niet helemaal waar is… Nana was gek op bruiloften omdat ze bovenal van romantiek hield en er was niets romantischer dan een huwelijk. Dat is helemaal waar – tenzij de bruiloft een farce is, zoals de mijne. Maak je geen zorgen... Ik draai niets terug. Ik heb een jurk om voor te sterven, de bloemen worden helemaal te gek en ik heb de laatste tijd ook wat geruchten opgevangen over mijn vrijgezellenfeestje... Het voelt nu alleen zoveel groter dan voorheen.

De kaarten kunnen eindelijk verstuurd worden en ze staan in dozen klaar op de salontafel. Ze jagen me angst aan. Mijn moeder en Marion hebben me opgedragen ze naar het postkantoor te brengen, om ze met de hand te laten afstempelen, maar ik ben bang om alleen te gaan. Justin en Logan zijn er natuurlijk niet. Logan heeft een baantje gevonden als assistent van de artdirector van de Met, en nu hij weer wat geld heeft, gaan hij en Justin elke avond uit. Justin heeft me ervan overtuigd dat dat absoluut geen kwaad kan. Als iemand hem en Logan zou tegenkomen, zouden ze daar niets achter zoeken. De waarheid is dat ik een beetje het gevoel heb dat mijn kleine broertje mijn beste vriend heeft gestolen. Hoewel ik dankbaar ben de rust en stilte waar Tiffany en ik vroeger onder bedolven werden, weer terug te hebben, zou ik op dit moment toch graag wat gezelschap willen hebben.

'Je wilt zeker niet mee naar het postkantoor, hè?' vraag ik aan de witte kat. Ze miauwt beleefd en gaat op haar rug liggen zodat ik haar buikje kan strelen.

Ik pak de telefoon op om Jamie te bellen en besef dat het erg egoïstisch is om haar te vragen haar vier maanden oude dochter alleen te laten om haar dertig jaar oude zus naar het postkantoor te vergezellen. Daarna bel ik Lauren, maar ik vergeet dat zij en Rob dit weekend weg zijn. Dan bel ik Alex, maar zij en Steve zijn de hele dag al aan het proberen om zwanger te worden... Ze vertelt me dit echt en ik word vreselijk jaloers. Uiteindelijk bel ik Brad, wetend dat hij toch niet kan als ik hem al kan bereiken, maar het is allicht een poging waard.

Het verbaast me dat hij opneemt en het verbaast me nog meer

dat hij bereid is met mij naar het postkantoor te gaan. Hij klinkt alsof hij dat zelfs heel leuk vindt. Ik doe de deksels op de dozen en stop ze netjes in een (hopelijk) waterdichte tas, voor de zekerheid, en ga dan de deur uit om naar Brad te gaan.

Brad en ik treffen elkaar bij een Starbucks – niet dé Starbucks – en drinken snel een latte voordat we naar het centrum gaan, naar het open postkantoor. Brad heeft zijn uitnodigingen de week ervoor afgegeven, dus gelukkig weet hij precies waar we naartoe moeten. We kletsen een beetje stompzinnig over de organisatie van onze beide bruiloften, maar het is toch fijn om dit niet alleen te hoeven doen. We liggen zo'n beetje op hetzelfde schema, want zijn grote dag vindt een week later plaats dan de mijne. Het is een beetje raar dat we niet over Claire of Justin praten, maar ik wil niet degene zijn die slapende honden wakker maakt. Dus ondanks het gevoel dat er een enorme roze olifant tussen ons in staat, is het goed om Brad weer in mijn leven te hebben.

We arriveren bij het postkantoor en even verstar ik van angst voordat ik de treden op loop. Dit is het... Dit is echt de laatste kans om me om te draaien en deze vertoning te beëindigen nadat ik de afgelopen acht maanden vreselijk heb staan liegen tegen een paar van de belangrijkste mensen in mijn leven. Ik krijg de neiging om over te geven. Ik beweeg alleen mijn ogen omdat de rest van mij compleet vastzit en kijk naar Brad. Brad kijkt me bezorgd en ook verward aan.

'Gaat het wel goed met je?' vraagt hij.

'Dit maakt het allemaal zo officieel,' weet ik met moeite uit te brengen.

'Ik weet het... Als die baby's eenmaal op de wereld zijn gekomen, begint iedereen van alles en nog wat te regelen,' zegt hij bij wijze van grapje, omdat hij denkt dat ik een grapje maak. Maar zodra ik hem vol afgrijzen aankijk, schakelt hij door naar de volgende versnelling. 'Je hoeft dit niet te doen.'

'Ja, dat moet ik wel... Ze hadden al veel eerder verstuurd moeten worden.'

'Nee, ik bedoel dat jij niet hoeft te trouwen – met Justin,' zegt hij op vriendelijke toon.

Opeens ben ik heel gespannen en alert. Wat probeert hij hier te doen? Er gaat een vlaag van boosheid door me heen. Dat ik geprobeerd heb een eind te maken aan zijn vriendschap met Claire toen ze zich verloofden, is heel iets anders dan wat hij nu probeert te doen, slechts enkele maanden voor de bruiloft, en dan nog wel bij het postkantoor! Het is krankzinnig. Het is vreselijk. Ik sta op het punt te ontploffen.

'Hoe durf je!' schreeuw ik.

Aan de geschokte uitdrukking op zijn gezicht kan ik zien dat hij niet had verwacht dat ik zomaar op straat tegen hem uit zou vallen, vlak voor het gebouw van de United States Postal Service. Dan kijkt hij opeens wat afstandelijker, bijna koud.

'Hoe durf ik wát te doen?' vraagt hij op ijzige toon. 'Hoe durf ik te beweren dat mijn vriendin weet dat ze niets hoeft te doen dat ze niet wíl doen? Hoe durf ik te willen dat jij gelukkig bent?'

'Hoe durf je me mijn huwelijk uit mijn hoofd te praten! Je doet dit alleen maar omdat ik het toen ook bij jou heb geprobeerd.'

Brad kijkt me vol walging aan.

'Je weet dat dat niet zo is. Vergeet het, Molly. Ik ben klaar hier.'

Na die woorden draait hij zich om en laat mij en mijn tas vol uitnodigingen achter op de treden van het postkantoor. Het dringt helemaal niet tot me door hoe afschuwelijk ik was of dat ik er werkelijk helemaal naast zit. Ik draai me op mijn hielen om, net als hij, en loop in de tegengestelde richting de treden op. Ik zal het hem laten zien. Ik doe deze uitnodigingen nu op de post en de bruiloft zal plaatsvinden!

Ik loop het postkantoor in en wacht in de rij, maar mijn hersens maken overuren na mijn woede op Brad en ik heb niet eens in de gaten hoe lang het duurt. Het lijkt slechts een paar seconden later als ik de enveloppen op de toonbank smijt en met lege handen de deur uit loop. Daarna neem ik de metro naar huis… Het lijkt wel of ik niet eens met mijn ogen heb geknipperd.

Ik loop woedend mijn appartement in en ben blij als ik Justin en Logan zie, die naast elkaar televisie zitten te kijken. Ik steek ogenblikkelijk van wal en vertel ze wat een schoft Brad is. Ik vertel alles wat er is gebeurd en omdat ik zo overtuigd ben van mijn gelijk, houd ik me aan de waarheid en probeer het niet te verfraaien. Als alles eruit is, voel ik me een beetje beter – tot ik naar hun gezichten kijk. Ik zie meteen dat ze niet aan mijn kant staan.

'Molly, zo te horen heeft hij niets verkeerds gedaan.' Logan zegt dit met een smekend gezicht. *Don't kill the messenger.*

'Maar hij probeerde me mijn huwelijk uit mijn hoofd te praten!' leg ik uit.

'Nee, dat deed hij niet,' vertelt Justin me. 'Hij vertelde je alleen maar dat je niets hoeft te doen wat je niet wilt doen.'

'Hij was een goede vriend,' voegt Logan eraan toe.

Verdomme. Er zijn twee dingen die ik vreselijk haat: 1) ernaast zitten, en 2) toegeven dat ik ernaast zit. Ik kijk naar Justin en Logan, die als twee ouders naar me knikken. Het is net alsof ze hun kind aanmoedigen dit lesje te leren.

'Barst,' zeg ik, en ze zien dat ik het snap, want Logan overhandigt me de draadloze telefoon en Justin wijst naar mijn slaapkamer. Ik neem de telefoon aan en loop naar mijn kamer, mijn hoofd gebogen. Hoe veel lager kun je een toontje eigenlijk zingen?

Brads mobiele telefoon gaat twee keer over voordat hij opneemt en zegt: 'Je snapt dat je ernaast zat?'

'Ja,' zeg ik pruilend.

'En?'

'Het spijt me.'

'Dat wist ik wel.'

'Het spijt me dat ik je van streek heb gemaakt… We zaten even niet op dezelfde golflengte.'

Ik kan niet geloven hoe volwassen en begripvol hij is, maar ik besluit daar niet moeilijk over te doen.

'Claire is ook zo overgevoelig geweest. Het zal wel iets zijn waar alle bruiden last van hebben,' gaat hij verder.

Mijn maag raakt van streek als ik Claires naam hoor, vooral als ik met haar word vergeleken. Ik moet iets verzinnen om er niet meer zo op te reageren, kennelijk is ze niet meer zo slecht als zes maanden geleden, want naar het schijnt mag Brad nu met me praten en hij mag me ook in het openbaar ontmoeten.

'Dat zal wel,' zeg ik, dankbaar dat alles tussen Brad en mij weer oké is. 'Bedankt voor je begrip,' zeg ik nederig. Wat een opluchting dat hij weer zijn oude, gebruikelijke zelf is. 'Hoe verloopt jullie planning?' vraag ik in een poging om attent te zijn.

Het vergt al mijn energie om blij te reageren als Brad vrolijk over zijn bruiloft kletst. Behalve de pijn die voortkomt uit de wetenschap dat hij met een vreselijk mens trouwt, is er ook de pijn dat het dan misschien slecht is, maar het is wel *echt*. En zo is het. Ik heb moeite met het reële van Brads huwelijk en ik heb minder moeite met de nep van het mijne, maar daar laat ik niets van merken.

45

Een 'afspraakje' met Justin

Het wordt steeds gemakkelijker om te vergeten waarom ik precies met deze onzin ben begonnen... Het wordt echt steeds gemakkelijker. Door al die niet zo leuke kanten aan de organisatie van een bruiloft, kost het me moeite om mijn ogen 'op de prijs' te houden en me te herinneren dat dit mijn kans is om de bruid te spelen en er echt van te genieten. Dat was althans zo, want vanaf deze week is het veel leuker aan het worden en ik word er voortdurend aan herinnerd waarom het de moeite waard is om tegen iedereen die me dierbaar is te liegen. Op de meeste dagen lijkt het echt weer zin te hebben.

Ik heb nog twee maanden te gaan tot de grote dag, en de lijsten van Martha worden korter en de onderdelen ervan veel aangenamer – dit zijn de klusjes waarom ik zo graag bruid wilde zijn. In plaats van lange lijsten gepaard gaand met zware beslissingen zoals het uitkiezen van de bloemist, het cateringbedrijf en de fotograaf, houd ik me nu bezig met veel leukere onderwerpen zoals haarstijl, make-up en schoenen.

Vandaag zijn Justin en ik bij de Capella Salon aan Upper West Side om het over mijn haar en make-up te hebben. Het meisje dat uiteindelijk mijn haar en make-up zal doen, bekent dat wij het eerste paar zijn dat samen komt. Wat ze kennelijk niet weet is dat wij ook het eerste paar zijn waarvan de 'toekomstige echtgenoot' wordt betaald. Maar dat maakt niet uit. De waarheid is dat ik bij deze belangrijke beslissingen echt Justins advies nodig heb.

Ik ben echt heel blij dat hij mee is gegaan en hij lijkt er echt plezier in te hebben, maar Eden, de haarstyliste, kijkt of ze ons wel kan vermoorden. Elke keer als ze een lok van mijn haar optilt, zegt Justin: 'Eh...' en vraagt haar het anders te doen. Misschien heeft ze zich vreselijk aan hem lopen ergeren, maar uiteindelijk ben ik hélemaal weg van het eindresultaat. Daar komt bij dat het prachtig zal passen bij mijn jurk... De arme Eden bleef er bijna in toen ik mijn jurk beschreef waar Justin bij was. Het leek of ik zei: 'Geloof me Eden, ik denk niet dat dit huwelijk me veel geluk zal brengen.'

Als het haar gekapt is, gaat Eden aan de slag met mijn make-up en wederom heeft Justin daar van alles en nog wat over te zeggen, en wederom is dat maar goed ook, want dit is een van de weinige keren in mijn leven dat mijn professioneel aangebrachte make-up me niet het uiterlijk geeft van een hoer. Als alles achter de rug is, pakt Justin zijn camera en neemt uit alle hoeken foto's van me, zodat Eden precies kan zien hoe alles er op de grote dag hoort uit te zien.

We lopen Capella uit en ik voel me een beetje dwaas met mijn ultraformele haar en make-up en mijn spijkerbroek en trui. Justin houdt vol dat het er prachtig uitziet en trakteert me op een etentje om het te bewijzen. Het is leuk om weer eens met zijn tweeën op pad te zijn. We praten over wat dingen van het huwelijk en dan praten we over Logan. In het begin werden we zulke goede vrienden omdat we het gevoel deelden van 'wij tegen de rest van de wereld' en omdat we een enorm geheim hadden waar niemand van op de hoogte was. Toen we Logan op de hoogte brachten en Justin wat meer tijd en energie aan Logan spendeerde om hem te helpen zijn problemen te overwinnen, was ik erg dankbaar, maar ik kreeg ook het gevoel dat ik een beetje werd buitengesloten.

Na het diner besluiten we bij 'ons plekje' langs te gaan. Na al die waanzin van de afgelopen paar maanden (en mijn gêne vanwege al die aandacht die we daar kregen) hebben we daar niet meer zo vaak ontbeten als vroeger. Vanavond is het er niet drukker dan in de ochtend, maar de mensen zien er anders uit. Op de ochtenden in het weekend zit het vol mensen in dure trainingspakken die hun kranten lezen en muffins eten terwijl hun hond geduldig aan hun voeten zit. 's Avonds zijn het mensen in trendy kleren die een kopje espresso drinken om staande te blijven tijdens avondjes vol bezoekjes aan clubs en bars. Er werkt ook ander personeel en niemand realiseert zich dat we de verloofde Starbucks-beroemdheden zijn. We banen ons tussen alle twintigers die zichzelf oppeppen met cafeïne een weg naar onze tafel, waar we gaan zitten met onze cafeïnevrije lattes om samen een gemberkoek te delen. Ik sta erop om alles te betalen. Nu Justin weigert geld van me aan te nemen, voel ik me daar niet prettig bij en daarom wil ik overal waar we naartoe gaan altijd betalen. Dat is niet meer dan eerlijk.

Justin en ik praten opgewonden over alle leuke dingen van onze komende bruiloft. Nu de uitnodigingen verstuurd zijn, hebben we al menig kaartje teruggekregen. Mijn vrijgezellenfeestje vindt over enkele weken plaats en op onze cadeaulijst bij Bloomie's zijn al de nodige artikelen weggestreept. Oké, ik ben degene die de boel bedriegt en die naar weddingchannel.com surft om onze lijst op te vragen en na te kijken wat er al gekocht is. Het is zo opwindend! Hoewel Justin moet lachen als hij hoort dat ik de lijst weer heb nagekeken, verheugt hij zich nu al op de oorlogsbuit die hij straks mee naar huis mag nemen.

We hebben plezier over de kaartjes die we hebben ontvangen en de leuke dingen die zijn vrienden en familie hebben gezegd. Hij heeft besloten de meeste van zijn familieleden en vrienden te vertellen dat de uitnodigingen voor een toneelstuk zijn waar hij een rol in speelt, maar hij heeft ook besloten om een aantal mensen 'de schrik op het lijf te jagen', en het is duidelijk als je de kaartjes leest dat zijn kwade opzet heeft gewerkt. Ik ben benieuwd wat er op de huwelijksdag gaat gebeuren.

Ik geef toe dat het stompzinnig kletsen over al deze details me afleidt van de dingen die me normaal gesproken kwellen. Je weet wat ze zeggen over ledigheid die des duivels oorkussen is? Als ik mezelf de hele tijd bezighoud, is het makkelijker om het vol te houden dan wanneer ik alle tijd heb om na te denken over de dingen die ik verkeerd doe. Dat is vermoedelijk het pluspunt van een bruiloft waar je zoveel voor moet doen. Veel meer dan ik had verwacht toen ik aan deze waanzinnige reis begon.

46

Het lang verwachte feestje
voor de toekomstige bruid

Doordat er zoveel moest gebeuren, heb ik mezelf geestelijk niet voorbereid op hoe het zou zijn om in het absolute middelpunt van de belangstelling te staan. We hebben natuurlijk erg veel werk verricht en het is natuurlijk duidelijk dat ik wanhopig graag een bruid wil zijn, want anders zou ik geen homoseksuele nep-verloofde hebben ingehuurd, maar tijdens al mijn dromen heb ik er niet bij stilgestaan hoe het zou zijn als tweehonderd paar ogen naar me zouden kijken.

Vandaag ben ik een wrak, want er staat een opwarmertje voor de bruiloft op het programma: het vrijgezellenfeestje. Begrijp me niet verkeerd – je hebt geen idee hoezeer ik me op dit feestje ver-heug. Het ervaren van een vrijgezellenfeestje was een van die be-langrijke gebeurtenissen die me tot het besluit hebben gebracht aan deze neptoestand te beginnen – let wel, aan het eind van de dag zou ik de trotse bezitter kunnen zijn van een Franse garde – maar nu de dag eindelijk is aangebroken en ik me aan het voor-bereiden ben, realiseer ik me dat ik het een beetje eng vind.

Mijn moeder is een schat en heeft speciaal voor deze gelegen-heid een nieuwe jurk voor me gekocht. Het is een prachtige he-melsblauwe japon van J. Crew. Het lijfje heeft een heel flatteuze V-hals en om de taille zit een geborduurde band. De rok loopt in een A-lijn omlaag tot net onder mijn knie. Om de een of andere reden is het vandaag ongelooflijk heet in Manhattan, of ik sta gewoon te zweten van de zenuwen, en daarom draai ik een hoge paardenstaart in mijn haar om niet flauw te vallen van de hitte. Justin heeft mijn kleding goedgekeurd, dus ben ik er in ieder geval van verzekerd dat ik er goed uitzie.

Mama en Jamie geven dit feestje in hetzelfde restaurant waar we Jamies babyfeestje hebben gevierd (wat nu een eeuwigheid geleden lijkt). Ik doe erg mijn best om niet een Jamie te zijn en het zeer teleurstellend te vinden dat ze geen andere plek voor me konden vinden. De waarheid is echter dat het restaurant geweldig is en de service super, dus het is echt de perfecte plek. Het grootste verschil tussen Jamies feestje en dat van mij is dat de gastvrouwen vandaag veel rustiger zijn dan ik toen was. Kennelijk hebben ze er allebei aan gedacht om mijn cadeautjes te kopen vóór de feestdag… Uitslovers.

Ze arriveren slechts tien minuten te laat bij mijn appartement, met Kate, en ze zijn allebei kalm, beheerst en zien er fantastisch uit. Hoe mijn zus het voor elkaar heeft gekregen om samen met haar baby op tijd klaar te zijn en er toch aanbiddelijk uit te zien, is een raadsel… Snap je nu wat ik bedoel als ik zeg dat ze een geboren moeder is? Echt, Kates jurkje is zelfs nog leuker dan het mijne, maar ik neem me voor om niet jaloers te zijn op iemand die nog niet eens tanden heeft.

Met zijn drieën gaan we weer naar beneden en we stappen in de Explorer, die mijn moeder dubbel heeft geparkeerd. Kennelijk heeft ze Jamie en Kate opgehaald, want op de achterbank zie ik Kates autozitje. Ik moet stiekem lachen als ik zie hoe Jamie meteen achterin gaat zitten bij haar dochter. Met dezelfde vastberadenheid wilde ze vroeger altijd voorin. Zeker toen ze zwanger was, en ook toen we klein waren. Ze was zelfs zo gedreven dat ze het de avond ervoor al regelde. Volgens mij heeft ze haar zwangerschap gebruikt als een excuus om haar favoriete zetel toebedeeld te krijgen.

We stappen allemaal in en rijden naar de andere kant van de

stad. Het is weekend en het verkeer valt wel mee en daarom arriveren we vijf minuten eerder bij het restaurant dan op de uitnodiging staat. We hebben onze handtassen koud op de grond gezet als tante Belinda en haar dochter Michelle binnenkomen, een van de verschrikkelijkste bruiden aller tijden. Opeens voel ik me erg verlegen. Ik besluit me te concentreren op wat er voor me staat en daarom begroet ik Belinda en Michelle en negeer het feit dat ik vanuit mijn ooghoek kan zien dat de ruimte zich langzaam vult.

Als iedereen gearriveerd is en begroet, ontspan ik me een beetje en begin me echt te amuseren. Het is zo leuk om eindelijk de bruid te zijn! Ik vertel hoe we elkaar hebben ontmoet, ons 'eerste afspraakje', onze verloving... Iedereen wil elk verhaal twee keer horen en gelukkig heb ik daar geen enkele moeite mee. Ze vragen naar de details van de bruiloft en wat onze plannen zijn voor de huwelijksreis (die plannen zijn er natuurlijk niet, maar ik zeg dat hij me wil verrassen). Iedereen neemt plaats voor een heerlijke lunch en dan komt het moment waar we allemaal op hebben gewacht: de cadeautjes!

Verheugd pak ik alle pakjes uit en zie alles waar we speciaal om hebben gevraagd en wat we zelf al bewonderd hebben. Alle gasten roepen beleefd O en A als ik de roze rubberen spatels omhooghoud en de bakplaat van drie lagen voor koekjes. Terwijl ik alles openmaak, gebruikt Jamie alle linten en strikken om daarvan een prachtig tijdelijk boeket te maken, en ik bewaar stiekem het mooiste inpakpapier en alle geschenktasjes.

Ik ben diep ontroerd door de enorme vrijgevigheid. Het voelt vandaag echt alsof ik word terugbetaald voor al die jaren dat het niet mijn beurt was. Ik weet dat ik egoïstisch en oppervlakkig klink, maar tenzij je jezelf al tien jaar ellendig voelt terwijl al je vrienden bedolven worden onder de geschenken, heb je geen idee waar ik het over heb... Als je dat wel weet, snap je precies wat ik bedoel. Het is leuk om nou eens een keer aan de andere kant te staan.

Daarna krijgt iedereen een plak heerlijke chocoladetaart met twee felroze hartjes met Molly in de ene en Justin in de andere. De hele gebeurtenis lijkt niet langer te duren dan dertig minuten. Als de laatste gast vertrekt, kijk ik op mijn horloge en schrik als ik zie dat we drie uur verder zijn. De tijd vliegt inderdaad als je plezier hebt!

47

We gaan aftellen

De tijd blijft razendsnel gaan en voordat ik het in de gaten heb, is het juni. Nog twee schoolweken voor de zomervakantie, en daarom besluit ik me niet druk te maken over de bruiloft tot de vakantie is aangebroken. Ja hoor! Ik maak me niet alleen nerveus in de ochtend, maar ook in de middag en de avond. De kinderen leiden me gelukkig wel een beetje af, maar het is buiten zonnig en warm en werkelijk niemand denkt aan school.

Ongelooflijk hoe snel dit schooljaar voorbij is gevlogen. Ongelooflijk dat de termijn van mijn nepverloving er al bijna op zit. Naast de vanzelfsprekende zenuwen die met het huwelijk te maken hebben, ben ik echt een beetje verdrietig dat mijn verloving bijna voorbij is. Had ik maar voldoende geld gehad om Justin nog wat langer bij me te houden. Zelfs ik besef hoe belachelijk dat klinkt, maar verloofd zijn is zo ontzettend leuk, zelfs al is het meer werk dan ik aanvankelijk had verwacht. Daar komt bij dat er een donkere wolk boven me hangt, die me eraan herinnert dat ik aan het eind van mijn nepbruiloft weer alleen naar huis ga. Wederom zal ik geconfronteerd worden met de leegte van het leven van een alleenstaande.

Mijn dagen worden gevuld met het moeizaam onder controle houden van mijn leerlingen en ze alvast voor te bereiden op het begin van het vierde leerjaar... Geen geringe taak. Maar tot mijn grote verrassing zitten de tien dagen er snel op, en voordat ik er klaar voor ben, worden de schoolboeken ingenomen en is het laatste schooldag. Dat is altijd een bitterzoete dag voor me. Net als elk normaal mens vind ik het heerlijk om te beginnen aan een vakantie van drie maanden, maar het is ook moeilijk voor me om afscheid te nemen van de kinderen waar ik me de afgelopen negen maanden zo aan heb gehecht.

Maar de kinderen vinden het geen probleem om afscheid te nemen. Ze rennen als een stel wilde dieren door de klas, tekenen jaarboeken en eten taart. Dan geef ik ze het eindejaarscadeautje van de derde klas: een uitwisbare pen.

Een pen is het gewenste schrijfinstrument voor groep vier en de uitwisbare pen is een prima opstapje na potloden. Ik vind het altijd heel amusant als ze op hun negende toestemming krijgen om met inkt te schrijven. Het is een enorme stap vooruit. Die dingen zijn altijd heel grappig. Bijvoorbeeld dat je schuinschrift leert en dat je niet kan wachten tot je het onder de knie hebt en dat je nooit meer met blokletters zult schrijven. En bijna elke volwassene die ik ken schrijft alles met blokletters. Het enige waarvoor je schuinschrift gebruikt is om je cheques te ondertekenen en creditcardreçu's en verder niets.

Eindelijk is de dag ten einde en ik kijk mijn leerlingen na als ze de klas uit lopen. In gedachten bereid ik me al voor op een heel andere groep kinderen die in de herfst weer naar binnen zal lopen. Sommige ouders zijn aardig genoeg om de lerares een cadeautje te geven vanwege het eind van het schooljaar. Sommigen weten zelfs dat ik ga trouwen, dus er ligt een aardige berg cadeautjes om mee naar huis te nemen, en mij rest de trieste taak om al mijn versieringen in het klaslokaal van de muur te halen. Om de een of andere reden moeten we alles voor de zomer weghalen, zelfs al hebben we elk jaar hetzelfde lokaal. Ik vind het naar om de kinderen te zien gaan, maar ik probeer mezelf te troosten met wat de komende weken voor me in petto hebben. Yes! Ik ga trouwen... Nou ja, ik heb een bruiloft... Over twee weken!

48

Nog twee weken te gaan

De volgende dag ben ik bij Barney's en pas voor de laatste keer mijn bruidsjurk. Hij is zoveel mooier dan ik me herinner! Mijn moeder, mijn zus en Helen kijken vol ontzag toe. Daarna pakt Helen de tere sluier en zet die met een kleine, parelmoeren kroon vast op mijn hoofd. Ik hoef je niet te vertellen dat mijn moeder en Jamie in tranen uitbarsten. Ik heb te veel aan mijn hoofd om mijn normale en veel te emotionele zelf te zijn.

De lijsten van Martha zijn weer langer geworden, en deze onderdelen zijn veel praktischer en nemen erg veel tijd in beslag. Geloof het of niet, maar ik verlang nu al naar de gemakkelijke dagen waarop ik diskjockeys inhuurde en mensen die video's maken. Tegenwoordig vul ik mijn dagen met het doorgeven van het aantal gasten aan het cateringbedrijf, want elke dag liggen er *rsvp*-kaartjes in de brievenbus. Verder schrijf ik bedankjes voor de vele geschenken die ik al heb mogen ontvangen.

Justin is een echte engel, want laten we wel wezen, zijn taak zit erop. Toen we ons eenmaal hadden verloofd, had ik hem niet zo vaak meer nodig om naar feestjes te gaan, want onze 'liefde' was bewezen. Maar toch is hij bij al dat georganiseer een geweldige vriend en partner gebleven. Stiekem denk ik dat hij het gewoon heel erg leuk vindt, want hij brengt heel veel tijd door in mijn appartement.

Ik kijk nog een laatste keer naar mezelf in de jurk en probeer me voor te stellen hoe het zal zijn om hem op mijn trouwdag aan te trekken. Dat blijkt ontzettend moeilijk te zijn. Als je tenminste niet wilt overgeven. Met Helens hulp stap ik van het kleine podium van de naaister. Ik trek de jurk uit en waak ervoor me niet te prikken aan de spelden die ze erin heeft gestoken. Door al die stress van de laatste paar maanden ben ik een paar kilootjes kwijtgeraakt en daarom moet de jurk ietwat worden ingenomen. Ik laat de jurk achter bij Helen en voeg me bij mijn moeder en zus voor een lunch boven bij Fred's. Ze beweerden dat ze te veel honger hadden om te wachten tot ik me weer omgekleed had en zijn alvast naar boven gegaan om een tafeltje te regelen en een mandje met brood.

Mama en Jamie zitten al aan een tafeltje. De stress van het huwelijk wordt me echt even te veel en daarom hoop ik op een ontspannende lunch zonder gepraat over huwelijksdingen. Maar helaas… Er ligt een 'Huwelijksdagschema' voor hen op tafel en op het plekje waar ik ga zitten, ligt er ook een.

Mijn moeder begint zodra ik ga zitten.

'Welnu, meisjes,' zegt ze, en ik kijk nu al uit naar de dag dat Marion uit haar leven verdwijnt en de 'welnu's' ophouden. 'Marion heeft huwelijksdagschema's geprint voor de bruid, de moeder van de bruid en het bruidsmeisje.'

'Het getrouwde bruidsmeisje,' brengt Jamie haar in herinnering, maar mijn moeder merkt het niet eens… Ze is veel te geconcentreerd.

Mama doet een map open met daarin een berg papier in allerlei kleuren. De eerste pagina is roze en daar staan alle telefoonnummers op: mijn huis, mijn mobiele telefoon, die van mams etc., en, natuurlijk, Marions kantoornummer en mobiele nummer. De volgende pagina is groen en daar staat een gedetailleerd schema van de trouwdag op. Wanneer ik bij Capella zal zijn om mijn haar en make-up te laten doen, wanneer ik arriveer bij het Plaza, het precieze tijdstip waarop ik mijn jurk zal aantrekken, etc. De héle dag is in kaart gebracht. Er gaat een vlaag van verdriet door me heen als ik lees wat Justins schema is, op lavendelkleurig papier, en het schema van de ceremonie, op geel papier, want ik weet dat dat helaas heel anders uit gaat pakken.

Geloof me, dit wordt echt veel en veel moeilijker dan ik me dat ooit had voorgesteld. Ik dacht dat het samenstellen van de leugen het zwaarst zou zijn, maar nu, nu de grote dag met een sneltreinvaart dichterbij komt, realiseer ik me dat er één ding nog veel zwaarder is: 30 juni overleven. Opeens dringt tot me door waar ik mee bezig ben. Je zult misschien denken dat dat een keertje tijd wordt! Ik dacht alleen aan mezelf en hoe ik met de grote dag zou omgaan en dat ik niet ging trouwen... Maar nu ik naar mijn ongekend enthousiaste moeder en zus kijk, besef ik pas hoeveel mensen ik hiermee ga raken. Ik duw mijn bord van me af. Geloof het of niet, maar ik krijg geen hap meer door mijn keel.

Ik zit de maaltijd uit en probeer normaal te doen terwijl mams en Jamie alle huwelijksinformatie doornemen en opgewonden kletsen over de grote dag. Als ik het gevoel heb dat het niet erger kan worden dan dat, zie ik in mijn ooghoek... Claire Reilly. Ze luncht met iemand die volgens mij alleen maar haar huwelijkscoördinator kan zijn, Bliss, als ik tenminste afga op hoe Brad deze psychotische persoon heeft beschreven. Natuurlijk is Claire niet beleefd genoeg om van haar luie reet te komen en ons te begroeten, maar ik weet dat zij weet dat we er zijn. Ik voel dat ze naar ons zit te staren.

Ik sta niet bepaald bekend om mijn volwassen gedrag en daarom zink ik naar haar niveau en negeer haar op dezelfde manier als ze mij negeert. Ik ben alleszins van plan dit vol te houden tot ik van deze pijnlijke lunch ben bevrijd, maar natuurlijk pakt het iets anders uit.

Mijn moeder ziet Claire zitten, en in plaats van haar met koelte te bejegenen, roept ze warm haar naam en wuift naar Claire. Ik voel me twaalf en ben in het winkelcentrum met een hele groep populaire meisjes, en word dan door mijn moeder betrapt... Uiterst vernederend. Mijn vriendelijke en warme moeder staat zowaar op en loopt naar de tafel van het kreng om haar te begroeten. Omdat ik mijn moeder niet alleen naar de ijsprinses wil sturen, spring ik op en loop achter haar aan.

'Hallo, mevrouw Harrigan, dit is mijn huwelijkscoördinator, Bliss Engel,' zegt Claire koeltjes.

'O jee, je huwelijkscoördinator!' roept mijn moeder als een plattelandsmeisje.

'Ja, niet iedere moeder heeft de tijd om het huwelijk van haar dochter te organiseren,' zegt Claire op de haar bekende krengerige toon.

'Dan heb ik geluk gehad,' zeg ik en ik spring bij om mijn moeder te verdedigen. Dat je het weet, maar ik ben echt heel blij om mijn huwelijk te organiseren met mijn eigen lieve mams en niet een of andere huwelijksrobot met een stomme naam.

'Ja hoor,' antwoordt Claire.

We plaatsen de gebruikelijke opmerkingen: dag, leuk je te zien, een genoegen u te ontmoeten, en lopen dan weer terug naar onze tafel, waar Jamie alle stukjes avocado heeft opgegeten van de salade die ik had laten staan. De avocado is mijn favoriet, hoe durft ze?

'Dat arme kind,' is het eerste wat mijn moeder zegt als ze gaat zitten, en gedurende een fractie van een seconde denk ik dat ze het over mij heeft, de arme, avocadoloze Molly, tot ik me realiseer dat ze naar Claires tafel kijkt.

'Wat?' vragen Jamie en ik eensluidend.

'Wat triest dat haar eigen moeder niet de tijd wil nemen om samen met haar dochter dit soort dingen te doen.'

'Haar moeder wil waarschijnlijk niet eens bij haar zijn!' suggereert Jamie, wat volgens mij en vermoedelijk een heleboel derde- en vierdeklassers en misschien ook tweedeklassers, een volstrekt acceptabele verklaring is.

'Of haar moeder is net zo slecht als zij en ze kunnen vast niet

271

samen in dezelfde kamer zijn, want anders vernietigt hun slechtheid de wereld,' suggereer ik en zak daarmee een stap lager dan
Jamie.

'Alsjeblieft, meisjes, het is triest dat ze haar huwelijk moet
organiseren met die Bliss.'

Jamie en ik grommen verslagen. Zie je wat ik bedoel als ik zeg
dat mijn moeder een lieve ziel is? Ze ziet nooit het slechte in
iemand. Dat ze medelijden heeft met Claire Reilly zou dat voor
eens en altijd moeten bewijzen.

We beëindigen onze lunch en verlaten Barney's. Jamie en ik
doen ons best om niet naar Claire te kijken, maar mijn moeder
loopt natuurlijk naar haar toe om haar nog een keer gedag te zeggen en biedt zowaar haar hulp aan, mocht Claire nog iets nodig
hebben. Als mama wegloopt, weet je wat dat kreng dan zegt?

'Ja hoor.'

Aan de ene kant hoop ik dat mijn moeder het hoort zodat ze
eindelijk inziet dat Claire een vreselijk mens is, maar aan de andere kant hoop ik dat natuurlijk niet, want dat zou haar kwetsen
en dat verdient ze niet. Jamie en ik draaien ons slechts om en kijken haar vuil aan tot ze uit ons zicht verdwenen is. Maar of het
haar is opgevallen?

49

Nog een week te gaan

Het eerste onderdeel op Martha's 'Nog-een-week-te-gaan'-check-list is het afronden van de tafelschikking. Dat is de reden waarom Justin en ik de meeste tijd doorbrengen met het plakken van kleine gele Post It-velletjes met daarop de namen van de gasten rondom uitgeknipte kartonnen ronde 'tafels'. Dit klinkt heel simpel, maar dat is het echt niet. Het is net puzzelen.

Eigenlijk is het zelfs moeilijker, want bij een puzzel weet je dat er voor elk stukje een juiste plek is. In deze puzzel heb je acht stukjes die prima in elkaar passen, en dan herinner je je opeens dat het vriendinnetje van stukje nummer vier drie jaar geleden geslapen heeft met het huidige vriendje van stukje nummer twee en dan moet je weer helemaal opnieuw beginnen.

Het verbaast me een beetje dat Martha deze slopende taak tot het laatst heeft bewaard. Dat zal wel zijn omdat je dan pas weet wie er allemaal komen, maar toch... Dit is onmogelijk! En in ons geval is het zelfs nog lastiger, want er is een hele groep mensen die we helemaal apart moeten houden, want stel, god verhoede, dat ze besluiten te blijven voor de receptie om dan in alle openheid hun mening te spuien over het 'toneel-stuk'.

Om deze week nog zwaarder te maken dan hij al is, krijg ik een telefoontje van Brad. Het is woensdagavond, en Justin,

Logan en ik zitten rondom de salontafel en eten enorme sandwiches van de delicatessenwinkel als de telefoon gaat. Ik neem aan dat het mijn moeder is met nog meer raadgevingen over de juiste zitplaats van haar vrienden en familieleden, en daarom pak ik de draadloze telefoon op zonder mijn ogen af te wenden van tafel zes.

Ik ben verbaasd als ik aan het andere eind een mannenstem hoor, het is Brad.

'O, hoi, Brad,' zeg ik op de vriendelijke toon die we sinds onze laatste uitbarsting bij het postkantoor in stand hebben weten te houden.

'Molly,' zegt hij verslagen, 'we moeten praten.'

'Oké, natuurlijk,' zeg ik, me niet realiserend dat er een probleem is. Ik bedek de hoorn met mijn hand en vertel Justin en Logan dat ik zo terug kom en loop dan naar mijn slaapkamer. 'Wat is er aan de hand?' vraag ik, terwijl ik mijn zere rug uitstrek op mijn comfortabele bed.

'Claire vertelde me dat jij en je zus vorige week in Barney's heel onbeschoft tegen haar zijn geweest,' schreeuwt hij bijna beschuldigend door de telefoon.

Wat krijgen we nou?

'Je maakt toch een grapje, hè?' kaats ik verdedigend terug.

'O ja? Nou, jij kennelijk niet. Begrijp je dan niet hoe belangrijk het is om de vrede te bewaren met Claire als je echt bevriend wilt zijn met mij?'

Snap ik dit goed? Ik moet slijmen met Claire zodat ze Brad zal toestaan mijn vriend te zijn? Van zijn leven niet!

'Dat is belachelijk,' antwoord ik en ik voel een boosheid opkomen. 'Als iemand tegen iemand onbeschoft was, was het wel jouw kleine krengerige verloofde die onbeschoft was tegen mijn moeder!'

Misschien was het niet helemaal nodig om er 'krengerig' aan toe te voegen, maar volgens mij klopt het aardig.

'Waar baseer je dat op?' snauwt Brad.

'Ze beledigde mijn moeder door te zeggen dat ze kennelijk niets beters te doen had dan mijn bruiloft te organiseren.'

'Dat is een leugen!'

'Nee, dat is het niet!'

'Ja, dat is het wel, en dat weet ik omdat ik vanochtend met je moeder sprak toen ze me belde om zeker te stellen dat ik aanwezig zou zijn op je repetitiediner en ze zei hoe leuk ze het vond om Claire tegen te komen.'

Waarom is mijn moeder verdomme de liefste vrouw op aarde?

'Mijn moeder is gewoon veel te lief om je te vertellen dat je trouwt met een kreng met twee gezichten,' zeg ik op hooghartige toon.

'Ja hoor. Het is genoeg... Ik kan dit niet meer. Je bent een andere persoon en niet meer iemand die ik aardig vind.'

'Jij bent hier degene die veranderd is, Brad!' schreeuw ik en ik voel de tranen over mijn wangen stromen.

'Geloof maar wat je wilt in je kleine fantasiewereld, Molly. Ik zal aanwezig zijn bij de repetitie en je huwelijk omdat ik je familie niet wil kwetsen. Ze zijn altijd geweldig voor me geweest. Maar wat ons betreft zet ik er een dikke streep onder!'

'Prima!' schreeuw ik.

'Prima!' schreeuwt hij terug en hij smijt de hoorn op de haak.

Omdat mijn telefoon draadloos is, heb ik niets om hem op te smijten en daarom druk ik heel hard op de 'uit'-knop en gooi de telefoon tegen de muur en barst in snikken uit.

Justin en Logan komen meteen naar me toe. Ik vertel hun het hele verhaal en begin met het feit dat ik Claire vorige week in Barney's heb gezien. In tegenstelling tot de laatste keer dat ik hun een verhaal vertelde over die afschuwelijke Bradley Lawson, zijn ze het deze keer volledig met me eens.

'Waarom is het toch helemaal fout gegaan met hem?' vraagt Logan en ik haal ellendig mijn schouders op.

De jongens troosten me, maar de waarheid is dat ik volkomen uitgeput ben. Uitgeput van al die huwelijksdingen, uitgeput van

Brad, gewoon uitgeput van alles. Ik laat me in het hete bubbel-bad glijden dat Justin zo lief voor me heeft gevuld en stap daar-na in bed, terwijl mijn geweldige broer en mijn homoseksuele nepverloofde de taken van me overnemen.

50

Weer een verontschuldiging

Ondanks het feit dat Brads ziel eruit wordt gezogen door een menselijke duivelin, is hij diep in zijn hart nog steeds een goed mens... en een schaduw van de persoon die ik kende en liefhad. En die persoon is altijd heel direct geweest. Wanneer hij ernaast zit, zegt hij het, als hij gelijk heeft, vecht hij daarvoor. Ik ben dan ook ontzettend opgelucht als hij op donderdagmorgen met een verontschuldiging voor mijn deur staat, want dat is zoals het hoort en wat de oude Brad gedaan zou hebben.

Logan en Justin zijn vandaag allebei aan het werk en daarom heb ik het appartement voor mezelf en heb ik ook wat tijd om te proberen me te ontspannen en vooral niet na te denken over al de waanzin van de komende dagen. De dames van *The View* kwijten zich prima van hun taak door me af te leiden met een modeshow van 'strak om je kont'-denim, terwijl ik van een kom Apple Jacks geniet. Als de bel gaat, zakt mijn hart in mijn schoenen, want ik ben ervan overtuigd dat er iemand voor de deur staat die de serene atmosfeer die ik deze ochtend om me heen heb, gaat verstoren.

Ik ben zowel nerveus als verrast als de stem in de intercom die van Brad blijkt te zijn die me vraagt of hij boven mag komen. Tijdens de paar seconden die hij ervoor nodig heeft om de trap op te lopen, ruim ik een klein beetje op – maar het is nog steeds een overvolle kamer. Dat is in een klein appartement met drie bewoners natuurlijk onvermijdelijk.

'Hoi, Mol,' zegt hij als ik de deur opendoe. 'We moeten praten.'

Mijn eerste gedachte is een verdedigende – wat heb ik nou weer gedaan om hem van streek te maken? Maar dan zie ik hoe verdrietig hij is en ik nodig hem uit om binnen te komen en bied hem dan een kop koffie aan, wat hij vriendelijk afslaat.

'Wat is er?' vraag ik als we op mijn bank zitten. We zitten naast elkaar, maar omdat we ieder een been onder ons opgetrokken hebben, zitten we schuin genoeg om elkaar aan te kunnen kijken.

'Het spijt me dat ik je laatst zo heb aangevallen.'

Ik kan er niets aan doen en glimlach – dit is de goede oude Brad. Hij weet dat hij fout zat en hij geeft het toe en verontschuldigt zich.

'We staan nu allemaal onder enorm veel druk,' zeg ik en bied hem een simpele uitweg.

'Dat zal het wel zijn.'

Het lijkt erop dat hij alles heeft gezegd wat hij wilde zeggen, maar toch is hij nog steeds verdrietig en een beetje afstandelijk en afgeleid.

'Is er nog iets?' dring ik zachtjes aan.

Hij aarzelt even. 'Ik mis je echt heel erg, Molly... Onze relatie is de afgelopen maanden als een rit in de achtbaan geweest en ik kan het niet zo goed aan. Ik vind het vreselijk om je niet in mijn leven te hebben.'

Golven van opluchting spoelen over me heen... Zo voel ik me nou ook.

'Ik ook! Ik heb me zo ellendig gevoeld.'

Ik kijk diep in zijn sprankelende blauwe ogen die nu niet meer zo lijken te sprankelen, en ik zie dat hij in de mijne kijkt. Als ik een heel klef mens was, zou ik je vertellen dat onze zielen zich op dit moment met elkaar verbinden. Maar ik voel echt iets, het lijkt wel een trance.

'Ik wil je in mijn leven hebben. Ik heb je nodig,' fluister ik bijna en we kijken elkaar nog steeds aan.

Ik heb steeds geprobeerd te ontkennen dat mijn leven zonder Brad waardeloos is, maar de waarheid is dat ik hem écht nodig heb en dat ik me erg verslagen voelde toen ik dacht dat hij me niet meer nodig had en niet meer wilde. Brad spreidt zijn armen en ik buig me naar hem toe en kruip ertussen. Het heeft me altijd verbijsterd dat we als twee puzzelstukjes in elkaar lijken te passen... het lijkt wel of het altijd de bedoeling is geweest dat we elkaars beste vrienden zouden worden.

'Ik ook,' antwoordt hij net zo fluisterend.

Als ik me losmaak, kijk ik in zijn ogen, en er is iets veranderd. Ik voel iets tintelen... Een overweldigend gevoel dat er iets staat te gebeuren. De manier waarop we elkaar aankijken, beneemt me de adem. Ik buig me naar hem toe en doe langzaam mijn ogen dicht. Voordat ik ze weer open doe, voel ik zijn lippen op de mijne. Ze zijn warm en zacht, en ik kan het niet helpen, maar ik denk dat het heel ironisch is dat onze lippen ook zo perfect als puzzelstukjes in elkaar passen.

Dan dringt het opeens tot me door... Onze lippen die als puzzelstukjes in elkaar passen! En volgens mij dringt het ook tot hem door, want we maken ons met een ruk van elkaar los en staren naar elkaar met grote ogen. Dan grijpen we elkaar weer vast en kussen elkaar opnieuw, maar deze keer harder en dieper. Het is een geweldig gevoel, maar dan herinner ik me dat het de lippen van Brad Lawson zijn die mijn hele lichaam doen tintelen. En weer maken we ons met een ruk van elkaar los.

'Hoe durf je!' zegt Brad beschuldigend, zijn stem vol afgrijzen.

Hoe durf ik wat? Ik ben hier degene die wordt gekust.

'Jij hebt *mij* gekust!' antwoord ik ter verdediging.

'Waarom heb je dat gedaan?' vraagt hij vol paniek.

'Ik heb helemaal niets gedaan!'

'Verdomme, Molly! Ik dacht dat we vrienden konden zijn, maar dat kan dus niet,' zegt hij en hij springt van de bank en probeert zo ver mogelijk bij me uit de buurt te komen en struikelt daarbij over alles wat sinds de komst van Justin en Logan aan mijn appartement is toegevoegd.

Nog steeds helemaal verward probeer ik me voor de geest te halen wat er is gebeurd, want misschien begrijp ik het dan. De verwarring wordt echter alleen maar groter.

'Ik moet hier weg!' schreeuwt Brad, terwijl hij zich onhandig een weg baant naar de deur.

Ik ga staan, maar voordat ik iets kan zeggen, is hij de deur al uit en rent door de gang. Halverwege draait hij zich opeens om en rent letterlijk terug naar mij. Hij drukt zijn lippen wederom op de mijne en komt niet eens binnen. Weer delen we een geweldige maar verwarrende kus. Als we ons van elkaar losmaken, zie ik dat de sprankeling in zijn ogen weer terug is.

'Waarom blijf ik dat nou doen?' roept hij uit. 'Ik moet hier weg!'

Weer rent hij door de gang, maar deze keer komt hij niet terug. Als ik hem niet meer kan zien, doe ik de deur dicht en zak met mijn rug ertegen op de grond. En daar zit ik dan, mijn hand tegen mijn lippen, helemaal de kluts kwijt... Wat gebeurde hier nou net? Het vreemde is dat het net zo aanvoelde als onze beroemde kus tijdens het eerste jaar van de universiteit... Toen liet ik hem ook wegrennen.

51

De repetitie

Helaas (of wellicht gelukkig maar) heb ik niet veel tijd om na te denken over Brad of zijn bezoekje of zijn kus (oké, kussen), want de dag voor de bruiloft is erg druk als je alles wilt doen wat op Martha's lijst staat. Het is zelfs een nog drukkere dag als je ook iets moet bedenken voor als je straks in je eentje voor het altaar staat, en daar komen wat acteerlessen bij om de hoek kijken. Het is nagenoeg onmogelijk om al deze dingen af te wikkelen als je helemaal verlamd bent van angst.

Wat staat er op Martha's lijst? Elke leverancier bellen en de afspraken nogmaals bevestigen, een manicure en pedicure (ik weet dat dat heerlijk is, maar het kost tijd en moeite), de repetitie, het repetitiediner, alles in orde maken voor de volgende dag… Het is echt heel veel. Maar met de hulp van Justin en Logan krijgen we het allemaal wel voor elkaar, denk ik. Het is grappig als je bedenkt dat ze in het begin nogal onzeker waren over mijn plan en dat ik toen erg positief was en er helemaal voor wilde gaan. Nu het eindelijk zover is, zijn zij ontspannen en klaar voor de 'show' zoals Justin het blijft noemen (volgens mij begint hij echt te geloven dat dit een toneelstuk is), en ben ik een wrak.

Terwijl ik op de bank zit met mijn knieën tegen mijn borst getrokken en heen en weer wieg, bevestigen zij telefonisch alle afspraken. Gelukkig word ik zo beziggehouden door alle huwelijksdetails dat ik heb helemaal geen tijd heb om in de stress te raken over Brad. Ik probeer het positief te bekijken.

Alle leveranciers zijn er klaar voor… Ik weet alleen niet zeker of dat een zegen of een vloek is. Als de telefoontjes zijn gepleegd, vouwen de jongens me weer voorzichtig open en nemen me mee om mijn nagels te laten doen. Het ziet er natuurlijk niet uit: twee homo's die een paranoïde meisje flankeren dat met haar voeten in een badje zit. Ze denken waarschijnlijk dat we uit een of ander gesticht zijn ontsnapt. Laten we wel wezen, de gedachte dat ik opgenomen moet worden, is zo gek nog niet. Maar als we de nagelsalon weer uit lopen, moet ik toegeven dat wij de zestig mooiste teen- en vingernagels hebben van de hele stad. En de zeer ontspannen behandeling door de manicure heeft mijn zenuwen een beetje gekalmeerd – en daar komt bij dat mijn nagels er prachtig uitzien. Mijn vingers hebben een perfecte French Manicure… Ze zei dat dat bij bruiden heel populair is. Met mijn teennagels heb ik iets leuks gedaan. Ze zijn zachtroze gelakt met kleine witte bloemetjes die bij de bloemen in mijn boeket passen. Omdat ik een lange jurk draag, zal bijna niemand ze zien, maar ik weet dat ze er zijn en ik moet toegeven dat ze me echt een beetje opvrolijken.

Maar zodra we thuiskomen en ik een berichtje van mijn moeder aantref op het antwoordapparaat met nog een 'last minute'-lijst, vliegen mijn schouders meteen weer omhoog naar mijn oren. Logan belt haar terug en legt uit dat ik er op het moment een beetje doorheen zit. Mama krijgt natuurlijk meteen de zenuwen, maar Logan weet haar weer te kalmeren.

Daarna helpen de jongens me met mijn kleren voor het repetitiediner. Het repetitiediner voor mijn huwelijk – een van de vele gebeurtenissen in het leven die me niet waren gegund omdat ik het enige meisje op deze hele aarde was zonder zielsverwant. Nu mijn diner er eindelijk aan komt, heb ik het gevoel dat ze me die ellende eigenlijk hadden willen besparen.

Ik functioneer nauwelijks en daarom behandelen Justin en Logan mij als hun persoonlijke barbiepop en kleden me keurig aan in een magnifieke gebroken witte jurk die we met zijn drieën enkele weken geleden hebben uitgezocht. Ik probeer yoga en doe de ontspannende ademhalingsoefeningen die Justin me heeft geleerd, en het werkt een beetje... Genoeg om zelf mijn goudkleurige sandalen aan mijn voeten vol blaren te trekken – dankzij Martha's instructie om de bruidsschoenen thuis in te lopen. Ik weet alleen niet zeker of haar methode om ze in te lopen ook het onophoudelijke geijsbeer van de laatste tijd omvat.

We gaan weg en arriveren slechts vijftien minuten te laat in het Plaza, heel indrukwekkend, in overweging nemend dat een van ons (ik) verzorgd moest worden als een kind. Jamie en Bryan, met een echt kind, zijn pas enkele minuten vóór ons gearriveerd. Natuurlijk waren mijn moeder en Marion helemaal hysterisch dat we er niet om klokslag zes uur waren. Nou ja, eigenlijk mogen ze blij zijn dat ik het überhaupt heb gehaald.

Marion leidt iedereen snel de ruimte in waar de ceremonie zal plaatsvinden en begint ons meteen in wel honderd verschillende richtingen te sturen – ze lijkt wel een in pastel gehulde drilsergeant. Ze start de repetitie als iedereen op de plek staat waar hij tijdens de ceremonie ook moet staan. Justin en ik staan vooraan en in het midden en kijken elkaar aan. Jamie staat aan mijn kant en Logan staat aan Justins kant. Als Marion er eenmaal van overtuigd is dat iedereen zich zijn plek over vierentwintig uur nog zal herinneren, oefenen we het naar buiten lopen. Nu ik aan Justins arm over het middenpad naar buiten loop, wordt het me opeens wel heel erg duidelijk dat ik dit morgen alleen moet doen. Mijn ellende neemt toe. Nadat wij naar buiten zijn gelopen, volgen Jamie en Logan en dan mijn vader en mijn moeder – heel simpel. Pa is er niet bij, want er wordt op dit moment een wedstrijd vertoond in de bar waar hij belangstelling voor heeft, en omdat hij Jamies bruiloft ook niet in het honderd heeft laten lopen, kan hij de mijne ook aan. Zijn afwezigheid doet me niet zoveel, want de waarheid is dat we dit allemaal niet hoeven te repeteren want het gaat toch niet gebeuren.

Marion laat ons de hele loopprocedure twee keer overdoen en is dan pas tevreden. Als het gezelschap weer naar huis mag, nemen Marion en mama me mee naar boven, naar de kamer waar ik me ga klaarmaken voor de grote dag. Als we bij de kamer arriveren, zie ik tot mijn verrassing dat de kamer dubbele deuren heeft... Ik dacht dat alleen suites die hadden. Ik weet zeker dat we geen suite hebben en schrijf het maar toe aan de klasse van het Plaza, tot Marion de deur opendoet naar een kamer, kamers zelfs (meervoud), die groter zijn dan mijn appartement... Het is niet alleen maar een kamer, het ís een suite. Mijn adem stokt weer in mijn keel. De kamer is fantastisch. Hij is niet alleen enorm, hij is... groots. 'Groots' is de enige manier om het te beschrijven.

Er vormt zich meteen een knoop in mijn maag. Het reserveren van een gewone kamer in het Plaza was al een enorme uitspatting, gezien het schijntje dat overbleef van mijn huwelijksfonds, maar het hoort gewoon bij die dag. Ik bedoel, wat is er nou geweldig aan je opdoffen voor je huwelijk in je eigen appartement? En wat zou ik daarna doen? Met mijn jurk in een taxi stappen? Het was het geld meer dan waard om me op te tutten in het hotel waar mijn nepbruiloft plaats gaat vinden. Nu raak ik echter in paniek omdat er wellicht een miscommunicatie is met Marion en ik deze suite moet betalen, en dat past echt niet binnen mijn budget.

Ik kijk naar mijn moeder, die me stralend aankijkt, en ik voel me rot omdat ik haar moet teleurstellen met de informatie dat we het ons niet kunnen veroorloven om de ochtend door te brengen in deze fantastische kamer. Vraag me niet waarom ik me uitgerekend hier schuldig over voel en dat de rest van de nepbruiloft oké is. Net als ik dit wil vertellen, hoor ik de stem van mijn vader achter me.

'Verrassing, baby! Wat vind je ervan?'

Het duurt even voordat het tot me doordringt, maar eindelijk kan ik de stralende glimlach van mijn moeder combineren met de woorden van mijn vader. Deze suite is hun geschenk aan mij, voor mijn trouwdag. Ik draai me met een ruk om en vlieg hem om de nek. 'O, papa! Het is prachtig. Het is geweldig!' roep ik uit, terwijl ik begin te huilen en mijn armen ook om mijn moeder heen sla.

Het is echt de perfecte kamer om de perfecte jurk voor de perfecte bruiloft aan te trekken... Mijn vreugdetranen veranderen in spijtig gesnik als ik me bedenk dat morgen niet perfect zal eindigen. Het mag dan eindigen volgens mijn plan, maar dat is allesbehalve het einde van een sprookje. Mama en papa en Marion realiseren zich niet dat mijn gesnik meer omvat dan geluk en opwinding, en daarom vervolgen mama en Marion vrolijk de tour door 'onze suite', zoals ze het noemen.

De suite heeft een eetkamer met een tafel die groot genoeg is om hier met zijn zevenen (ik, mama, papa, Jamie, Kate, Bryan en Logan) een ontbijt te nuttigen. Daarna begeef ik me naar de grote kleedruimte in de enorme badkamer, die een massagebad heeft, om daar mijn haar en make-up te laten doen. Nog een verrassing: de mensen van Capella komen naar mij toe. De suite heeft ook een comfortabele zitkamer met een grote televisie en kijkt uit op Central Park. Ik kan hier ontspannen, en als ik dat wil, kan ik mijn vrienden hier naartoe halen. De laatste kamer is een enorme slaapkamer met een extra groot bed, en daar verrast mijn moeder me nog een keer. Justin en ik gaan in deze kamer de nacht doorbrengen! Ik ga overgeven – dat kan niet anders. De emotionele kosten voor mijn ouders zijn al erg genoeg, maar nu gaat het ook nog eens om hun geld. Ik word ziek van mijn misleiding.

Natuurlijk krijg ik niet de tijd om naar de badkamer te gaan om het niet bestaande voedsel uit mijn getraumatiseerde maag te kotsen, want mama en Marion nemen me snel mee naar buiten, net zo snel als ze me mee naar binnen hebben genomen. Het is tijd voor het repetitiediner. God, wat hechten deze vrouwen toch overdreven veel belang aan hun schema's.

52

Het repetitiediner

We haasten ons naar een aparte ruimte bij een van de leukere restaurants van het hotel, waar Justin en Logan zich al zitten op te warmen aan de bar. Justin komt meteen naar me toe, zoals het een goede verloofde betaamt, en ik vertel hem dolblij – nou ja, ik doe mijn best – over onze fantastische bruidssuite. Ik raak onder de indruk van zijn acteertalent, want hij produceert een reactie voor mams en paps die de perfecte hoeveelheid opwinding omvat voor een man die aan de vooravond van zijn huwelijk staat. Maar als we alleen zijn, vraagt hij of ik het allemaal nog wel aankan. Gaat wel, is het meest positieve antwoord dat ik hem kan geven.

Langzaam arriveren onze, oké, míjn beste vrienden en gasten van buiten de stad voor het diner en ik zet een vrolijk gezicht op om iedereen te begroeten. Tegenover oude familievrienden en familieleden doe ik net alsof er niets aan de hand is. Ik houd dat zelfs vol als Lauren en Alex krijsend van opwinding naar me toe rennen. Pas als Brad binnenkomt, wordt mijn zelfbeheersing op de proef gesteld. Weer.

Claire hangt aan zijn arm en ik zie meteen dat ze in een van haar 'buien' is. Als ik 'buien' zeg, denk ik er in mijn hoofd de aanhalingstekens bij, want Brad noemt het 'buien'. Ik ben er gewoon van overtuigd dat het haar persoonlijkheid is. Ik hoef niet

287

te vermelden dat Brad en ik elkaar sinds de kus en zijn werkelijk krankzinnige vertrek niet meer gesproken hebben.

Ze lopen beleefd naar me toe zodra ze binnenkomen, maar er is iets raars gaande. Brad is in gedachten verzonken en lijkt verward, en hij vermijdt me aan te kijken. Als hij hallo zegt, kijkt hij naar zijn voeten. Als hij dag zegt, kijkt hij naar de andere kant van de zaal. Vanwege het feit dat ik morgen trouw en hij acht dagen later, en natuurlijk de logische conclusie dat zijn toekomstige vrouw en ik het nooit met elkaar zullen kunnen vinden, voelt hij zich totaal niet meer op zijn gemak bij me. Hij is beleefd, maar het bekende gevoel en de warmte zijn weg. Hij wil wel dat het er is, maar hij weet niet hoe hij het er moet krijgen. Natuurlijk is het er nooit geweest met Claire en daarom schrik ik deze keer niet zo erg als ze me als volgt begroet: 'Zo, dus je gaat echt trouwen in het Plaza. Wat mij betrof, was het eerst zien en dan geloven.'

Mijn mond valt open en ik staar haar een seconde aan voordat ik mijn blik verplaats naar Brad, die alleen maar een beetje stom lacht, alsof dit erg grappig is, en naar zijn schoenen staart. Is hij blind? Is hij doof? Denkt hij echt dat ik nog steeds lieg over de wreedheid van Claire? Ik heb hier vanavond echt de kracht niet voor en daarom draai ik me om en loop weg. Terwijl ik naar de andere kant van de zaal loop, hoor ik Claire een of andere hooghartige opmerking maken en ik merk dat Brad daar niet op reageert. Het breekt mijn hart dat zo'n geweldige man straks de gelofte aflegt dat hij de rest van zijn leven bij dat secreet wil blijven.

Behalve dat gedoe met Brad en Claire is het repetitiediner een groot succes. Net als het feestje is het een goede voorbereiding op de grote dag. Dat de volgende dag een van de naarste dagen van mijn leven zal zijn in plaats van een van de gelukkigste, zet ik gemakshalve maar even van me af en ik geniet zoveel mogelijk van deze avond.

Ik ben nog steeds een emotioneel wrak, maar dat is niet zo nieuw voor me. Ik huil als mijn vader op ons toost en ik huil als mijn moeder op ons toost. Ik huil als Justin en ik opstaan en met mama, papa, Jamie en Logan toosten. Ik huil zoveel dat er een kans bestaat dat ik straks in een bootje weg kan roeien van deze afschuwelijke situatie die ik zelf heb gecreëerd, en dat op een rivier van mijn eigen tranen. Nou, over melodramatisch gesproken!

Maar afgezien van mezelf is de stemming vanavond heel feestelijk. Ik neem de tijd om om me heen te kijken en zie dat iedereen, behalve Brad en Claire natuurlijk, zich prima amuseert. Geheel conform de Harrigans, vloeit de wijn rijkelijk en is er meer dan genoeg te eten. Ik zet alles op alles om mezelf aan de bar te beheersen, hoewel ik me er bewust van ben dat dronken worden zo gek nog niet is. Maar ik moet mijn hoofd erbij houden en mijn energie sparen, want ik heb vanavond nog een heleboel te doen, en morgen is zonder een kater al vreselijk genoeg. Na deze repetitie gaan Justin en ik onze eigen repetitie houden… We moeten repeteren wat er morgen écht gaat gebeuren.

53

De échte repetitie

Na nog eens twee uur gegeten en getoost te hebben, waar ik zelfs onder de meest perfecte omstandigheden al problemen mee zou hebben, zijn Justin, Logan en ik eindelijk thuis. We zijn allemaal uitgeput, maar we weten hoeveel werk er nog ligt te wachten. We lopen het appartement in en Justin zet meteen een pot koffie, terwijl ik Tiffany wat kliekjes zalm voer die ik vanuit het Plaza voor haar heb meegenomen.

We schenken een beker koffie in en nemen plaats rondom de salontafel om de dingen op een rij te zetten. De ochtend – voor mij althans – zal grotendeels verlopen zoals Marion dat heeft gepland. Ik arriveer op tijd bij het Plaza met Logan, en dan nuttigen we samen met de familie het ontbijt in de prachtige suite. Daarna ga ik me optutten en aankleden en ik zorg dat ik op tijd beneden ben voor de ceremonie. Justins ochtend zal er echter geheel anders uitzien.

Justin zal namelijk vrij zijn... Zodra hij vanavond mijn appartement verlaat, komt onze overeenkomst tot een eind en staat hij niet langer onder contract. Het is een vreemde gedachte dat hij hier niet meer hoeft rond te hangen, want volgens mij doet hij dat juist heel graag. Hoewel we in het begin en tijdens het verloop hebben afgesproken altijd vrienden te blijven, snappen we allemaal dat Justin even van het toneel moet verdwijnen tot dit huwelijksfiasco is overgewaaid en mijn gebroken hart een beetje is geheeld.

Als we de hoofdlijnen van ons plan op orde hebben, wordt het tijd voor het lastige gedeelte. Ik moet leren acteren... Ik moet leren geschokt en verbijsterd te zijn als Justin me op onze trouwdag in mijn eentje voor het altaar laat staan. Aanvankelijk hadden we gedacht dat hij er misschien bij kon zijn op de trouwdag om te melden dat hij erachter is gekomen dat hij homo is en dat hij dit huwelijk niet kan doorzetten, maar ik ben van gedachten veranderd en wil dat hij helemaal niet komt opdagen. De ceremonie is al moeilijk genoeg voor me, en ik wil niet dat Justin door mijn familie en vrienden als de schoft wordt gezien, want dat is hij namelijk niet. Natuurlijk zal zijn kant van de familie zich afvragen waarom hij hen heeft uitgenodigd voor een toneelstuk waar hij zelf niet in meespeelt, maar we denken allebei dat ze vermoedelijk gewoon opstappen als de 'ceremonie' niet plaatsvindt en dat het mijn familie en vrienden zullen zijn die me opvrolijken.

'Oké,' begint Justin, 'je staat daar aan het eind van het middenpad en er klinkt ongetwijfeld wat geroezemoes omdat ik niet ben komen opdagen. Je moet nu verward doen.'

'Ja, verward,' herhaal ik en schrijf het op. *Stap één: verward* in een klein notitieboekje. 'Zoals dit: "Wat bedoel je? Is hij te laat?"'

'Ja! Dat is perfect,' zegt Justin.

'Logan, nu ben jij aan de beurt.' Justin knipt met zijn vingers om Logans aandacht te trekken. 'Jij bent degene die Molly en Larry moet vertellen dat ik niet kom.'

'Oké, wat moet ik zeggen?'

Het verhaal is simpel. Justin kan niet met me trouwen omdat hij zich gerealiseerd heeft dat hij niet wil samenwonen met een vrouw. Zoals altijd blijven we zo dicht mogelijk bij de waarheid. Justin produceert een klein briefje waarin hij zijn afwezigheid uitlegt. Logan 'vindt' dat briefje (hij vindt het in zijn jaszak, maar dat hoeft niemand te weten) en geeft het aan mij.

Het briefje is kort en eenvoudig. Hij schrijft: *'Molly, het spijt me dat ik hier niet mee door kan gaan. Gedurende het afgelopen jaar heb ik me gerealiseerd dat ik homoseksueel ben. Ik hou van je, maar ik kan niet met je trouwen. Justin.'* En dat is de absolute waarheid… Wat er niet in staat, is het feit dat ik hem heb ingehuurd omdat ik degene was die zogenaamd met hem wilde trouwen.

'Molly,' Justin wendt zich tot mij, 'als Logan je dat briefje heeft gegeven, lees je het heel langzaam, twee of drie keer, alsof je er niets van begrijpt. Daarna kijk je naar je vader en je geeft het briefje aan hem.'

'Weet je dat wel zeker?' roept Logan. 'Stel dat paps erachter komt dat het nep is?'

'Hoe zou hij daar achter moeten komen?' vraag ik.

Logan ziet in dat ik gelijk heb en we gaan door.

'Oké,' vervolgt Justin, 'nadat je vader naar dat briefje heeft gekeken, reageer je geschokt en gekwetst.'

'Moet ik huilen?'

'Daar kun je mee beginnen,' adviseert hij. 'Je moet echt doen alsof dit allemaal nieuw voor je is… Het is echt een enorme schok voor je.'

'Oké, zoals "Papa, ik begrijp het niet"?'

'Ja! Precies!'

'Hoe lang hou ik dat vol?'

'Een tijdje, en het is oké als je heel erg van streek bent.'

'Oké, dus ik ben verward, geschokt, gekwetst…. Daarna zet ik weer mijn sterke gezicht op, nietwaar?' vraag ik, terwijl ik het 'sterke gezicht' laat zien waar Justin en ik al een paar dagen op geoefend hebben. Mijn onderlip hoort te trillen, maar mijn kin steekt omhoog en mijn ogen zijn vochtig, maar er rollen geen tranen.

'Dat is het helemaal.'

Met zijn drieën lopen we het plan nog een paar keer door, totdat we er helemaal tevreden over zijn. Justin neemt de rol van mijn vader voor zijn rekening. Daarna gaan we door met wat vermoedelijk het zwaarste moment van de hele dag gaat worden als ik me tot mijn gasten richt. Justin was zo lief om deze week mijn monoloog, zoals hij het noemt, te schrijven omdat ik het zo druk had met al die laatste dingetjes voor de bruiloft. De monoloog is het moment waarop ik echt kracht nodig heb.

Het plan is dat ik achter in de ruimte even tot mezelf kom. Daarna loop ik naar voren en vertel aan onze gasten dat het huwelijk niet zal plaatsvinden. Ik zal zeggen dat ik niet helemaal weet wat er met Justin of met 'ons' is gebeurd, want zoals Justin meerdere malen heeft benadrukt, het is cruciaal mijn geschokt- heid en verrassing vol te houden. Daarna zet ik mijn sterkste sterke gezicht op en nodig de gasten uit me gezelschap te hou- den tijdens de receptie waar mijn familie en ik zoveel tijd in heb- ben gestoken. Als ik goed door deze monoloog heen kom, kan ik redelijk zeker zijn van mijn succes.

Ik repeteer het een paar keer met Justin, en Logan levert kri- tiek. Eindelijk zijn ze tevreden en de koffie is op en dat betekent dat ons werk erop zit. Justin verzamelt zijn laatste spulletjes… Hij heeft de afgelopen twee weken steeds iets mee naar huis ge- nomen. Als hij alles bij elkaar heeft, maakt hij aanstalten richting de deur.

'Weet je zeker dat je niet nog een laatste nacht wilt blijven?' vraag ik, en hoop dat hij dat zal doen omdat ik het vreselijk vind om hem te zien gaan.

'Het brengt ongeluk als de bruidegom de bruid ziet op de dag van het huwelijk,' brengt hij me speels in herinnering.

Ik kijk op mijn horloge, het is bijna twee uur… Het is nu al de dag van het huwelijk. Ik laat hem dit zien en breng hem in herinnering dat het huwelijk hoe dan ook verdoemd is.

'Nee, ik moet gaan. Stel dat je familie je morgenochtend vroeg wil verrassen?'

Ik weet dat hij gelijk heeft. Zoiets zouden mijn ouders best eens kunnen doen, maar het voelt nog steeds erg naar om hem midden in de nacht de deur uit te zien glippen.

Maar voordat Justin mijn appartement voorgoed verlaat, slaat hij nog een keer zijn armen om me heen, en daarna om Logan, en daarna weer om mij. Niemand zegt iets. Het is allemaal al gezegd of we weten het al. Logan en ik omhelzen elkaar als we Justin door de gang zien lopen.

'Ik bel je morgen stiekem op en dan vertel ik je wel hoe het allemaal is gegaan!' roep ik hem zachtjes na, net voordat hij de trap bereikt.

'Daar reken ik op,' zegt hij en loopt de trap af.

We doen de deur dicht en ik huil even in Logans armen voordat ik hem vraag wat ik heb gedaan. Hij belooft me dat het allemaal goed zal komen, maar dat helpt maar een heel klein beetje.

'Hé, wat zeg je zelf altijd in dit soort situaties? *Eyes on the prize?*'

Ik knik vermoeid. Mijn zicht is troebel van de uitputting en de tranen... Ik denk niet dat ik de 'prijs' op dit moment kan zien, zeg ik tegen hem.

'Dit is de finish, Molly... Kijk goed om je heen en bedenk dan dat je droom morgen uitkomt.'

Ik kijk om me heen naar al die prachtige cadeaus die zijn binnengestroomd. Nu ik erop terugkijk, lijkt het wel erg belachelijk om dit allemaal te doorstaan voor cadeautjes en aandacht. Ik weet dat ik wilde ervaren hoe het was om de bruid te zijn, en ik moet toegeven dat een paar dingen echt fantastisch waren. Nu echter word ik geconfronteerd met het feit dat een bruiloft zonder bruidegom nauwelijks een ervaring te noemen is.

Ik ben uitgeput. Uitgeput van al het organiseren, maar nog meer van de leugens en de heimelijkheid. Deels ben ik opgelucht dat het morgen allemaal voorbij zal zijn. Logan en ik gaan naar bed, maar de slaap wil niet komen. Ik lig te woelen en te draaien en ben één bonk zenuwen, tot ik tegen de dageraad in slaap doezel. Even later, het voelt alsof er pas een paar minuten zijn verstreken, schudt Logan me zachtjes wakker en zegt dat het tijd is om op te staan.

'Good Golly Miss Molly, het is je trouwdag.'

54

De lang verwachte trouwdag

Ik ben zo moe dat ik me ziek voel als Logan me zachtjes wakker schudt en probeert mijn ogen open te krijgen. Als ik weer bij bewustzijn ben, realiseer ik me een fractie van een seconde later wat voor dag het vandaag is en dan schiet ik met een ruk overeind. Daarna duw ik hem snel opzij en ren naar de badkamer om over te geven. Wat een geweldige start.

Ik dank god voor mijn broer. Hij is een heilige. Hij staat achter me en houdt mijn haar uit mijn gezicht en verzekert me dat dit een geweldige dag gaat worden... Precies zoals ik dat heb gepland. Zei ik niet dat hij het liefste kind is dat ooit is geboren? Als mijn maag leeg is, laat hij het bad vollopen en brengt me zelfs een 7-Up, waar ik zittend in het bubbelbad af en toe een slokje van neem.

Ik moet toegeven dat het bad, de limonade en een marathonsessie ontspannende ademhalingsoefeningen mijn zenuwen en ellendige gevoel vervangen door een klein beetje opwinding. Het ís vandaag mijn trouwdag, de enige die ik ooit zal hebben, en daarom is het tijd om mijn ogen op de prijs te houden, zoals Logan me dat gisteravond in herinnering bracht, en er nu maar eens mee te beginnen.

Ik haal mijn exemplaar van Marions schema voor de grote dag tevoorschijn en controleer nog even dat ik verondersteld word om halftien bij het Plaza te arriveren om samen met mijn familie te ontbijten. Het is nu kwart voor negen, dus ik heb niet veel tijd meer om me aan te kleden en met Logan naar het hotel te gaan. Ik slaag erin mezelf aan te kleden en controleer drie keer mijn tassen om er zeker van te zijn dat ik alles wat ik nodig heb bij me heb, als de voordeurbel gaat.

Voordat ik kan bedenken wie er op dit uur op mijn trouwdag aanbelt, stormen mama en Jamie al vol enthousiasme mijn kamer in. Zei Justin gisteravond niet dat mijn familie me best wel eens zou kunnen verrassen? Wat ben ik die man toch veel verschuldigd. En óf ze een verrassing voor me hebben: er staat beneden een limousine te wachten om ons allemaal naar het Plaza te brengen, zodat de dag kan beginnen. Er gaat een vlaag van opwinding door me heen terwijl ik mijn tassen pak en achter hen aan loop naar de deur, waar Logan met een brede grijns staat te wachten. Logan en ik verzekeren elkaar dat we alles bij ons hebben wat we nodig hebben, voordat we Tiffany een supergroot ontbijt geven en een volle bak met brokjes en dan de deur uit lopen.

Voor mijn appartement staat een glanzend witte verlengde limousine. Logan opent het portier en ik steek mijn hoofd naar binnen en zie een kilometer verderop papa, Bryan en Kate zitten. Ik klim erin en omhels ze alle drie voordat ik samen met mijn jongere broer alle knoppen, schakelaars en toetsen in de auto ga uitproberen. We spelen de hele weg naar het hotel, zetten muziek aan en uit, doen de ramen en de schuifdaken (inderdaad, het zijn er twee) open en dicht, en beginnen zowat iedereen op de zenuwen te werken.

Onze groep bereikt het Plaza zonder dat papa dreigend roept dat de auto weer om mag keren, want dat roept hij normaal gesproken altijd als we zo zitten te klieren. Laten we wel wezen, zelfs papa speelde met een paar knopjes. De stemming van deze familie is te goed om te verpesten en het werkt aanstekelijk. Marion staat in de hal van het hotel op ons te wachten in wat volgens mij haar vrijetijdskleding is – een geperste kakibroek en een frisse blouse met knoopjes aan de voorkant, die ze in de broek heeft gestopt. Ze ziet er anders uit als ze niet in haar pastelkleurige krachtkleding is gehuld, bijna moederlijk. Maar ze zou zichzelf waarschijnlijk aan haar enorme ring spietsen als ze mij dit over haar zou horen zeggen.

Marion brengt ons naar onze suite, waar het ontbijt al staat te wachten. De tranen komen zodra ik dat ontbijt zie. Behalve mijn favoriete Eggs Benedict en warme chocolademelk, staat er ook een bord op tafel met pompoenscones van Starbucks. Ik denk even aan Justin en aan wat er deze middag gaat gebeuren, maar Logan knijpt even in mijn schouders en ik ben meteen weer terug in de realiteit. We vallen allemaal aan op het feest dat op ons wacht, zoals dat voor een Harrigan gebruikelijk is, en we stoppen pas als er geen kruimeltje eten meer op tafel ligt. Daarna draperen we onze lichamen over de vele banken, pluchen stoelen en, natuurlijk, het extra grote bed, en proberen een voedselcoma af te weren. Dat ik mijn hele familie om me heen heb, maakt me erg gelukkig... Het zijn deze momenten die me het gevoel geven dat mijn hele plan de moeite waard is.

Nadat we het meeste verteerd hebben en weer wat energie krijgen, worden de jongens naar hun kamer gestuurd (geen suite) om zich klaar te maken voor het feest. Omdat ze lang niet zoveel uren nodig hebben als wij meisjes, gaan ze volgens mij een partijtje golfen of naar de film. Voor dat soort spelletjes hebben de meisjes geen tijd. Zodra de overblijfselen van het ontbijt uit de suite zijn verwijderd, meldt Eden zich met een koffer vol make-up en spullen voor mijn haar.

Jamie is Kate aan het voeden en mijn moeder neemt nog wat laatste details door met Marion, en daarom ben ik de eerste die zich naar de 'kapruimte' mag begeven, zoals Marion het noemt. Ik probeer me te ontspannen en ervan te genieten terwijl Eden haar spullen klaarlegt en aan mijn haar trekt, er krullen in draait en er lak op spuit. Terwijl ze bezig is denk ik terug aan de dag dat zij aan mijn haar werkte en Justin de supervisie had. Tijdens al deze krankzinnige maanden zijn er ook een heleboel leuke momenten geweest.

Voordat ik het in de gaten heb, zijn mijn haar en gezicht perfecte replica's van de foto's die Justin enkele weken geleden heeft genomen. Alles ziet er precies zo uit als in mijn dromen, en terwijl Jamie mijn plaats in de kapruimte inneemt, word ik naar de comfortabele bank gedirigeerd die voor het raam staat dat uitzicht biedt over Central Park. Terwijl ik daar alleen zit, nou ja, Kate is bij me, maar ze doet een tukje, staar ik door het raam naar de mensen in het park die een gewone zaterdag hebben, terwijl ik de mooiste dag van mijn leven beleef. Het is een vreemd gevoel... Alsof ik vandaag geen deel uitmaak van de rest van de wereld. Als een stalker staar ik naar de gezinnen met kinderen en de paartjes die elkaars hand vasthouden... Om de een of andere reden ga ik er helemaal in op.

Mijn trance wordt verbroken als Jamie terugkeert uit Edens klauwen en gebaart dat mijn moeder de volgende is. Jamie ziet er geweldig uit... Ik sta nog steeds versteld over wat het moederschap voor haar heeft gedaan. Ze was altijd al mooi, maar sinds ze de moeder van Kate is, zijn haar Jan Brady-neigingen aanzienlijk afgenomen. Ze draagt haar lange haar laag in een losse chignon. Het ziet er werkelijk beeldschoon uit.

'Heb je iets ouds, iets nieuws, iets blauws en iets dat je hebt geleend?' vraag ze, terwijl ze even glimlacht naar haar slapende dochter.

Gadverdamme, door al die lijsten van Martha en de bevelen van Marion heeft niemand me op die oude traditie geattendeerd.

'Eens kijken... Mijn jurk is nieuw en er zit een blauwe strik op mijn kousenband...' Mijn stem vervaagt terwijl ik om me heen kijk naar iets ouds dat ik kan lenen.

'Je verlovingsring is oud,' brengt Jamie me in herinnering.

Ik voel even een steek als ik naar mijn hand kijk waar de ring van Nana schittert. Dat ik deze ring een jaar heb mogen dragen, is pas echt een geschenk. Maar ik kan niet naar die ring kijken zonder me af te vragen wat Nana ervan zou vinden als ze wist wat ik aan het doen was. Nana was een enorme romanticus. Ze was gek op bruiloften vanwege de romantiek – niet de bloemen, jurken en taarten, maar wat ze symboliseerden. Het is me nu pijnlijk duidelijk dat ze nooit haar goedkeuring zou verlenen aan mijn geweldige plan, en elke keer als ik naar haar ring kijk – de ring die mijn grootvader speciaal heeft laten maken voor zijn ware liefde – moet ik dat erkennen.

'Dus dan moet je alleen nog iets lenen,' vervolgt Jamie, terwijl ze naar me toe loopt. Ze gaat voor me staan en steekt haar hand uit. 'Ik wil je de diamanten oorbellen lenen die ik van mama en papa als huwelijkscadeau heb gekregen,' zegt ze en opent haar palm om de flonkerende knopjes te laten zien.

'Echt waar?' vraag ik.

'Ik zou het als je enige bruidsmeisje een enorme eer vinden,' zegt ze en giechelt.

Ik sta op en we omhelzen elkaar stevig, zo stevig als mogelijk is zonder ons haar en onze make-up te verprutsen. We knipperen ook als waanzinnigen met onze ogen zodat de tranen niet over onze wangen stromen.

Als mama klaar is bij Eden – en er echt subliem uitziet – gaan we verder met de rest. Het is raar, maar de tijd is omgevlogen. Rond het middaguur brengt de roomservice kleine sandwiches, waar we voorzichtig op knabbelen om onze make-up niet te bederven. We hebben eventjes de tijd om ons te ontspannen, maar dan komt Belinda langs, de zus van mijn moeder. Ze wil ons het beste wensen en brengt twee dozijn rozen voor me mee met lange stelen. Kort daarna komen Alex, Lauren en Maggie naar boven met een bord met mijn favoriete Chocolate Chip Break-And-Bake Cookies.

Het is veel te snel tijd om onze jurken aan te trekken, wat tevens betekent dat de moeilijke gedeelten dichterbij komen. Met zijn drieën trekken we de nog steeds slapende en zes maanden oude Kate het bloemenmeisjesjurkje aan. De jurk heeft dezelfde hortensiablauwe kleur als de sjerp op Jamies witte bruidsmeisjes-jurk... De jurk die volgens Justin perfect was toen we samen met Iris lang geleden onze bloemen uitkozen (godzijdank voor het Internet).

Kate ziet er werkelijk schattig uit in haar blauwe jurkje met de witte strik om haar bolle buikje en nog een witte strik om haar kale hoofd. Dan kleden mijn moeder en Jamie zich om. Dank-zij een bezoekje aan de zonnebank en wat blonde lokken in haar zandkleurige haar, ziet Jamie er in haar witte jurk schitterend uit. Ze ziet eruit alsof ze de laatste zes maanden op een strand heeft lopen joggen en niet alsof ze voor een baby heeft gezorgd. Mama ziet er ook geweldig uit in haar prachtige moeder-van-de-bruid mantelpakje. Het is gemaakt van champagnekleurige zijde met een prachtig jasje met kralen erop en een knielange rok. Einde-lijk zijn ze klaar en ik ben de enige die zijn gewone kleren nog aan heeft.

Het is geen simpele taak om mij in mijn jurk te krijgen. Nadat ik heel zorgvuldig mijn topje over mijn heupen heen omlaag heb getrokken, dien ik in mijn speciale, op een korset lijkende beha te worden gehaakt. Het klinkt ongemakkelijker dan het is... Eigenlijk is het de eerste strapless beha die nog niet omlaag is ge-gleden en ik zie eruit alsof ik over een prachtig decolleté beschik. Als de onderkleding op zijn plaats zit, stap ik in de jurk en doe mijn best om stil te blijven staan terwijl mama en Jamie de knoopjes vastmaken op de rug. Als ik de jurk aanheb, kijk ik even snel in de spiegel... Hij ziet er net zo mooi uit als ik me dat herinner. Tot slot glijden mijn voeten in mijn witte, satijnen san-dalen en worden mijn kleine kroontje en sluier op mijn hoofd gespeld. Tijd voor de show, zou Justin zeggen.

Net als we klaar zijn, gaat de telefoon. Het is papa, die zegt dat het tijd is om naar beneden te komen. Mama en Jamie lopen met Kate naar de deur en verwachten dat ik hen volg.

'Ik wil even een moment voor mezelf,' zeg ik.

'Oké, weet je zeker dat je alleen wilt zijn?' vraagt mama.

'Ja, het gaat prima – ik wil alleen even een moment voor mezelf. Ik zie jullie beneden wel.'

Ze stemmen in en lopen via de grote dubbele deuren naar buiten en laten mij alleen achter in de suite.

Ik sta voor de kamerhoge driedelige spiegel en ben bijna verlamd. Ik kan niet geloven dat ik dat ben in dat witte satijn en die tule. Het voelt aan als een verkleedpartijtje. Dat is eigenlijk ook wel zo... en ik kan het gevoel niet van me afzetten dat de echte bruid zo meteen naar binnen stormt en laat zien wat voor bedrieger ik ben.

Zo voel ik me als er op de deur wordt geklopt. Ik maak een luchtsprong en ben bang dat mijn neurotische angst terecht blijkt te zijn. Ik reageer niet op het geklop en bid in stilte dat de persoon die daar staat weg zal gaan, maar in plaats daarvan gaat de deur open. Zonder mijn voeten te bewegen draai ik me om en zet me schrap voor de toorn die over me uitgestort zal worden. Maar in plaats van een bruid op het oorlogspad, staat Brad aan de rechterkant van de dubbele deuren van de suite. Ik zou minder verbaasd zijn geweest als daar een psychotische Bridezilla had gestaan.

'Brad?' vraag ik. Wellicht is er een kans dat mijn ogen me bedriegen.

'Molly, ik moet me je praten,' zegt Brad op dringende toon.

'Nu?'

'Ik kan niet wachten.' Hij loopt snel naar binnen en blijft dan even staan. 'Je ziet er prachtig uit.'

Opeens herinner ik me waar ik ben en wat voor dag dit is. Ik draai me weer om naar de spiegel en bekijk het lichaam in de witte jurk van top tot teen. Als mijn ogen me weer aankijken, zie ik in de weerspiegeling de ogen van Brad.

'Dank je,' zeg ik en onze ogen wenden zich niet af.

'Ik moet met je praten,' herhaalt Brad.

'Oké,' zeg ik tegen hem en negeer het feit dat ik elk moment mijn eigen nepbruiloft moet opvoeren.

'Je kunt hier niet mee doorgaan,' zegt Brad als vanzelfsprekend.

'Wat?' vraag ik zwakjes, als de dood dat Brad lucht heeft gekregen van mijn krankzinnige plan.

'Je kunt niet met Justin trouwen,' stelt Brad, en hij klinkt deze keer enigszins wanhopig.

Hij is niet op de hoogte van het plan. Hij denkt dat ik slechts enkele momenten verwijderd ben van de gelukkigste dag van mijn leven, en hij probeert me tegen te houden. Mijn hoofd tolt ervan. Hoe durft hij?

'Hoe durf je?' zeg ik hardop.

'Molly…' begint Brad, maar ik kap hem af.

'Ik kan niet geloven dat je probeert mijn geluk te verpesten!' zeg ik steeds luider.

'Ik hou van je,' zegt Brad met zijn normale stem. 'Ik ben verliefd op je,' zegt hij een beetje zachter.

Maar ik hoor hem niet. Ik ben zo geëmotioneerd en boos dat ik mezelf alleen maar 'Eruit!' hoor schreeuwen.

Brad doet zijn mond open en wil iets zeggen. Misschien om te protesteren, maar voordat hij een woord kan zeggen, schreeuw ik: 'Nú!' Dat doe ik zo luid dat mijn gasten beneden het waarschijnlijk kunnen horen.

Brad kijkt naar zijn schoenen en draait zich om en loopt de suite uit. Hij zegt niets meer en kijkt ook niet achterom. Het lijkt een eeuwigheid te duren voordat ik de deur in het slot hoor vallen en pas dan blaas ik mijn ingehouden adem uit… Ik had me niet eens gerealiseerd dat ik mijn adem inhield. Ik richt mijn volledige aandacht weer op de spiegel. Mijn gezicht is zo rood als een tomaat.

Er gaat een vlaag van woede door me heen. Het is niet te geloven, maar Brad heeft weer geprobeerd mijn bruiloft te verpesten. Al die keren dat hij het daarvoor had geprobeerd, waren al erg genoeg, maar om het op de dag zelf te proberen, slechts enkele minuten voor de ceremonie! Wat een lef heeft die jongen!

Ik kijk weer in de spiegel en haal diep adem. Ik moet even tot mezelf komen. Ik kan dit niet door hem laten bederven. Ik heb te veel energie in deze dag gestoken, ik heb te veel opgeofferd. Het vergt werkelijk al mijn kracht om me hierdoor niet uit het lood te laten slaan. Ik tril van woede en probeer diep en ontspannend te ademen. Dat je het weet: het werkt niet.

Eyes on the prize, breng ik mezelf in herinnering. Dit is het dan... De finish... De laatste grens. Vandaag is de dag waar ik van heb gedroomd en waar ik voor heb gewerkt. Het is typisch Brad om deze dag voor mij te willen verknoeien, maar dat sta ik niet toe. Al mijn nervositeit wordt vervangen door deze boosheid en ik pak die boosheid met beide handen aan en gebruik hem om mijn zelfvertrouwen een oppepper te geven. Ik ben klaar voor de show, zou Justin zeggen. Laten we maar beginnen.

55

Het grote moment

Vandaag is het mijn trouwdag... Het zou de gelukkigste dag van mijn leven moeten zijn. Het zou de dag moeten zijn waarop al mijn dromen eindelijk gerealiseerd zijn en ik aan boord stap van de liefdesboot naar het eiland van geluk en vreugde, het eiland waar al die anderen al wonen. De waarheid steekt echter heel anders in elkaar. In plaats daarvan is deze dag veel erger dan ik me ooit had kunnen voorstellen. Ik sta in een suite in het Plaza Hotel en kosten noch moeite zijn gespaard op jacht naar huwelijkse perfectie. Ik draag mijn droom – een witte (eindelijk!) – strapless bruidsjapon van Vera Wang. Mijn droomhuwelijk vindt over enkele minuten plaats en eindelijk dringt het tot me door wat ik heb gedaan.

Klinkt het je bekend in de oren?

Ik kijk nog een keer in de spiegel, nog steeds bezig om tot mezelf te komen en te kalmeren, en dan kijk ik om me heen naar de prachtige suite en herinner me elke seconde die ik hier heb doorgebracht – vanaf gisteren toen mijn ouders me verrasten, tot vandaag. Mijn hele familie is ongelooflijk vrijgevig geweest en heeft al het mogelijke gedaan voor dit huwelijk, en ik heb schaamteloos tegen hen gelogen. Mijn egoïsme is gigantisch geweest. Terwijl ik daar sta, klaar om de rol te spelen die ik gisteravond heb ingestudeerd, walg ik eindelijk van mezelf omdat ik dit plan in elkaar heb gewrocht en uitgevoerd. Begrijp me niet verkeerd… Ik erken dat ik vele gelukkige momenten heb gehad en ik durf zelfs zo ver te gaan dat ik ook mijn familie het nodige plezier heb gegund tijdens de organisatie van deze bruiloft. Maar als het neerkomt op de koude, harde waarheid, heb ik het volledig verprutst.

Mijn hersens maken nog steeds overuren als er zachtjes op de deur wordt geklopt. Ik maak weer een luchtsprong en mijn zelfvertrouwen hapert bij de gedachte dat het Brad kan zijn. Weer gaat er een vlaag van woede door me heen voordat ik roep dat de persoon die buiten staat, binnen mag komen. Het is Ashley, Marions assistente. Met haar koptelefoon en haar klembord lijkt ze vandaag meer op een lid van de geheime dienst dan op een huwelijkscoördinator.

'Molly? Ben je er klaar voor?' vraagt ze vriendelijk.

'Beter dan dit is onmogelijk,' beken ik en ik loop naar de deur.

De wandeling naar beneden, naar de plek van de plechtigheid, is onwerkelijk, en dat is nog zachtjes uitgedrukt. Terwijl ik door de gangen van het hotel loop, blijven de mensen staan en kijken naar me en ze fluisteren tegen elkaar of wensen me geluk. Een klein meisje trekt zelfs aan de rok van haar moeder terwijl ze vol ontzag naar me wijst. Ze denken allemaal te weten wat de dag voor mij in petto heeft… Ze vergissen zich.

Eindelijk arriveer ik in de ruimte waar mijn vader staat te wachten om me door het middenpad te begeleiden. Ik gluur even naar binnen en zie tot mijn verrassing dat de zaal aan beide kanten even vol zit. Voor in de zaal staat een prachtige boog van roze, blauwe en witte hortensia's… Het is adembenemend. Logan staat eronder te wachten met de dominee. Vanaf hier kan ik zien dat hij nerveus is. Mama zit op de voorste rij en Jamie staat op het punt om Kate over het middenpad te duwen in een prachtig versierde kinderwagen. Ik omhels haar even voordat ik haar over het pad zie lopen op de muziek van 'Canon in D'.

Daarna draai ik me om en kijk naar papa. In mijn hoofd loop ik alles nog een laatste keer na. Hij lijkt niet in de gaten te hebben dat er iets niet in orde is.

Maar zodra de 'Wedding March' begint en mijn vader me zijn arm aanbiedt, komt Marion haastig naar ons toe gerend. Eindelijk heeft iemand in de gaten dat de bruidegom er nog niet is! Hoewel ze een van haar mooiste Chanel-pakjes draagt, ziet ze er onverzorgd uit. Omdat ze de koptelefoon van haar hoofd heeft getrokken, zit haar haar in de war en er lopen zweetdruppels over haar voorhoofd. Het verfomfaaide uiterlijk siert haar niet. Terwijl ze met gierende remmen voor ons tot staan komt, hapt ze naar lucht en probeert weer tot zichzelf te komen. Marion wacht een fractie van een seconde, doet dan haar mond open, steekt een vinger in de lucht, draait zich om en sist in haar koptelefoon: 'Stop de muziek!' Ze draait zich weer om naar ons en haalt nog een keer diep adem.

'Welnu, Molly,' zegt ze, nooit een kans voorbij laten gaand om er een 'welnu' tussen te proppen, 'we hebben een klein probleempje. We kunnen Justin niet vinden.'

Ik moet bijna giechelen om de wijze waarop ze Justins afwezigheid onder woorden brengt, maar ik concentreer me en herinner me wat ik nu hoor te doen. Stap één: verwarring.

'Wat bedoel je?' vraag ik haar met wat paniek in mijn stem. Eerlijk gezegd hoef ik die paniek niet te veinzen, want ik ben echt een beetje ongerust.

'We weten zeker dat hij hier ergens is... Rustig maar, liefje, dit gebeurt zo vaak. Een bruidegom gaat altijd even een luchtje scheppen of een slokje water drinken voordat de plechtigheid begint, en heeft dan geen idee van de tijd. Ontspan je, we gaan zo snel mogelijk naar hem op zoek.' Ze schenkt me een vriendelijke glimlach voordat ze in haar koptelefoon sist: 'Ashley! Zoek de bruidegom! Nú!' Daarna draait ze zich nog een keer glimlachend naar ons om en loopt weg.

Ik draai me om en kijk verward naar mijn vader, die zo te zien helemaal de kluts kwijt is. O, mijn god, ik haat mezelf omdat ik mijn familie dit aandoe.

'Het is al goed, papa – over een minuut of wat beginnen we.' Mijn vader haalt diep adem en kijkt me aan met ogen vol spijt. 'Molly, ik wil je niet in paniek brengen, maar bereid je op het ergste voor.' Papa wacht en haalt diep adem. 'Ik heb Justin de hele dag nog niet gezien.'

'Wat bedoel je? Weet je dat zeker?' vraag ik en ben ervan onder de indruk hoe verward ik klink.

'Laten we gewoon maar even afwachten… Ik weet zeker dat Marion en Ashley hem zullen vinden.' Papa probeert me gerust te stellen.

Dat ik mijn vader dit aandoe… Ik voel me afschuwelijk. Ik probeer de blik van Logan op te vangen om met de show te beginnen, maar dat kan ik niet omdat hij verwarde blikken uitwisselt met Jamie en mama.

Na een halfuur, zo voelt het althans, en misschien is dat ook wel zo, wordt Logan gerekruteerd door Marion en Ashley om hen te helpen met de zoektocht. Daarom weet ik dat het briefje elk moment tevoorschijn kan komen. Eindelijk komen ze met zijn drieën naar mij en papa toe.

'Molly,' begint Marion, terwijl Ashley achter haar staat en net zo beteuterd kijkt als Logan, 'naar het schijnt heeft je bruidegom verkozen zich vandaag niet bij je te voegen.'

Even ben ik onder de indruk van de vriendelijke en zachte wijze waarop Marion net heeft gezegd: *Hij heeft je laten barsten op je huwelijksdag, kind.* Maar voordat ik me kan beheersen of herinneren wat stap twee ook alweer is, beginnen de tranen te stromen. Ik wist dat hij niet zou komen opdagen, ik wist dat ik vandaag niet zou trouwen, maar nu het eindelijk zover is, weet ik niet wat me overkomt.

'Hij heeft een briefje achtergelaten bij de receptie,' zegt Logan en hij haalt het briefje uit zijn jaszak waar hij het de avond ervoor keurig in heeft gestopt. Hij vouwt het open en geeft het aan mij.

Geheel conform plan lees ik het langzaam – drie keer – voordat ik het met een verward en gekwetst gezicht aan mijn vader geef.

Papa leest de brief, verfrommelt hem en gooit hem op de grond. Zijn gezicht wordt vuurrood. Logan en ik kijken elkaar nerveus aan... Opeens heb ik geen idee wat ik nu moet doen, en daarom snik ik maar. Papa houdt me stevig vast terwijl ik jammer, en als ik moet hikken maak ik me niet eens zorgen over mijn prachtige kapsel of perfecte make-up.

Gelukkig weet Logan wel wat er gedaan moet worden en hij zegt zachtjes: 'Zou iemand het niet aan de gasten moeten vertellen?'

Juist! De gasten... 'Ik vertel het ze wel,' zeg ik moedig en verman me en zet mijn sterke gezicht op.

'Nee, Molly, dat hoef je niet te doen,' zegt papa.

'Het is al goed,' zeg ik. 'Dat hoor ik te doen. Ze zijn hier voor mij.'

'Ik ben bij je, Molly,' zegt Logan, en hij pakt mijn hand.

Terwijl papa, Marion en Ashley ons nakijken en alle genodigden ons aanstaren, lopen mijn broer en ik in stilte over het middenpad naar voren. Als we de plek bereiken waar pastor Roberts staat te wachten, draai ik me om en haal diep adem voordat ik aan mijn ingestudeerde monoloog begin.

'Ik weet niet zeker wat er met Justin of met ons is gebeurd, maar we gaan vandaag niet trouwen,' zeg ik, en een klein snikje ontsnapt. Ik doe mijn ogen even dicht en haal weer diep adem voordat ik mijn mond open doe om door te gaan. Maar dat kan ik niet, want achter in de zaal roept mijn vader: 'Het is oké! Hij is er! Hij moet van gedachten zijn veranderd!'

Wat? Nou snap ik er echt niets meer van. Waar heeft mijn vader het over en wat doet Justin hier? Ik kijk met samengeknepen ogen over het middenpad naar achteren en ik zie dat er iemand aan komt rennen, naar alle waarschijnlijkheid is het Justin. Ik kijk naar Logan en hij kijkt net zo gealarmeerd als ik.

Op het moment dat Justin de zaal in loopt, staat mijn moeder op en krijst: 'Alles is in orde! Justin wil met je trouwen!'

Ik hoor vier stemmen 'Néé!' roepen en het enige waar ik zeker van ben, is dat een van die stemmen de mijne is. Ik overzie de zaal... De tweede stem was ongetwijfeld die van Justin, en de derde geloof ik Logan. Ik kijk de zaal in en zie nog iemand staan. De vierde stem. Brad.

'Nee?' herhaalt mijn moeder. Nu is het haar beurt om verward te zijn.

'Justin kan niet met me trouwen – hij is homo!' flap ik eruit en ik hoor iedereen naar lucht happen, maar ik blijf naar Brad kijken. Zijn bezoekje aan mijn bruidssuite komt langzaam weer bovendrijven.

'Molly heeft gelijk,' legt Justin uit aan de gasten die allemaal met grote ogen zitten te kijken. Maar ik luister niet naar hem, ik kijk recht in de ogen van Bradley Lawson, en iets is veranderd.

Ik denk even terug aan de wijze waarop Brad naar me keek toen hij de kamer in liep en zei dat ik er prachtig uitzag. Dat was toch het woord dat hij gebruikte, nietwaar? Prachtig.

Ik hoor dat Justin uitlegt waarom hij is gekomen. 'Ik ben hier vandaag omdat ik verliefd ben op Logan en ik wil niet dat hij uit mijn leven verdwijnt.'

Weer hapt iedereen naar lucht en iedereen, ook Brad en ik, kijkt naar Logan, wiens ogen zich vullen met tranen.

'Ik hou van Molly, ik hou van je familie, maar ik ben verliefd op jou,' zegt Justin tegen mijn broer.

'Ik hou ook van jou,' fluistert Logan tegen Justin voordat hij zich in zijn armen stort. De halve zaal (de helft die denkt dat ze naar een toneelstuk zit te kijken) begint te juichen, bij de andere helft nemen de verbazing en de verwarring alleen maar toe.

Mijn mond vormt zich tot een glimlach, maar voordat ik echt blij kan zijn voor hen, kijk ik weer even naar Brad. Tijdens al dat gedoe met Justin en Logan is hij voortdurend naar me blijven kijken. Ik herinner me nu de smeekbede in zijn stem toen hij me vertelde dat ik niet met Justin kon trouwen.

'Waarom zei je nee?' schreeuw ik naar Brad, zodat hij me

boven de juichende helft uit kan horen. Maar mijn geschreeuw trekt alle aandacht en weer valt er een afwachtende stilte en weer zijn alle ogen op mij gericht.

'Ik moest het proberen,' zegt Brad.

Opeens loopt mijn hoofd over. Die rare middag in mijn appartement en de bijna elektrische kus die Brad en ik op mijn bank deelden – en in mijn deuropening. Dan dringt de rest van zijn eerdere bezoekje vandaag eindelijk tot me door. Brad zei dat hij van me hield... Hij zei dat hij verliefd op me was. Kan dat kloppen? Ik herinner het me vast niet goed...

'Ik kon je niet laten gaan zonder het te proberen,' gaat hij verder.

Hé? Echt waar? Is het waar?

'Wat?' is alles wat ik uit kan brengen.

'Omdat ik van je hou.'

En dan gebeurt er iets heel raars. Wanneer Brad zegt dat hij van me houdt, voelt het opeens heel erg goed, en de reden waarom het zo goed aanvoelt, is omdat ik ook van hem houd. Dat ik me dat nooit eerder heb gerealiseerd! Opeens snap ik heel goed wat er twee dagen geleden in mijn appartement is gebeurd... We passen echt heel goed bij elkaar en dat is maar om één reden -- we horen samen te zijn. Eindelijk vallen me de schellen van de ogen.

'Ik hou ook van jou,' zeg ik en het is het natuurlijkste en simpelste wat ik ooit heb gezegd.

De hele zaal begint te applaudisseren en er wordt gefloten en geschreeuwd terwijl Brad en ik naar elkaar toe lopen. Maar voordat we bij elkaar zijn, hoor ik een kreet.

'Wat is hier verdomme aan de hand?'

Weer wordt er naar lucht gehapt, weer valt er een stilte, en iedereen draait zich om en staart naar de woedendste Claire die ik ooit heb gezien. Ze staat daar met haar handen op haar heupen en haar mond hangt vol walging open. Ze tikt zelfs met haar voet op de grond.

Voordat Brad iets kan zeggen of uitleggen, klinkt er een luid boegeroep en iemand roept: 'Geef haar nou een kus!'

Wat kunnen we anders doen? We zoenen elkaar en het is de geweldigste kus die ik ooit heb gehad. Er is vuurwerk van het puntje van mijn tenen tot het topje van mijn kruin. Het is zoals mensen elkaar kussen in de film, alleen beter. Het enige wat ik kan zeggen in een poging het te beschrijven is: stel je voor dat je de hele dag naar een werkelijk verbluffende chocoladetaart zit te kijken, maar dat je denkt dat die niet voor jou is. En dan realiseer je je dat hij wel voor jou is en je neemt een grote hap... Nee, dat doet het geen recht. Laten we het maar bij geweldig houden... En als iets zo geweldig is, wil je er meer van... Dus ik kus hem opnieuw.

We maken ons van elkaar los en kijken elkaar aan en het is net alsof we thuiskomen. Dan gilt iemand achterin: 'Nog een keer!' en ik kan er niets aan doen en begin te giechelen. Al met al is dit een zeer vermakelijk toneelstuk geworden.

56

Alles gladstrijken

Als de menigte eenmaal tot bedaren is gekomen, loopt mijn vader naar voren, naar de plek waar Justin, Logan, Brad en ik staan. De arme man is van heel rood naar heel erg wit gegaan.

'Oké, dat ik het goed begrijp,' zegt hij en hij krabt op zijn hoofd. Het valt me nu pas op dat hij wat kaler is geworden. 'Jij bent ook een homo?' zegt hij tegen Justin.

'Ja,' bevestigt Justin.

'En je houdt van Logan?'

'Heel erg veel,' antwoordt Justin, terwijl hij Logan nog wat dichter tegen zich aan trekt.

Papa knikt en wendt zich dan tot Brad en mij, maar voordat hij iets zegt, draait hij zich weer om naar Justin. 'Wist je dat je homo was toen je Molly ten huwelijk vroeg?'

O-o… Mijn hart slaat een slag over… Hoeveel waarheid komt hier vandaag eigenlijk aan het licht?

'Ik had een vermoeden,' bekent Justin en daarna kijkt hij even snel naar mij en geeft me een knipoog, die ik met een brede glimlach beantwoord. 'Maar naarmate de trouwdag dichterbij kwam, realiseerde ik me dat ik niet met haar kon trouwen, vooral omdat ik verliefd was geworden op Logan.'

Poeh… Weer een prachtig voorbeeld van het gebruiken van vage waarheden om onze leugen te verbergen. Goed gedaan, Justin.

313

'Oké.' Paps knikt en denkt het te begrijpen en richt zich dan tot Brad en mij. 'En Brad, jij houdt van Molly?'

'Met heel mijn hart,' zegt hij en ik smelt helemaal vanbinnen.

'En je weet zeker dat jij geen homo bent?' zegt papa met een klein beetje sarcasme in zijn stem.

'Heel zeker.'

'Hoe zit het met Claire? Hoor je niet volgende week met haar te trouwen?'

Brad laat beschaamd zijn hoofd hangen. 'Dat was de bedoeling, maar ik kan het niet. Ik hou van Molly, en dat kan ik niet de rest van mijn leven blijven ontkennen.'

Paps glimlacht warm. 'Ik heb altijd al gedacht dat jullie bij elkaar horen.'

Er komt een luid en bijna dierlijk gegrom van de plek waar Claire nog steeds met haar voet op de grond tikt.

'Val dood!' schreeuwt ze naar Brad en misschien ook naar mij. 'Stelletje domkoppen, jullie verdienen elkaar!' schreeuwt ze voordat ze zich omdraait en de zaal uit stormt. En wederom beginnen de huwelijksgasten te juichen.

'Nou,' zegt paps als de rust is wedergekeerd, 'dat ben ik nou helemaal met haar eens. Jullie domkoppen verdienen elkaar,' zegt hij. 'En wat júllie domkoppen betreft,' gaat hij verder en hij wendt zich naar Logan en Justin, 'we zijn de afgelopen tien maanden erg op Justin gesteld geraakt en ik ben blij dat dit betekent dat hij in de familie blijft.'

Alle nieuwe paren omhelzen elkaar en gloeien van geluk, alle huwelijksgasten (vooral degenen die denken dat ze meedoen in een toneelstuk) klappen wild tot Brad me loslaat en zich op een knie laat zakken. Mijn hart stopt met slaan.

'Molly Rose Harrigan,' begint hij, 'je bent al twaalf jaar mijn beste vriendin, je bent mijn zielsverwant, je bent mijn andere helft en ik wil dat je mijn vrouw wordt. Wil je met me trouwen?'

Ik hoef je natuurlijk niet te vertellen dat het antwoord ja is, maar ik sta op dit moment zo te huilen dat ik het woord er niet

314

uit krijg. In plaats daarvan begin ik heftig te knikken. Hij snapt het kennelijk, want hij staat op en neemt me in zijn armen, tilt me op en draait me in de rondte en we raken allebei verstrikt in mijn sleep.

'Ik hou van je!' weet ik er tussen het snikken door eruit te krijgen, en weer wordt er gejuicht en weer kust Brad me helemaal wezenloos.

'Zo,' zegt mijn moeder en onderbreekt onze kus. 'Weet je, als je wilt kan er vandaag toch een bruiloft plaatsvinden.'

Ik maak me los van Brad en kijk om me heen… Ik was bijna vergeten waar we zijn en wat er nog meer speelt. Brad en ik kijken elkaar aan en halen onze schouders op.

'Als je dat wilt,' zegt Brad.

Wauw… Mijn hartslag versnelt als ik de zaal rondkijk en nadenk. Dan neem ik een besluit. Ik haal diep adem. 'Nee.' De meute kreunt. 'Ik wil me verloven! Ik wil ervaren hoe het is een bruiloft te organiseren met de persoon van wie ik hou,' leg ik uit, en ik kijk even snel naar Justin, die instemmend staat te knikken.

'Goed dan,' verkondigt papa, 'dan vieren we vandaag niet alleen een verloving, maar ook Justins ontdekking en dat ze allemaal verliefd zijn geworden op elkaar!' Iedereen gaat volledig uit zijn dak als het verliefde, zojuist verloofde stel en het net verliefd op elkaar geworden stel elkaar kussen.

Epiloog

Een jaar later

Ik herinner me dat ik een jaar geleden, op mijn eerste trouwdag, Martha's 'Your Wedding Day' las. Het enige onderdeel voor die dag was 'Ontspan je en geniet!' Ja hoor, dacht ik bij mezelf en ik begon me af te vragen of Martha zelf wel zo'n geweldige trouwdag had gehad. Ik heb Cybill Shepherd in een televisiefilm gezien die over Martha's leven ging (het was niet echt flatteus, dat kan ik je wel vertellen) en ik weet dat ze getrouwd was, maar een echte bruiloft kan ik me niet herinneren. Ik heb mezelf vervloekt omdat ik al die maanden blindelings het advies had opgevolgd van iemand die zo'n dag waarschijnlijk nooit heeft meegemaakt. Het bewijs dat ze geen idee had waar ze het over had, was de suggestie dat een meisje zich moest kunnen ontspannen op haar trouwdag.

Maar vandaag drong het eindelijk tot me door. Vandáag is het mijn échte trouwdag en ik ben echt zo ontspannen als maar kan. Dit hele jaar is totaal anders geweest. Zoals het organiseren van een droombruiloft dit jaar is verlopen, zo hoort het te zijn. Brad en ik hebben een heerlijke tijd gehad en hebben alles samen gedaan. Er was geen sprake van stress, er was niets om me ellendig over te voelen, en ik heb niet gehuild, behalve wat vreugdetranen. Dit is hoe het moet zijn.

Mijn huwelijk vindt over enkele minuten plaats en ik zit in

mijn oude kamer in het huis van mijn ouders en kijk omlaag naar de tuin waar onze geliefde familie en vrienden vrolijk samen champagne drinken. Ik draag dezelfde witte, strapless droomjurk, maar ik heb hem ingekort tot halverwege mijn scheenbeen en ik heb de kroon en de sluier ter ruste gelegd. De jurk ziet er fantastisch uit. Hoewel Helen van Barney's doodsbenauwd was om mijn verzoek tot inkorten te honoreren, hield ze vast aan haar mantra 'de klant heeft altijd gelijk', en uiteindelijk gaf ze toe dat hij er zo nog beter uitziet. Ik heb zelf mijn haar en make-up gedaan – met de hulp van Jamie, en Justin en nog wat kleine suggesties van Logan.

Jamie draagt dezelfde beeldschone bruidsmeisjesjurk, maar in plaats van een professionele haarstijl, heeft ze haar haar in een comfortabele paardenstaart gedraaid. Kate is natuurlijk uit haar prachtig bijpassende jurkje gegroeid, maar dat maakt niet uit... Jamie en ik hebben ontzettend veel plezier gehad toen we op zoek gingen naar een nieuwe jurk voor mijn bloemenmeisje... En deze keer loopt ze zelf over het middenpad – nou ja, ze waggelt.

Vandaag is er geen angst, er is geen stress, slechts geluk en liefde. Ik kijk nogmaals naar de mensen in de tuin en draai me om als ik mijn moeder zachtjes op de deur hoor kloppen.

'Kom binnen,' zeg ik.

Mama duwt de deur zachtjes open en kijkt naar me, terwijl ik op de vensterbank naar de tuin zit te kijken. Dat deed ik ook toen ik nog een kind was. De tranen beginnen te lopen. 'Good Golly Miss Molly,' fluistert ze. Dan wacht ze even en wrijft met de achterkant van haar hand de tranen weg en kijkt weer naar mij. 'Dat is de laatste keer dat ik je zo mag noemen.'

'Waarom?' vraag ik.

'Omdat je vanavond *mevrouw* Molly zult zijn.'

Nu begin ik te blèren. Ik ga mevrouw – mevrouw Molly Lawson worden.

'Laten we gaan,' zegt mams en ze pakt mijn hand. Ik pak het

boeketje met veldbloemen dat Iris voor me heeft gemaakt en loop samen met mijn moeder de trap af. Papa staat op het terras op me te wachten. Ik ga naast hem staan en samen kijken we naar mama en daarna naar Jamie en Kate als ze door het middenpad lopen. Het beste van dit alles is dat ik aan het eind van het middenpad Brad zie staan. Hij wacht op me en ziet er knapper uit dan ooit.

Paps omhelst me nog een laatste keer als de 'Wedding March' begint te spelen en we volgen het met rozenbladeren bezaaide pad waar de anderen al overheen zijn gelopen.

Alle gasten bevinden zich rondom de met klimop bedekte boog aan het eind van de tuin. Brad en ik hebben besloten om geen officiële indeling te maken met zijn kant en haar kant, want we staan allemaal aan dezelfde kant. Tijdens het lopen glimlacht iedereen stralend naar mij en naar mijn vader, maar de enige die ik zie, is Brad... En ik denk dat Brad alleen maar mij kan zien, want zijn fonkelende blauwe ogen zijn strak op mij gericht.

Vandaag voelt alles gewoon goed. Trouwen met Brad in de tuin van het huis waar ik ben opgegroeid, omringd door vrienden en familie, omringd door liefde, zo hoort het te zijn. Feitelijk heeft dit hele jaar goed aangevoeld. Justin sloeg de spijker op zijn kop toen hij zei dat de ervaring van verloofd zijn en trouwen leuker zou zijn met iemand van wie ik houd.

Maar toch heb ik absoluut geen spijt dat ik Justin ooit heb ingehuurd. Nou ja, wel een beetje spijt vanwege alle leugens die ik moest vertellen, maar ik heb aan hem een geweldige vriend overgehouden, en als ik bedenk hoe zielsgelukkig hij met mijn kleine broertje is en dat dat nooit gebeurd zou zijn als ik niet zo gek was geweest, was het allemaal toch de moeite waard.

Brad en ik wisselen de geloften uit die we voor elkaar hebben opgeschreven en de ringen die gegraveerd zijn met onze huwelijksdatum en het oneindigheidssymbool, en dan worden we uitgeroepen tot man en vrouw. Brad mag me nu kussen, en hij geeft me een van die verbijsterende kussen waar mijn knieën nog een jaar lang zwak van blijven.

Daarna rennen we als twee spelende kinderen over het middenpad, regelrecht onze toekomst in... Wat veel romantischer is dan naar de zonsondergang te rennen.